读者丛书
DUZHE CONGSHU
中国梦读本

与这个时代温暖相拥

读者丛书编辑组 / 编

读者出版传媒股份有限公司
甘肃人民出版社

图书在版编目（CIP）数据

与这个时代温暖相拥 / 读者丛书编辑组编. -- 兰州：甘肃人民出版社，2018.5（2020.7重印）
（读者丛书. 中国梦读本）
ISBN 978-7-226-05277-8

Ⅰ. ①与… Ⅱ. ①读… Ⅲ. ①中国特色社会主义－社会主义建设模式－通俗读物 Ⅳ. ①D616-49

中国版本图书馆CIP数据核字(2018)第095712号

总　策　划：马永强　李树军
项目统筹：李树军　党晨飞
策划编辑：党晨飞
责任编辑：马海亮
封面设计：久品轩

与这个时代温暖相拥

读者丛书编辑组　编

甘肃人民出版社出版发行
(730030　兰州市读者大道568号)
永清县晔盛亚胶印有限公司
开本 710毫米×1000毫米　1/16　印张 15.75　插页 2　字数 233 千
2018年7月第1版　2020年7月第7次印刷
印数：30 641~39 700
ISBN 978-7-226-05277-8　　定价：32.80元

目 录
CONTENTS

001　用家国情怀照亮人生 / 佚　名
003　村庄的历史 / 芦苇泉
007　明月清泉自在怀 / 贾平凹
010　撼不动的乡根 / 柳　萌
013　家在玉麦
　　　/ 李成业　崔士鑫　张晓明　梁　军
018　圣敦煌记 / 于　坚
024　泰山很大 / 汪曾祺
027　扬州之思 / 于　坚
032　田园与故乡 / 押沙龙
035　我和祖父的园子 / 萧　红
038　一片叶子下生活 / 刘亮程
042　遍地鸟鸣 / 简　默
045　有月光的生命 / 连中国
047　精神的三间小屋 / 毕淑敏
050　鹊巢 / 蔡文刚
052　江畔又闻水潺潺 / 李　汀
055　返乡 / 宋石男
058　合欢，合欢 / 李晓东
061　荒野漫步 / 李　娟
064　给父亲写信的那些日子 / 夏成俊
067　描花的日子 / 张　炜
070　冬天，家人闲坐，灯火可亲 / 汪曾祺
074　我的乡思 / 程树榛

082 乡愁也是一种励志 / 佚 名
084 你可能误解乡愁 / 王鼎钧
087 遥远的向日葵地 / 李 娟
091 幼学纪事 / 于是之
094 最长的三里路 / 倪 萍
098 学习是永恒的快乐 / 薛振东
100 住在别人的城市里 / 余 华
102 第一次背娘 / 刘俊奇
105 在人世间生活得越久，我就越喜欢树 / 苏 辛
108 人生第一桩事 / 朱光潜
111 树懂人间事 / 刘亮程
115 忘掉了也好 / 琦 君
118 想飞的心 / 鲍尔吉·原野
124 你是我的暖 / 李 娟
127 幸福在哪里 / 晚 禾
129 谈谈过年 / 郭文斌
139 时代在变迁 年味浓淡总相宜 / 张 策
142 总有些感恩有始无终 / 米 立
145 慢慢告别 / 邓安庆
149 明年我回家 / 何建明
152 清塘荷韵 / 季羡林
156 菜园小叙 / 李广欣
158 苦菜的思念 / 尉 峰
161 一柿情缘 / 殳 俏
164 咬秋 / 卢恩俊
167 清粥 / 月满天心
170 劝菜 / 王 力
173 难舍的礼物 / 刘文艳
177 幸福的菜市 / 林 白

180 春气息 / 叶延滨

183 童趣悠长的夏天 / 穆志强

186 最好的为人处事是心怀善意 / 此去谙年

191 没有底线，你的善良一文不值 / 李月亮

196 最艰难的日子里，也要好好生活 / 柠檬和西瓜

201 最好的休息，是让你重燃生活的热情 / 如　花

206 每个人都有自己的那把钥匙 / 刘　同

209 幸福不只有一种模样 / 杨　昊

211 胸有"格局"立天地 / 徐文秀

213 每个梦想都从大地生长 / 李　舫

217 深潜 / 许陈静　郑心仪　姜　琨

223 人人有责　人人尽责 / 张锡勤

226 如何在这个年代来寻找幸福 / 毛同辉

230 书法的气质就是中国人的气质 / 周　伟

233 从家国情怀中汲取复兴伟力 / 张雪峰

236 在家国网事中感受时代脉动 / 李　群

238 体味节日所蕴含的家国情怀 / 王　兰

240 因为惦念，所以努力 / 曲哲涵

243 致谢

用家国情怀照亮人生

佚 名

1993年4月20日,一架波音飞机在日本大阪起飞,终点是北京。时年31岁的温州人姚玉峰可以将人生下一站定在美国,但他选择了回国。这里,有上千万角膜病患者的期待,有300万因患角膜病而导致失明的父老乡亲。

这就是家国情怀。两年后,正是姚玉峰的坚定与执着,世界上第一例采用最新剥离术进行的角膜移植手术,由他主持在母校(浙江大学)的附属医院完成。从此,这项创新技术被世界医学界打上了"姚氏"的标签。如今,经他治疗的角膜病患者多达30万人,将近3万人重见光明。

"家国栋梁",这是人们给予姚玉峰的人物定位。而姚玉峰事后接受采访时,对正在迎战高考的学子的勉励是:保持对知识的纯真追求,不辜负这个时代。

当年,年轻的姚玉峰决计要给上千万中国角膜病患者带来光明。而今,姚玉峰成为带领中国角膜移植技术走上世界巅峰的第一人,在一步步攀登科技高峰的征途上，执着的动能正是缘于心中始终涌动的家国情怀。

习近平总书记指出，我国知识分子历来有浓厚的家国情怀，有强烈的社会责任感，重道义、勇担当。

姚玉峰正是这样的知识分子代表。

不辜负这个时代。姚玉峰这句话是勉励高考学子的，更是自己一路走来的人生体验。有多大担当，就能成就多大事业；有多少情怀，就有多少回报。回报的是社会，收获的是正能量。当姚玉峰的一双手，让一双双失明的眼睛重见天日的时候，他点燃的是一个个幸福生活的希望，展现的是当代知识分子的忠诚与担当、坚持与追求、仁爱与情怀。

没有情怀，难成栋梁。没有家国情怀的栋梁，难以挺起中华民族伟大复兴的脊梁。姚玉峰这一路，大阪大学挽留他，哈佛大学欢迎他，但没有一种诱惑比千百万父老乡亲等着他用双手打开遮蔽世界的阴霾更加迫切。是情怀、是责任，是道义、是担当，是爱祖国、爱家乡、爱亲人的朴素情感，促成了姚玉峰在这个时代的使命感，也促成他站在了人类科学进步的高峰。

天底下没有永远的"小确幸"（微小而确实的幸福），只有脚踏实地步步迈进，才可以抵达高峰。这，正是姚玉峰勉励家乡学子保持对知识的纯真追求的原因所在。爱国，爱家乡，爱父老乡亲。爱是纯真的，用纯真的爱去追求知识，才能在科学之路上走得扎实，走得更远，也才能不辜负这个伟大的时代。

（摘自浙江在线网）

村庄的历史

芦苇泉

茫茫大地。村庄像一粒粒黑色的种子，被命运的大风随便地吹撒到河边、山坡或大平原的褶皱里，落到哪里，就在哪里千年万年无声无息地发芽生根开花结果。村庄是用"小"来形容的。大的村庄不过千多人口，小的村庄也就只有几户人家。数数一个村庄里有多少间房子，有几条街，有几口井，有多少棵树……掰掰手指就足够了。然而，村庄又岂能小瞧！谁能一眼看透一个村庄的过去？谁能品尝出一个村庄的酸辣苦甜？谁听到过一个村庄的泣笑歌叹？村庄，是够小的，比一个国家、一个省、一个市、一个县、一个镇都要小得多，但哪个镇、哪个省、哪个国，不是由一个一个村庄组成……村庄啊，没有人敢无视你。

走进村庄吧，随便走进哪一个村庄，只要你热爱生活，善良纯正，不管你是一个孩子，还是一位诗人，一位历史学家，你都会为一个村庄的深沉、富有、淳朴、神奇、威严、生机，等等所吸引、所折服。

面对一个村庄，我常常想，它建于哪朝哪代？最初走到这里并停下的那个人是谁？村子里是否还有人记得他、说出他？他肯定是平常的，在逃生的路上，走累了，实在不想再走了，在这里落了脚，感到这里还不错，就这样住下来了。后来又有别的过路人和他或他的后代交上了朋友并留了下来，盖房子、栽树、打井、种地……村庄形成了，并像那些树一样，年年都长一圈——渐渐地更新着自己、扩大着自己。村庄的扩大和更新，并没有掩盖住自己的古老和沧桑。村庄的衍变是缓慢的，几乎所有的房屋都是缝缝补补，一住就是几十年，甚至是几百年。农民除了生育后代，最重视的事莫过于打墙造屋了。但由于落后的原因，几辈子人攒下的东西，往往也不够圆一个造屋梦的。遇上政治清明、风调雨顺、经济繁荣的年头，手里有物了，才敢想盖屋的事。但这新盖的屋，往往是把旧屋拆了，在原来的地方，再补充上一些新石料、新木头而建造起来的，然而这新翻盖的屋确实比旧屋子宽敞、高大了一些。那些被打磨过、用了不知多少遍的石头，那些经过烟熏火燎变黑了的椽梁，一眼就让我们看出了它的年纪。还有那些石碾、石碓、青石板胡同、石头砌的水井，更有那些站在村头或遮天盖地地罩住几户人家的大树，让我们回首看不见头，抬眼望不到边。再看看村里人的衣着、习俗和死死守着的规矩，听听一方水土养着的方言和歌谣，更让我们深信天地不老人心不老。

村庄的记忆就像它的根一样深。村庄是该有记忆的，它知道该记住什么，该忘记什么。村庄首先记住了曾经生活在这个村庄里的一些人物，包括那位第一个走进村庄的人，他们的名字，他们的长相，村庄都记得清清楚楚，只是这些已不再重要，村庄把这些深埋心底。让它常常说起、常常拿出来翻晒的记忆，多是那些人物的行为。对一个村庄来说，村民的品行才是第一位的。没有一个村庄会去行恶抑善，因为这不是人类的方向，村庄的小方向和人类的大方向始终都是一致的。如果一个村庄违背了这个，它就不会走到现在，更不会有什么未来。这不多的人物中，当然包括了最优秀的人和最卑鄙的人。这些人物，一种是榜样、楷模、丰碑，另一种是镜子、反面教材、活靶子。其实村庄里的人，时刻都生活在这些人物的呼吸中，没有谁能够摆脱得了这些光亮的照耀或阴影的挤逼。村庄还记住了一个个的人在种地、盖屋、缝衣、打铁、织布、做柜子……的时候，摸索出的好办法，搞出的新花样，记住了，并且传下去。这些人类智慧的火花，成了宝贵的间接经验，一代代承接下去，使一个村庄的财富不断地得到填充，使一个村庄的日子，一年好过一年。村庄还该记住一些大事，哪年哪月，遭过旱灾，遇过大水，受过火焚，害过瘟疫，挨过蝗洗；哪年哪月，遭过侵略、抢劫、屠杀；哪日，曾有过地动——墙倒屋塌人亡；哪日，曾来过恩人，济贫、救命、指点迷津……村庄忘记了那些和和平平的年景，却牢记了这些大灾大难大喜大恩。村庄的根就像村庄的记忆那样丰富。一个村庄的高度，是由它的根的深度来决定的。村庄的根，当然包括了那些大树的根、庄稼的根、老屋的根、坟墓的根，但更深的根却是那些井的根，那些恩怨爱恨的根，那些生生死死也断不了的根。所有的井都是一根根黑色的钢钉，把村庄钉在这里，把人心钉在这里。为什么不管你走到哪里，一合眼，故乡就出现在眼前？为什么身在异地，夜夜的梦境都是那条胡同、那间老屋？为什么叶飘千里，老来还要回归？就是因为有一条根啊，一条看不见摸不着的根和故土血肉相连。

村庄中央的大街上，都有一道墙，这里是村人会聚的地方，不管是谁，有了空闲，又想知道点新鲜事，就到这里来。这样的半截大街，完全可以把它看成是村庄的广场。那堵最高、最宽、最平整的墙上，不管什么年代，都会有人写上一些带有鲜明时代印痕的标语文字，这些文字充分说明了一个小小的村庄同国家、同民族命运的密切关联，说明了任何一个村庄也不会与它所处的时代隔绝，说明了村庄也是无数个漩涡中的一个漩涡。

村庄睡去了，月亮升起来。村庄的夜晚，是属于月亮的。它越过了东边的树林，又爬上了村南那棵大杨树的树梢，它明晃晃的在上，喜鹊窝黑乎乎的在下，它们说了些什么样的悄悄话，谁也不会听见。大自然把村庄揽在怀里，像母亲抱着孩子，安然、恬静……这时，从一条胡同里走出一个人，村头还有另一个人在站着等她。这是一个男子和一个姑娘，他们手扯着手出了村庄，穿过一片没有路的荒坡，向山冈上的林子走去，他们的脚步轻得没有声音，但那咚咚的心跳却让我们听得清清楚楚。村庄的爱情啊，多像是这瘠薄的土地里长出的辣椒，它是那样的辣，那样的让人怕，却又是那样的有滋有味。

村庄的行走，像是一个旅人在沼泽里（或在大漠上）跋涉。村庄曾经有过忧虑，有过担心，村庄害怕失去土地，害怕自己的孩子嫌她丑陋四散而去……但村庄知道怎样才能让自己保持清醒，像河流用流动留住自己的活力和思考那样，村庄用失眠、用炊烟、用鸟的鸣叫、用路的执拗来使自己和天空、和土地、和人心对话，来使自己不断地得到修正、完善。

今夜，我又来到村庄。所不同的是我没有像往常那样直接走进村庄，而是借助大鸟的翅膀，飞翔在村庄的上空。这一次，我还看见了那位第一个走进村庄的人和那个刚刚降生的婴儿，他们都向我微笑。像一盏灯，我在村庄的上空盘旋着，久久地盘旋着……树木迎风飒飒地响，月光里那错落有致的屋脊，像一部部大书在天地间敞开……

（摘自新浪网芦苇泉的博客）

明月清泉自在怀

贾平凹

读王维的《山居秋暝》时年龄还小，想象不来"松间明月"的高洁，也不懂得"泉流石上"是什么样。母亲说这是一幅很美很美的风景画，要我好好背，说背熟了就知道意思了。可我虽将诗句背得滚瓜烂熟，其意义依然不懂。什么空山、清泉、渔舟这些田园风物也只是朦胧，而乡野情致则更模糊了。

后来上了大学，有了些古文功底，常常自豪于同窗学友。翻来覆去的"明月松间照，清泉石上流"，也能时常获得师长赞许。再后来深入乡村，那儿有田园，却无松竹流泉；及至上了华山、峨眉山，并且专在月夜听泉，古刹闻钟，乘江南渔舟，访溪边浣女，都为寻找王维《山居秋暝》的那种灿烂意境，都为了却"明月松间照，清泉石上流"的那份执着情结。一段时间，于人世纷杂之中，自以为林泉在胸，甚至以渔樵野老自居，说和同事纠纷，劝解祸中难人。自以为心中有了王维，就却了人间烦恼，看透了红尘纷争；更自以为一壶清茶，便可笑谈古今。

　　真正进入了人生的生存程序———结婚、生子、住房、柴米油盐，等等，才知道青年时代"明月松间照"式的"超脱"，只不过是少年时代"为赋新词强说愁"的浮雕和顺延。真正对王维和他的诗的理解，是在经历了无数生命的体验和阅历的堆积之后。人之一生，苦也罢，乐也罢；得也罢，失也罢———要紧的是心间的一泓清潭里不能没有月辉。哲学家培根说过："历史使人明智，诗歌使人灵秀。"顶上的松阴，足下的流泉以及坐下的磐石，何曾因宠辱得失而抛却自在？又何曾因风霜雨雪而易移萎缩？它们自我踏实，不变心性，才有了千年的阅历，万年的长久，也才有了诗人的神韵和学者的品性。我不止一次地造访过终南山翠华池边那棵苍松，也每年数次带外地朋友去观览黄帝陵下的汉武帝手植柏，还常常携着孩子在碑林前的唐槐边盘桓……这些木中的祖宗，旱天雷摧折过它们的骨干，三九冰冻裂过它们的树皮，甚至它们还挨过野樵顽童的斧斫和毛虫鸟雀的啮啄，然而它们全都无言地忍受了，它们默默地自我修复、自我完善。到头来，这风霜雨雪，这刀斤虫雀，统统化作了其根下营养自身的泥土和涵育情操的"胎盘"。这是何等的气度和胸襟？相形之下，那些不惜以自己的尊严和人格与金钱地位、功名利禄作交换，最终腰缠万贯、飞黄腾达的小人的蝇营狗苟算得了什么？且让他暂去得逞又能怎样？！

　　王维实在是唐朝的爱因斯坦，他把山水景物参悟得那么透彻，所谓穷极物理形而上学于他实在是储之心灵，口吐莲花！坦诚、执着、自识，使王维远离了贪婪、附庸、嫉妒的装饰，从而永葆了自身人品、诗品顽强的生命力。谁又能说不呢？的确，"空山"是一种胸襟，"新雨"是一种态度；"天气"是一种环境，"晚来"是瞬时的境遇。"竹喧"也罢，"莲动"也罢，"春芳"也罢，"王孙"也罢，生活中的诱惑实在太多太多，而物质的欲望则永无止境，什么都要的结果最终只能是什么都没有得到。唯有甘于清贫、甘于寂寞，自始至终保持独立的人格，这才是人生"取之不尽、用之不竭"的精神财富。王维的人生态度正是因为有了太多的放弃，也便才有了他"息阴无恶木，饮水必清源"的高洁情怀，也便才有了他哲悟金铂般的千古名篇!

　　"明月松间照",照一片娴静淡泊寄寓我无所栖息的灵魂;"清泉石上流",流一江春水细浪淘洗我劳累庸碌之身躯。浣女是个好,渔舟也是个好,好的质地在于劳作,在于独立,在于思想———这是物质的创造,更是精神的明月清泉。

(摘自《读者》2000 年第 11 期)

撼不动的乡根
柳 萌

人跟树一样，都有自己的根，这就是故乡。无论你走多远，无论你在哪里，说话的口音变了，生活的习惯改了，好像成了外乡人，可是这个根，却很难被撼动。谁是哪里人，外表上很难看得出，有时于不经意间流露出的一些东西，譬如一个眼神，譬如一声惊叫，哪怕只是一点点，却毫不含混地告诉你，他，就是什么什么地方人。而这一点点举止透出的信息，正是根的"须"，枝的"叶"。

就拿北京来说，这可是个海纳百川的地方啊，各地方各民族的人都有。如果把这些人比喻为水滴，汇集一起浩浩荡荡浑然成片，谁又能分辨出谁是哪里人来，实在太难太难分辨了。

我的生活圈子比较小，几乎仅仅限于文学界。据我所知，居京生活了几十年，至今乡音难改的作家，最多的当属山西、福建、山东，说起话来依然口音明显，一张嘴就给自己报了"户口"。来自西北地区的作家，语言应变性非常强，即使未成"京片子",普通话说得也还不算错。比如阎纲、周明、雷达、雷抒雁、白烨、何西来、刘茵、李炳银、南云瑞等等,从言谈中很难知道是"老陕"、"老甘"。当然,也有例外,有的作家出于对乡音的留恋,或者学普通话难以启口,至今也就坚持西北语音,不过也不再那么纯正。我相信只要他们愿意学,同样会操一口北京话。

可是在聚会的饭桌上,大家围坐一起,即使说话再有京腔京韵,问到饭菜吃什么的时候,立刻就都显露出乡根。四川人必要"泡菜",山西人必说"有醋吗?来点儿",福建人总是说"没米饭吃不饱",陕西人张嘴准是"吃面",湖南人最爱吃辣菜,沿海地方的人见到海鲜比谁都亲,如此等等。倘若这其中有一两个原本不认识,但从吃食上就判断出是同乡,立刻就会大惊小叫起来:"来,咱哥俩好好喝上一杯。人不亲土亲,谁让咱们是乡党呢?"彼此距离马上缩短到心贴心。临分手时还要互换名片,未忘记乡音的人,断不了还用家乡音讲上几句悄悄话,以示他乡遇亲人的高兴劲儿。

在电视上我看见过好几次游子返乡寻根的情景,那是相当隆重相当感人的。特别是在我国南方沿海城乡,由于祖祖辈辈久居海外历经磨难,有朝一日重归故里,真的是有种叶落归根之感。有的下车就在乡土上久跪不起;有的眼含热泪连连长叩头;有的俯下身子亲吻土地;还有的打开先人当年带走的泥土,仔细地抛入故乡的河流,大概是取意水流千遭也要回源头的想法。总之,水不能无源,人不能无根,这就是普遍存在的观念。正如长年居住国外的人所说,外国景色再美那是人家的,只有回到自己的土地上,这一草一木才觉得更亲切。

是的,这种恋乡寻根的思想,在我们这辈人中尤为强烈。我们这辈人或因战乱或因生计,很小就跟随父母离开故土,成人后几乎不曾再回故乡,故乡只是个蒙蒙眬眬的记忆。有的人因为故乡实在贫穷,为了未来能过上好点儿的日子,很小便背井离乡去谋生,如今已经是子孙满堂,生活根基已经深深在异乡扎住,故乡完全成了生命的符号。可是即使是这样,到了晚年的时候,当他闲坐那里,想起到过的地方,最能撩拨他心弦的依然是故乡。还有的人终日为生计奔波,不曾抽时间再返故乡探望，临终时跟家人千叮咛万嘱咐：闭眼以后让自己魂归故里，把骨灰撒在故乡土地上。他一定觉得只有这样才叫"入土为安。"

至于那些事业有成的人，想为社会做些善事好事，尽管在哪里都可以做，但是首先想到的还是故乡。国际数学大师陈省身先生，在九十高龄回到母校南开大学，几乎是天天都在忘我地工作和奔波，唯一想做的事情就是给祖国建一座世界一流的数学研究中心，实现他的"数学大国"的梦想。正是他的故乡情怀感染了人们，所以他逝世后才有那么多人感念他，愿意为实现他的理想而继续奋斗。

乡根就是这样牢固，乡情就是这样神奇，别看它看不到摸不着，却能左右一个人的行为，同时还会感染别的人，因为它植在每个人的心中。你挖不走人的心吧，那也一定撼不动乡根。只要我们的心脏还在跳动，乡根就永远扎在心底。

(摘自《人民日报》2005 年 3 月 15 日)

家在玉麦

李成业　崔士鑫　张晓明　梁　军

　　玉麦乡，隶属西藏自治区山南市隆子县，是我国人口最少的行政乡，截至2017年年底，全乡共有9户32人。但是在中国的数万个乡镇中，玉麦又是如此之"大"：玉麦乡全乡境域面积3644平方公里，实际控制面积1987平方公里，相当于内地一个普通县；而桑杰曲巴与两个女儿卓嘎和央宗孤独而执着地坚守着，成为雪域边陲的国土守望者，体现了另一种大爱。当这种坚持历经岁月和冰霜的淬砺，沉淀下来的是浓浓的家国情怀。

　　从拉萨往东南方向行驶大约400公里，便到达山南市隆子县县城，从县城到玉麦乡还要走大约200公里的土路。

　　与西藏大部分地区的干燥和缺氧环境相比，海拔3600多米的玉麦可以称得上是"世外桃源"：印度洋暖湿气流为这里带来了充沛的雨水，这里草木茂盛，空气清新，处于千百年来形成的原始森林区。

尽管有着湿润的空气和充沛的雨水，但这里一年四季日照条件不好，使得这片原本富饶的土地上不怎么长庄稼。"连土豆都只有这么大。"副乡长兼医生扎西罗布伸出大拇指比画着。

每年11月至次年5月，大雪封山，将玉麦与外界隔绝。在这大雪封山的7个月时间里，玉麦仿佛真正成为与世隔绝的"世外桃源"。

乡民必须在11月之前到山外采购7个月的口粮。在2001年玉麦通公路之前，他们必须赶着马队穿越一片沼泽遍布的原始森林，翻越海拔5200多米的日拉雪山，再走过一个陡峭的山谷，走完47公里的羊肠山道，才能把粮食运到玉麦。

当卓嘎和她的妹妹央宗谈起当年搬运粮食进山的过程时，她们的眼眶里闪着泪花。卓嘎哽咽地回忆起当时的痛苦经历："每年11月之前，我们家都是父亲从隆子县把物资运到日拉雪山下的曲松村，然后赶着10匹马，用5天的时间翻越日拉雪山，才能把7个月的口粮运到玉麦乡，这期间经常有马匹跌落到深不可测的玉麦河谷。这些痛苦的事情，想起来就想哭。"

卓嘎介绍说，历史上玉麦乡规模最大时有20多户300多人。随着西藏民主改革的进行，高原大地发生了翻天覆地的变化，许多地方都通了公路，生活、生产条件迅速改观，玉麦的住户也陆续迁出交通闭塞的玉麦，去过更好的日子。

到1962年，玉麦只剩下包括桑杰曲巴在内的3户牧民。之后，曾经有一批又一批的人来过玉麦，但都忍受不了大雪封山后的孤寂，又一批批地搬出去了，除桑杰曲巴外的两户牧民也相继搬走了。1983年，考虑到生活上的困难，政府将桑杰曲巴一家人搬到山外条件较好的隆子县三林乡曲松村。

但是在曲松只住了3个月，桑杰曲巴又带着家人回到割舍不下的玉麦。一直到1996年，政府为玉麦派来一名医生兼副乡长扎西罗布；1997年，又有两户人家在政府的倡导下从曲松村迁到玉麦，这里才渐渐热闹起来，直到今天的9户32人。

"人多乐趣也多，不再像以前那么孤单了。"卓嘎说。

在与世隔绝的"世外桃源"，玉麦人绽放着勃勃的生机。卓嘎特别爱笑，牙齿白白的，眼睛黑黑的，有着藏族人民特有的憨厚和纯朴。在日拉雪山半山腰夏季牧场的临时住所里，卓嘎为家人准备着午餐，架在用石头砌成的简易炉灶上的锅里正煮着米饭，旁边煮着酥油茶。不一会儿，一壶热气腾腾的酥油茶就煮好了。喝着酥油茶，听着丈夫巴桑仔细地数着自家的牦牛，卓嘎笑得特别开心。

玉麦乡人大专职主席索朗顿珠与这个小天堂里的小世界有着特殊的渊源。在玉麦乡还属于山南地区隆子县扎日区时，索朗顿珠便是扎日区的负责人。1999年，撤销扎日区，在保留原玉麦乡行政区划的基础上成立了现在的玉麦乡。

据他介绍，从1983年到1995年，玉麦乡只有当时的乡长桑杰曲巴和他的两个女儿卓嘎、央宗一家三口孤独地守望着这片土地——孩子们的母亲于早年病逝。

这12年里，桑杰曲巴一家三口与大山为伴，桑杰曲巴常对卓嘎和央宗说："如果我们走了，这块国土上就没有人了！"

这句话，两个女儿记了一辈子。

岁月如同日拉雪山，铭记着每一段历史；时间如同玉麦河，经久不息地流淌着。如今的玉麦乡，已是"人丁兴旺"。

已故乡长桑杰曲巴的两个女儿卓嘎和央宗相继分家立户，是玉麦的"土著"；从1997年起，扎西曲杰、次仁措姆夫妇、白玛坚赞、娜贡一家在政府的动员下相继搬迁到玉麦。两个家庭在这里开花结果，生儿育女。如今，这里已经有9户人家。

最美的花总是开在悬崖上，玉麦人就是这样的花。在方圆1987平方公里的国土上，每一个玉麦人都是国家的坐标。

玉麦人从生活在这片土地的那一天起，肩上就比其他人多了一份沉甸甸的责任：我是中国人，我的任务就是守卫祖国的疆土。

卓嘎、央宗姐妹至今还清晰地记得，她们小时候十分渴望大山外的世界，几次央求父亲："到山外去吧！"

父亲总是说："不能走。这是国家的土地，我们不能走。"

作为玉麦乡第一任乡长，桑杰曲巴时常要去山外开会。开完会回到玉麦，他便第一时间叫来他的两个女儿卓嘎、央宗，告诉她们外面的变迁。

卓嘎回忆起小时候的生活，总显得特别自豪。有一天，父亲翻箱倒柜找出一块红布和黄布，姐妹俩以为父亲是要给她们做新衣服，欢天喜地。"父亲以前学过裁缝。"卓嘎说。

大约过了一两天，父亲把做好的"衣服"给她们，可是没有袖子，怎么也穿不上，只看到一块红布上缝了5颗黄色的五角星。她们正纳闷着，不知道这是什么。

只见父亲找来一根竹竿，把"衣服"挂在竹竿上，郑重地插在屋顶上。

父亲庄重地对姐妹俩说："这就是五星红旗。"

这一天，玉麦乡的3位公民，久久地凝视着这面国旗；这一天，桑杰曲巴亲手制作的五星红旗在玉麦乡迎风飘扬。

在姐妹俩的记忆中，父亲总共做过10面五星红旗。后来，随着经济的发展，父亲也不再亲手缝制了，外出时总会买上三五面五星红旗。姐妹俩发现，买回来的红旗与父亲缝制的红旗，除了大小不一样外，几乎没有什么区别。

迎风飘扬的五星红旗，让大山里的姐妹俩从小就懂得什么是国家。国家，就是五星红旗；国家，就是脚下的土地。她们从小就懂得，守护脚下的土地，就是守卫国家。

从此，大山深处除了有鸟鸣和水流的声音，还时常传来两个女孩的歌声。她们为自己歌唱，为父亲歌唱，为他们守护的土地歌唱，为祖国歌唱。

父亲的爱，注入女儿的血脉。

1988年，桑杰曲巴老人退休，女儿卓嘎接替父亲，担任玉麦乡乡长。这一当，就是20多年。这20多年，是玉麦乡变化最大的时期。

随着国家的强大，这片土地日新月异。

2001年，桑杰曲巴最大的心愿实现——政府修通了玉麦通往山外的公路。

"父亲沿着这条公路，去了一次拉萨。"卓嘎说。

这一年，老人没有留下任何遗憾，安详离世，享年77岁。

卓嘎至今仍清楚地记得，父亲临终前对她说的一席话："如果我们走了，这块地方就没有人了，中国的地盘就会变小。"

老乡长的一生，被定格在这片方圆1987平方公里的土地上。这里很大，大到堪比一些国家的面积；这里很小，小到只有9户32人。然而，他对祖国的忠诚和家乡土地的热爱，却跨越整个雪域高原。

"这里是中国的土地，祖国的土地要由我们自己人来住。"老阿妈用最朴素的语言表达玉麦人的共同信仰。

随着人口的增多，从1999年起，玉麦乡开始在一些重要的日子举行庄严的升国旗仪式。

卓嘎说："看到国旗就想起祖国。"

"留在这里就是在守卫我们的国土。"扎西罗布说。

没有人记得从哪一年开始，9户人家的蓝色屋顶上除了经幡，还挂上了鲜艳的五星红旗。

卓嘎说，挂经幡只是为自己一家人祈福，而挂国旗是为所有的同胞祈福。只有祖国繁荣富强，藏族同胞才能过上更加幸福美满的生活。

让卓嘎、央宗姐妹俩欣慰的是，央宗的儿子索朗顿珠，作为玉麦乡历史上第一个大学生，从西藏大学本科毕业后，主动报考了乡里的公务员。伴随他的，除了皑皑雪山，还有一片壮志和豪情。索朗顿珠说："家是玉麦，国是中国。我愿意像外公和母亲一样，成为守护这片土地的一员。"

守望着玉麦乡方圆1987平方公里的9户32人，有一种发自内心的神圣责任感。

因为他们知道，玉麦的每一个人都是国家的坐标；因为他们知道，守护土地，就是守护国家；因为他们知道，留在这里就是在守卫我们的国土。

(摘自《读者》2018年第6期)

圣敦煌记
于 坚

　　并非所有的沙都被风吹散。
　　莫高窟是沙堆前面的一排丘陵般的砂岩，挡住了滚滚流沙。在砂岩上开凿了一排排洞窟，里面供奉着赞美佛陀以及其他无数神祇的塑像、彩绘、经书。
　　沙漠环绕着敦煌，就像一种迷恋。
　　自开凿以来，这些窟已经存在了1000年以上，灰黄色的沙粒依然堆积在那儿，无法计数。在敦煌天空的热光下乍见这些洞窟，人不由得会双膝发软，如果有人毫无来由地朝着它们跪下去，也很自然，这并不一定是宗教狂热引起的生理反应，这地方太神奇了，滚滚流沙忽然在大漠上停下来，凝固成坚岩，裹挟出幽秘的洞穴，在盲者眼眶般深邃的黑暗里，五色从枯沙中溢出，立地成佛。
　　就宗教来说，莫高窟并非圣地，它不是佛教的圣地，不过是沙漠中的一处航标，供奉着保佑旅人平安的神祇。

朝拜者像狂沙般滚滚而来，又像沙一样消失。

他们来敦煌干什么，烧香吗？敦煌研究院禁止在这里烧香。敦煌的佛爷如今也没有香火旺盛、有求必应的名声，但一听到这个名词——敦煌，就蒙召似的来了。这个圣地圣在哪里？

现代的人们不像旧时代的那么封闭，闭关锁国的门已经一道道被打开，人们见识过各种古代圣地——金字塔、科隆大教堂、希腊的神庙、玛雅人的祭坛、吴哥窟、英国人的巨石阵、哭墙……或者现代主义的圣地——埃菲尔铁塔、纽约帝国大厦、蓬皮杜中心……莫高窟极不显眼，没高出世界一寸，深陷于大地的黑暗中。要不是人流滚滚，粗心些的旅行者大概都会漠视它，就像漠视沙漠本身。几排参差不齐的洞穴，害怕似的，藏在土黄色的砂岩上，犹如原始人的寓所。砂岩前面立着一个简朴的木质牌坊，穿过这个牌坊，就进入莫高窟了。它不知道自己已经成为被瞻仰的圣地，它其实从来也没有被作为一个纪念碑或者祭坛来建造。人们创造它，只是出于朴素虔诚的信仰甚至迷信，他们得找个地方来表达自己的诚意、迷狂。莫高窟起源于一个传说，说是有位僧人曾在此地见到金光在砂岩上一闪，这就是佛陀的启示。更现实的理由恐怕还是莫高窟前的那条神秘之河，它带来了水，生命得以存在。即使超越如佛陀者，也是从水开始，后觉悟于菩提树下。如果没有水，这地球至今也就像月球一样，寸草不生，更不会有什么宗教了。

我们跟着讲解员——一位戴眼镜的姑娘，她似乎与过去在洞窟里面忙活的匠人有某种亲缘关系，似乎我们是乘着那些隋末或者晚唐的大匠休息的当儿，溜进他们的工作室。她拿着一大串钥匙，只要把其中一把插进锁孔向右一拧，我们即刻就跨进唐去。这个唐与书本上的唐不同，与博物馆里的唐不同，这个唐是唐的作坊、工作室，不朽之作得以诞生的原址、摇篮、产床。匠人们就在这里面捏泥巴、润笔、调颜料，累了喝口水、有时候靠着墙打个盹。"哗啦"一声，锁开了。光先进去，洞窟隐晦地明起来，透出一股老茶才有的苦涩味。光跪到地上，又朦朦胧胧地反射到壁间，隐约看见一神端坐正中，微笑着欠身道："来了？"

这是唐开凿的第 N 窟。姑娘打开手电筒，唐呈现在洞壁上。哗然而入的观众被踩了一脚急刹车似的安静下来。这是另一个世界，刚刚完工似的，凝固于一个瞬间。

辉煌的安静。

佛陀居中，垂目微笑，周围是喜上眉梢的诸神，就像一个家。佛陀慈眉善目，就像家长，不是威严的父亲，而是慈祥的母亲。菩萨是美人，刚刚从梳妆台前转过身来的美人。诸神就像老师、亲人、朋友、爱人等待着你回家似的。这厢，佛陀祥光漫溢，又灿烂又温润；那厢，菩萨亭亭玉立，春服既成，咏而归；这厢，春树茂林之间，鼓乐齐鸣，十二音雷公鼓、琵琶、胡琴、箜篌、竖琴、阮、葫芦琴、莲花琴、弯把儿琴、直颈琵琶、曲颈琵琶、陶埙……此起彼伏；那厢，鹿在山坡溪流间散步，开着一身的梅花；这厢，飞天婆娑起舞，"婆娑"一词，也许就是为飞天的舞姿而创造的吧；那厢，几位仙女刚刚下凡，正在商量是去逛丝绸铺还是去逛玉石店；这厢，大腹便便、虎背熊腰，笑逐颜开；那厢，沉鱼落雁、兰质蕙心、心旷神怡；这厢，闭月羞花、环肥燕瘦、喜上眉梢；那厢，塔刹之间，旗幡飞扬、亭台楼阁、茶香果鲜，"儵鱼出游从容，是鱼之乐也"……

有些地方颜色褪去，线条露出来，那么生动地表现了凝神这种状态，只是一笔而下，神态跃然纸上。

莫高窟里，每一面墙都是通过线条、颜料呈现的"神态"。与其他民族的神灵出脱于世俗人生不同，中国的神是供养在日常生活世界中，所谓天人合一。通过诗歌、文章、艺术……"生活就是艺术"的意思，也就是神在世上，因为诗歌、文章、艺术的根本就是"传神"。

敦煌供奉着诸神。在那些幽暗的洞窟里无时不感觉到神的在场。

敦煌是历史，但是为什么当代人潮水般地涌去？这种历史不是书本上少数人的历史，而是活着的大众的历史。这是神性使然。大多数历史缺乏神性，仅仅是解释。但敦煌不仅仅是历史，它还是神性的载体，神性是无法被历史化的，它会隐匿，某些时代它不在场，但无法被历史化。敦煌曾经被流沙吞没，但只要重见天日，就依然神性熠熠，因为它已经神灵附体。

敦煌必须亲临，你得睁开眼睛、抛弃观念、身临其境，回到看，然后才能观。一天下来，看了七八个窟，累极。每个窟都令人感动到瞠目结舌。其实看一个窟就够了，足够看一辈子。对敦煌的觉悟是一个漫长的过程，每个窟都局限于一个洞穴，不过四十平方米大小。但每个场都是无限的，气韵流动，暗藏着领悟、感悟、醒悟、独悟、渐悟、参悟、顿悟、觉悟、大彻大悟……你得有时间。

这些洞窟是一个个场，不是经文、不是观念。也许它们冲动于观念，但一切执迷都在场里面活泼泼的了，这个场可以作宗教解，也可以不作宗教解。这个场创造了一种魅力，魅力是比观念更古老的东西。这个充满魅力的场域引领我们超越一切观念，看见了观念无法释义的美妙。敦煌已经不是某种宗教，敦煌升华到更高的层次，美轮美奂，使它得以诞生的初衷——宗教，也显得世俗了。

我站在这里，呆若木鸡、睁大了眼睛，陷入迷狂，不是宗教的迷狂，是艺术的魅力导致的迷狂，世上竟有这样的迷药，比宗教还迷人。我想看个究竟，却感觉到虚无。

敦煌不是灵光一现的结果，为创造它，无数匿名的大师、工匠、艺人前仆后继，不是凭飓风般的激情，而是凭持久如沙漠、绵亘如沙漠的激情以及一代比一代娴熟的手艺，直到时间认输，直到后继者体会到那种再也无法超越、到此为止的绝望。

敦煌是匿名的，在从4世纪到9世纪的壁画中，找不到关于作者的任何资料（之后偶尔出现关于作者的记载，只有40多条，有名有姓的壁画作者仅平咄子等12人）。作者已逝，作者已经匿名。佛陀一再告诫不要立偶像，神自己是自己的偶像，佛涅槃之后是不可见的在者。匠人们创造的是神，揣摩、创造偶像意味着作者比神更高，这是一种得罪，他们怎么能留下自己的名字？留名等于招供神是他们创造的。匿名者因为匿名而自由，他们可以天马行空地想象并创造心中的诸神。

但是，这个伟大的博物馆并非起于一个深谋远虑的宏伟计划，道法自然，这场在沙漠深处如喜马拉雅般崛起的中国艺术活动一直是自生自灭。谁有能力供养匠人，谁就可以前来开凿洞窟。这一代人的窟倒塌了，下一代人的窟再次开始。

最后，只有那些最坚固、最美丽的窟能够穿越时间。穿越时间就是在时间中匿名，匿名于万物之中。道法自然，就要顺应时间。在唐的辉煌之后，敦煌一日日走向匿名。匠人们创造的敦煌，道法自然又超越自然，超越自然又"复得返自然"。敦煌不是虚名，而是存在。存在就是能够成为自己，秋天成为秋天，河流成为河流，敦煌成为敦煌，然后又回到万物，周而复始。自前秦建元二年（公元366年）莫高窟兴起到19世纪末期，敦煌已经被世人遗忘，仿佛回到沙漠，不再有作者，也没有信徒，似乎这一切本来就"在那儿"。

只要文明崛起，存在就会被命名，再次被命名。

直到西方人到来，敦煌与世界的关系才改变了。敦煌不再是神龛、神器、神的匿名寓所，而是博物馆的价值连城之物。斯坦因绝不会对敦煌诚惶诚恐、顶礼膜拜，但他也欣喜若狂，对于他来说，敦煌是一座不幸的、就要被流沙吞噬的宝库。

斯坦因"名垂青史"，被西方视为伟大人物，"同时代人当中一位集学者、探险家、考古学家和地理学家于一身的最伟大的人物"，他看见的敦煌是大英博物馆现在的一部分。

1930年，陈寅恪在所撰的《敦煌劫余录》序中提出"敦煌学"的概念，"敦煌学者，今日世界学术之新潮流也"。

"清光绪二十六年四月，洞中佛龛坍塌，故书遗画暴露，稍稍流布。时人不甚措意。三十三年，匈人斯坦因、法人伯希和，相继至敦煌，载遗书遗器而西，国人始大骇悟。"

骇悟的是什么？

与世界诸多文明基于某种准宗教不同，中国文明可以说是基于文教的文明。

文明在中国就像宗教一样。敦煌起源于宗教的激情，如果只是教条主义，那么早期匠人的顶礼膜拜已经完美。但是，敦煌的创造并非只是复现。与其说敦煌那些匿名的作者是一批艺术家、工匠，不如说他们是文人。这些伟大的文人创造了敦煌，敦煌超越了它的宗教性，超越了它的实用性。通过艺术之纹，文化了宗教。

宗教兴起于对大地人间的绝望和对彼岸的向往。文教则赞美大地人间，道法自然。宗教基于升华出世界的激情。激情会消退，一旦宗教式微，文教就是精神世界最后的、终极的守护者。敦煌乃是最后的、终极的。敦煌，文教之圣地也。

起源于宗教狂热，但最终超越了它而不朽。那些佛教徒，那些匿名于狂沙中的伟大艺人创造了超越宗教的东西——圣敦煌。

人们穿越沙漠来到敦煌，顶礼膜拜的是圣泥塑、圣壁画、圣铁线描、圣兰叶描、圣中锋、圣钴蓝、圣土红、圣朱砂、圣赭石、圣铁红、圣雄黄、圣湖绿、圣石青、圣石绿、圣铁黑、圣泥金、圣砖、圣竹简、圣书、圣吴带当风、圣曹衣出水、圣第45窟、圣第99窟、圣第154窟……

无数匿名于沙漠的工匠艺人创造了敦煌。他们像恒河沙数一样，环绕着自己的作品，风将他们吹去，他们又从别处回来。

入夜，敦煌的天空满天星子，一颗颗闪耀着，就像被解放的沙子。下面，黑暗里，莫高窟在黑暗里，就像一个沙漏。

(摘自新浪网于坚的博客)

泰山很大
汪曾祺

泰山很大。

"泰"即"太","太"的本字是"大"。段玉裁以为太是后起的俗字,太字下面的一点是后人加上去的。甲骨文、金文中的大字下面如果加上一点,也不成个样子,很容易让人误解,以为是表示人体的某个器官。

因此描写泰山是很困难的。它太大了,写起来没有抓挠。三千年来,写泰山的诗里最好的,我以为是《诗经》中的《鲁颂》:"泰山岩岩,鲁邦所詹。""岩岩"究竟是一种什么感觉,很难捉摸,但是登上泰山,似乎可以体会到泰山是有那么一股劲儿的。"詹"即"瞻",是说在鲁国,不论在哪里,抬起头来就能看到泰山。这是写实,然而写出了一个大境界。汉武帝登泰山封禅,对着泰山简直不知道怎么形容才好,只好发出一连串的感叹:"高矣!极矣!大矣!特矣!壮矣!赫矣!骇矣!惑矣!"完全没说出个所以然。这倒也是一种办法。人到了超出经验的景色面前，往往找不到合适的语言，就只好狗一样地乱叫。杜甫的《望岳》，自是绝唱，"岱宗夫如何，齐鲁青未了"，一句话就把泰山概括了。杜甫真是一个深受儒家思想影响的伟大的现实主义者，这一句诗表现了他对祖国山河无比的忠悃。相比之下，李白的"天门一长啸，万里清风来"，就有点"洒狗血"。李白写了很多好诗，很有气势，但有时底气不足，便只好洒狗血，装疯。他写泰山的几首诗都让人有底气不足之感。杜甫的诗当然受了《鲁颂》的影响，"齐鲁青未了"，当自"鲁邦所詹"而出。张岱说"泰山元气浑厚，绝不以玲珑小巧示人"，这话是说得对的。大概写泰山，只能从宏观处着笔。郦道元写三峡可以取法。柳宗元的《永州八记》刻琢精深，以其法写泰山却不大适用。

写风景，是和个人气质有关的。徐志摩写泰山日出，用了那么多华丽鲜明的颜色，真是"浓得化不开"。但我有点怀疑，这是写泰山日出，还是写徐志摩？我想周作人就不会这样写。周作人大概就不会去写日出。

我是写不了泰山的，因为泰山太大，我对泰山不能认同。我与一切伟大的东西总有点格格不入。我十年间两登泰山，但彼此可谓了不相干。泰山既不能进入我的内部，我也不能外化为泰山。山自山，我自我，不能达到物我合一，使山即是我，我即是山。泰山是强者之山——我自以为这个提法很合适，我不是强者，不论是登山还是处世。我是生长在水边的人，一个平常的、平和的人。我已经过了七十岁，对于高山，只好仰止。我是个安于竹篱茅舍、小桥流水的人，以惯写小桥流水之笔而写高大雄奇之山，殆矣。人贵有自知之明，不要"小鸡吃绿豆——强努"。

同样，我对一切伟大人物也只能以常人视之。泰山的出名，一半由于封禅。封禅史上最突出的两个人物是秦皇汉武。唐玄宗作《纪泰山铭》，文辞华缛而空洞无物。宋真宗更是个沐猴而冠的小丑。对于秦始皇，我对他统一中国的丰功不大感兴趣。他是不是"千古一帝"，与我无关。我只从人的角度来看他，对他的"蜂目豺声"印象很深。我认为汉武帝是个极不正常的人，是个妄想型精神病患者，一个变态心理的难得的标本。这两位大人物的封禅，可以说是他们对自我人格的夸大。看起来，这两位伟大人物的封禅实际上都不怎么样。秦始皇上山，上到一半，遇到暴风雨，吓得退下来了。按照秦始皇的性格，暴风雨算什么呢？他横下心来，是可以不顾一切地上到山顶的。然而他害怕了，退下来了。由此可以看出，伟大人物也有虚弱的一面。汉武帝要封禅，召集群臣讨论封禅的制度。因无旧典可循，大家七嘴八舌瞎说一气。汉武帝恼了，自己规定照祭东皇太乙的仪式来。上山了，却谁也不让同去，只带了霍去病的儿子。霍去病的儿子不久即暴病而死，死因很可疑。于是，汉武帝究竟在山顶上鼓捣了什么名堂，谁也不知道。封禅是大典，为什么要这样保密？看来汉武帝心里也有鬼，很怕他的那一套名堂并不灵验，为人所讥。

但是，又一次登上泰山，看了秦刻石和无字碑（无字碑是一个了不起的杰作），在乱云密雾中坐下来，冷静地想想后，我的心态就比较透亮了。我承认泰山很雄伟，尽管我和它不能水乳交融，打成一片。我承认伟大的人物确实是伟大的，尽管他们所做的许多事不近人情。他们是人里头的强者，这是毫无疑问的事。在山上待了七天，我对名山大川、伟大人物的偏激情绪有所平息。同时我也更清楚地认识到我的微小、我的平常，更进一步安于微小、安于平常。

这是我在泰山受到的一次教育。

从某种意义上说，泰山是一面镜子，照出每个人的价值。

（摘自《读者》2017 年第 9 期）

扬州之思

于 坚

　　我在中午一点去何园附近的一家馆子吃盖浇狮子头面，已经卖完了。又走去冶春茶社，也打烊了，这是著名的连锁店，却不将24小时都"连锁"起来。扬州城还遵循着那些古老的世道：自己活，也要让别人活；自己好，也要让别人好；自己赚，也要让别人赚。这就是和。中国从来不是一个孤独的个人主义的社会，中国思想一直强调"天人合一"，如果天意味着形而上的诗意，人意味着形而下的具体，扬州就是一种生活世界的"天人合一"。

　　然后，我拐进小巷去散步。从甘泉路的一个路口转进去，有条长三百米的巷子叫史巷，巷口坐着几个绣娘，专门为人补毛衣、织物破洞什么的。卖包子的伙计光着膀子揉面。有人在弹古琴。许多人家将衣物晾在空处，组合出灿烂或朴素的图案，就像印象派某大师未完成的作品。修脚店换了玻璃门，在外面可以看见师傅在修脚。在这个行色匆匆的时代，人们能停下来修脚的恐怕只有扬州了。巷子不宽，好像是预见到汽车时代的来临，宽度刚好不够汽车开进去。大家骑着电摩托、自行车穿行，让着行人，人行落花步。也有三轮车载客。一些猫在巷子中央睡觉。如果没有汽车就意味着贫穷的话，那么在史巷，贫穷受到尊重；如果有颜回那样的人物，他依然可以光明正大、心无旁骛地走路，一点也不会自卑。居住格局被革命打乱了，一个个小院都成了大杂院。居民像移民那样，在别人的故居里隔墙、开门、打洞、开窗……将花厅改成厨房，将书房用作卧室，将匾锯断做了案板……新的格局虽然霸道龃龉，但是家家户户的水井大都还在。革命再怎么激烈，终究不敢革掉水井的命，许多宗教兴起的时候，纷争都与水源、井的位置有关，水井在着，就为重建"仁者人也""温良恭俭让"的生活世界留下了基础。几十年下来，这些市井已经相安无事，其乐融融了。有篇文章介绍史巷9号大院，清末民初的民居。一位居民患了肺癌，"快乐地活到了现在，主要因为左邻右舍的关照。每天上午，大家坐在天井里拣菜、聊天、说笑话；她在家里闻到别人家烧的菜粥、菜面等爽口的东西，她只要喊一声，邻居就会送过来"。这篇文章只是将此作为好人好事表扬一下，其实在这里面，暗示着中国最深刻的生存哲学。

老扬州还在。树木、花鸟、落日依然高于建筑，最高贵的建筑物不是钢筋水泥结构的高耸入云的长方形盒子，而是土木结构的浅屋深宅、茂林修竹、池塘浅草。它们环绕着一座座念珠般散布其间的经典名园，日日向它们学习生活的艺术。天长日久，家家户户都艺术化，成了规模不等的大大小小的园林，花台、盆景、曲径、博古架……个园、何园鹤立鸡群，像巴黎圣母院那样被顶礼膜拜，俨然成了中国古典生活的教堂。人们蜂拥而入，怀着敬畏之心，在已经具有圣人光环的大师石涛搭建的片石山房中，抚摸那些仙人般的太湖石，品味刻在匾联上的圣经般的诗句，重温着那句古老的箴言："上有天堂，下有苏杭。"迷惘而失落，我们到底得到了什么，失去了什么，我们是否已经被天堂抛弃？无边无际的老街老巷，破旧而坚固。在别处，这些弯弯曲曲的旧墙，暗淡素朴的院落，画栋雕梁的门楣……早已被视为"落后""脏乱差"，贴满"拆迁"字样，成为废墟。在扬州，旧事物保持着尊严和自信。热衷唯新是从、猎奇争光的游客感到无聊，这不就是过日子嘛，瞧，那些从四书五经中截词命名的巷子里到处飘扬着谁家不登大雅之堂的被单、衬衣、裙子、内裤……猫到处窜，青苔藤子到处爬，鸟喜欢停，屋宇门面参差不齐，高低不等，全是旧的，随便、散漫、衰败着……不堪其扰都来不及，有什么好参观的。于是扬州城里大部分角落都很清静，我行我素，在四月，依然像杜牧李白们的时代，寂寞地滚着落花。那些巷子仿佛涂抹了暮色似的，灰蒙蒙的。卖油条的铺子将炸好的油条架在黑乎乎的锅子边上，从斑驳的砖墙边冒出来，老远就能看见。在这位油条铺的伙计眼里，这些油条不仅仅是油条，还是一束花枝，他将这些油条像花束一样地陈列着，令人赏心悦目。他也许意识不到这一点，不过是受了日日在巷子里驶过的卖花车的熏陶吧。当老死不相往来的陌生人小区在中国如火如荼地铺开，这里依然是一个"老吾老以及人之老，幼吾幼以及人之幼"的熟人社会。老者安然漫步如落花，邻居互相问候，站在巷子里闲聊，彼此祝福。他们不必去养老院，这就是送终之地；盲人不会害怕出门，整条巷子都是盲道；小孩背着书包回家，穿过一条条小巷，受到邻居长辈各种行为言谈的教诲，在潜移默化中学习着礼仪规范、待人接物、世故人情；年轻人骑着电动车过来，赶紧减速，鞠躬般地让到一旁。絮花沾了谁的衣襟，掸都不掸，仿佛这是福气。谁家大院的墙头开着琼花，鸟跳进去不见了。芍药的香气一阵阵来袭，像是从一张只能弹出香味而无声的古琴上传出来的。

烟花三月下扬州，我为烟花而来。现代化再怎么威猛刚烈、所向无敌，李白歌咏过的"烟花"大约还是拆不掉的吧。我对扬州城不抱什么指望，同质化席卷中国，一切都要拆掉或者正在拆掉，老扬州没有什么理由例外。但是，出乎意料，扬州还在着。有个夜晚，我去拜见广陵派的传人古琴大师刘扬，座中多是英豪，杏花疏影里，抚琴到天明，窗外的运河在月光下已经道法自然，仿佛是原始之流了。是什么力量使得扬州抵抗住了这场翻天覆地的大拆迁？值得深思。拆迁植根于 20 世纪的中国世界观，从道法自然到理当如何，这是中国思想的一个深刻转变。扬州罕见地坚持了传统。中国文明植根于生活世界而不是观念世界，扬州的幸存使这一真理再次彰显。为什么传统中国要这样建造，这样生活，持续千百年；

为什么苏杭地区被传统中国称为天堂，扬州是一个证据。幸存者必有其道，这个证据在今天，像一部在场的启示录，启示着人们去思考生活的意义——为什么老中国要这样生活，而不是那样生活。

我们时代的有一些舆论无视苏轼、欧阳修、白居易、杜牧、马可·波罗、石涛、郑板桥、朱自清们对扬州城斩钉截铁的肯定，一直在散布这些地方不宜居，只能拆掉的谣言，弄得在这些地方的居民相当自卑。我在史巷里问一位老太太，这一带的房价是多少。老太太一愣，说，不知道，我们这里没有人卖房子。这位老太太的房子非常简陋，低矮的平房，依附着豪宅，屋外杂七杂八地堆着些木板、花盆、废纸什么的，但是砖是晚清的古砖，门是晚清的古门，令文物贩子垂涎三尺。她正坐在门口吃着一碗小馄饨。她家对面，另一位白发大娘坐在自家门前的石墩上拣着一小堆绿生生的茼蒿。问她，她也不知道。大多数原住民不愿意搬走。在"如何在"上，原住民显然有着与这个时代流行的观念不同的世界观。扬州，烟花三月下扬州，扬州的"好在"已经有了上千年的口碑。老太太说不出来，她只是相信代代相传的经验和自身的体会，这是一个"好在"的地方。

史巷充满了日常生活的细节，它正是普鲁斯特在《追忆逝水年华》一书中描绘过的细节天堂。现代主义正在打造一个没有细节的世界，同质化就是细节的丧失。故乡不是空洞的乡愁，而是在时光中生长起来的各种生活细节。"上帝存在于细节之中——在这个到处显得单调乏味和千篇一律的世界内，我们只能勉强从感性的细节里辨认神性的维度——这里的一个微笑，那里的一个意想不到的援手……"（斯拉沃热·齐泽克）老中国本是一个细节天堂。中国天堂的典范就是苏杭、扬州这样的生活世界，天堂不是一个许诺，一个观念，而是人们入世、在世创造的细节现场。创造细节与布施真理的观念不同，布施真理是少数圣人的特权，创造细节则是芸芸众生的权利，每个人能够以仁为方，止于至善，通过自己的双手创造滋润生命的细节，所以人"皆可为舜尧"。一方面是三百六十行的充满敬业精神的创造，一方面是芸芸众生在"道法自然""师法造化"这些中国真理中潜移默化的创造。瞧那些扬州圣人，就是在窗台上晾晒一排鞋子，也要"以仁为方"，美化一番；在门口摆一把拖把，也要尽善尽美。在扬州的小巷里，美不胜收。只要你看得见，就是墙上流下的一溜水渍，也会令人想到颜真卿的书法。在个园里，就是一条通向厕所的小路，也要铺成地毯式的。扬州是中国最深厚的文明的产物，欣赏扬州必须有极高的审美力，用"唯新"的眼光是看不见扬州的。大多数时候，细节像诗一样无用。明式家具的美感就来自大量无用的细节。本来直线已经达到实用之目的，明式家具也要创造富于美感的曲线。细节不指向实用，细节在于好玩，美感，诗意地栖居，在于生发出生命的无限意义。细节使生活充满意义而不仅仅是谋生，令生活充实于每时每刻。孟子说，充实之谓美。细节是中国神性的在场。

细节也是一种古老的经济学，人们通过创造丰富的生活细节而活泼泼地在着，细节将生计、财富分布给三百六十行而不是集中在少数人手里。细节是生活的生物链。比如那些修补旧衣物的绣娘、卖花女、花匠、鞋匠、木匠、锁匠、理发匠、铜匠、桶匠、铁匠、皮匠、修脚师傅、古琴老师、裁缝、送外卖的、卖阳春面的、开饭馆的……三百六十行，每一行又牵扯创造出与之关联的三百六十行。各种令人生不仅仅只是糊口，而是好在、好玩，充实丰富，活泼泼的，富于诗意的生活细节一环扣一环，人人都找得到自己的生计、事业。在现代小区中，这些细节丧失得很惨重，几家超市就消灭了三百六十行。那种彼此隔绝，断绝了人们的世俗联系的建筑格局，永远无法像扬州小巷这样创造丰富美好的生活世界，更无法发展出个园那样的经典。现代建筑在商业上很成功，在生活世界则完全失败，没有细节的生活是贫乏的，人们获得的是财产而不是生活。史巷也许平庸，但不会无聊。

那个老太太一面在阳光下修着脚，一面与对面那家正在浇花的街坊说着闲话。我给用竹竿晾在小巷高处，正在微风里摇晃着就要变成云的一群裙子拍照，一位女士走来，瞪着我，你拍什么？我很做作地说：美啊！她说，美？你恐怕是来出扬州的丑的吧。

（摘自《读者》2016年第17期）

田园与故乡

押沙龙

前些年我填过一份问卷，问心目中的理想生活是什么样，我当时认真地说了一通傻话：住在幽静的木屋里，附近有一面湖，湖水旁有草地。白天在湖边跑跑步，晚上倒杯啤酒坐在走廊上听蛐蛐叫。反正大致是瓦尔登湖的中国版吧。谁料没过多久，因为换工作，我有几个月没事干，真可以到乡间小住一阵。朋友把钥匙拿来，撂下我一个人在那儿修养身心，说是"换换脑子"。虽没有湖，住的也不是木屋，但确实幽静，也有大片的草地。不怎么有蛐蛐，但能听到远处村子里的狗叫。每天我都散步到几百米外的小卖部买点吃的喝的，然后端着易拉罐啤酒坐在院子里听狗叫。按理说，这是内省的好时机，离开紫陌红尘的喧嚣，擦拭心灵上的灰尘，倾听自己内心的声音。我安静地坐在那里，听到自己内心的声音却是："要是能上网该多好呀！要是能上网该多好呀！"

有过这段田园牧歌式的经历，我有时会纳闷：野花绿草很好看，但长年累月地看不会闷吗？大部分人应该还是会闷的吧。略萨的《情爱笔记》里有一个人物，当别人跟他描绘"牛群在芳香的野草上徜徉"之类的美景时，他生气地喊叫：收起牛群野草小木屋的这一套！没有了现代文明的衬托，那玩意儿有啥意思？"如果有一天，地球被摩天大厦、金属大桥、柏油马路、人工花园、岩石铺地的广场、地下停车场覆盖，整个地球都浇筑了钢筋混凝土并成为一座无边无际的球形城市（很好！到处都是书店、画廊、图书馆、餐厅、博物院和咖啡馆），我会举双手赞成！"听上去有点可怕，但如果非要选择的话，我也会选球形城市吧。

古代文人许多喜欢写隐逸诗，这个题材成了文学中的一种神话。很多士大夫当着官，也要写首诗表明一下心志，描绘自己的理想生活：摆脱名利场上的纷争，归隐田园，种种地，喝喝酒，何等快活？当然他们大多不种地，主要是看别人种地。但在他们的设想里，看别人种地也很快乐，"独出前门望野田，月明荞麦花如雪"。话是这么说，真看多了也闷。人的思维需要外界刺激，尤其是经过高频度刺激的人，忽然被切断了刺激源，就容易处于麻痹状态，时间长了就觉得单调了。辛弃疾写了好多赞美田园生活的诗词，我就学过一首："茅檐低小，溪上青青草。醉里吴音相媚好，白发谁家翁媪？大儿锄豆溪东，中儿正织鸡笼。最喜小儿亡赖，溪头卧剥莲蓬。"生活真是押着韵的美好。可一旦朝廷有起用的意思，辛弃疾也顾不得看溪上青青草了，急吼吼地出发，"单车就道，风采凛然"。当然辛弃疾是为了报国、中兴，但设身处地替他想想，也未必就丝毫没有解闷之感。

除了田园，文学里的另一个神话是故乡，且经常和田园神话纠缠在一起。前些年大家都在写"每个人的故乡都在沦陷"，感叹一份曾经的美好在渐渐消失。随着城市化进程的推进，中国乡村开始凋敝，这是事实。但是很多感叹不是为了哀婉这个，倒像在构建一个关于过去的田园神话。如果过去真的这么美好，那我们这一代人都瞎折腾了些什么啊？

也许就像一句名言说的：过去显得美好，不是因为它们真的如此美好，而是那时我们年轻。青春在某种程度上是残酷的，心理往往要像蛇蜕皮那样蜕下一层，才会成长。但另一方面它也不乏美好：那时的荷尔蒙浓稠得像化不开的烈酒，未来空旷得像走不到头的地平线，没有方向却充满力量。无论是友谊还是爱情，都因新鲜而格外美好。我们感怀的从来不是真正的故乡，而是在故乡里流淌的童年和青春。

我的故乡是一个三线城市，每次回去多少都会发现它的变化。上学时走过的林荫路变成了专卖店，曾在夏夜里坐着喝汽水聊天的马路牙子也全无踪影，这当然会让我有些伤感。但这座城市没有沦陷，只是在成长——抛开了我，自己成长。我曾站在故乡中学的门口，看着从那里涌出的孩子，热泪盈眶。20多年前，从那里背着书包走出来的少年里，也有我。而我眼中沦陷的现在，正是这些孩子们拥有的青春。它何曾真的沦陷？

对于田园和故乡这两个题材，无论说得太多，还是说得太伤感，都容易流于虚伪。随着时间的变化，故乡再也不适合我了。就算老了，我也不会回去定居。我和这个城市相遇，然后分开，带着一些恨也带着一些爱，然后和它各自成长。这就是整个故事。就像奈保尔在《米格尔街》结尾里描写离乡时的话："我步履轻快地朝飞机走过去，没有回头看，只盯着我自己的影子，而它就像一个小精灵在机场上跳跃着。"

(摘自《读者》2015年第23期)

我和祖父的园子

萧 红

呼兰河这小城里边住着我的祖父。

我出生的时候，祖父已经六十多岁了，我长到四五岁，祖父就快七十了。

我家有一个大花园，这花园里蜂子、蝴蝶、蜻蜓、蚂蚱，样样都有。蝴蝶有白蝴蝶、黄蝴蝶。这种蝴蝶极小，不太好看。好看的是大红蝴蝶，满身带着金粉。

蜻蜓是金的，蚂蚱是绿的。蜂子则嗡嗡地飞着，满身绒毛，落到一朵花上，胖圆圆的就和一个小毛球似的不动了。

花园里边明晃晃的，红的红，绿的绿，新鲜漂亮。

据说这花园，从前是一个果园。祖母喜欢吃果子，就种了果树。祖母又喜欢养羊，羊就把果树给啃了，于是果树都死了。到我有记忆的时候，园子里就只有一棵樱桃树、一棵李子树，因为樱桃和李子都不大结果子，所以觉得它们是并不存在的。

小的时候,只觉得园子里有一棵大榆树。

这榆树在园子的西北角上,来了风,这榆树先啸;来了雨,这榆树就先冒烟了。太阳一出来,大榆树的叶子就发光了,它们闪烁得和沙滩上的蚌壳一样。

祖父整天都在后园里边,我也跟着祖父在后园里边。祖父戴一个大草帽,我戴一个小草帽;祖父栽花,我就栽花;祖父拔草,我就拔草。当祖父下种,种小白菜的时候,我就跟在后边,把那下了种的土窝,用脚一个一个地溜平,哪里会溜得准,东一脚、西一脚地瞎闹。有的菜种不但没被土盖上,反而被我踢飞了。

小白菜长得非常之快,没有几天就冒了芽,一转眼就可以拔下来吃了。

祖父铲地,我也铲地。因为我太小,拿不动那锄头杆,祖父就把锄头杆拔下来,让我单拿着那个锄头的"头"来铲。其实哪里是铲,也不过趴在地上,用锄头乱勾一阵就是了。也认不得哪个是苗,哪个是草,往往把韭菜当成野草一起割掉,把狗尾草当成谷穗留着。

等祖父发现我铲的那块地留着一片狗尾草,他就问我:"这是什么?"

我说:"谷子。"

祖父大笑起来,笑够了,把草摘下来问我:"你每天吃的就是这个吗?"

我说:"是的。"

我看着祖父还在笑,就说:"你不信,我到屋里拿来你看。"

我跑到屋里拿了鸟笼上的一头谷穗,远远地抛给祖父,说:"这不是一样的吗?"

祖父把我叫过去,讲给我听,说谷子是有芒针的。狗尾草则没有,只是毛嘟嘟的真像狗尾巴。

祖父虽然教我,我也并不细看,不过马马虎虎承认下来就是了。

一抬头看见一个黄瓜长大了,跑过去摘下来,我又去吃黄瓜了。

黄瓜也许没有吃完,又看见一个大蜻蜓从旁飞过,于是丢了黄瓜又去追蜻蜓了。

采一个倭瓜花心,捉一个大绿豆青蚂蚱,把蚂蚱腿用线绑上。绑了一会儿,也许把蚂蚱腿绑掉了，线头上只拴了一只腿，而不见了蚂蚱。

玩腻了，我又跑到祖父那里去乱闹一阵。祖父浇菜，我也抢过来浇，奇怪的是并不往菜上浇，而是拿着水瓢，拼尽了力气，把水往天空里一扬，大喊着："下雨了，下雨了。"

凡在太阳下的，都是健康的、漂亮的，拍一拍连大树都会发响，叫一叫就连站在对面的土墙都会回答似的。

花开了，就像花睡醒了似的。鸟飞了，就像鸟上天了似的。虫子叫了，就像虫子在说话似的。

一切都活了，都有无限的本领，要做什么，就做什么。要怎么样，就怎么样，都是自由的。倭瓜愿意爬上架就爬上架，愿意爬上房就爬上房。黄瓜愿意开一个谎花（植株的雄性花，不结果的花），就开一个谎花；愿意结一个黄瓜，就结一个黄瓜。若都不愿意，就是一个黄瓜也不结，一朵花也不开，也没有人问它。

只是天空蓝悠悠的，又高又远。白云来了的时候，那大团的白云，好像撒了花的白银似的，从祖父的头上经过，好像要压到祖父的草帽。

我玩累了，就在房子底下找个阴凉的地方睡了。不用枕头，不用席子，就把草帽遮在脸上睡了。

（摘自《读者》2016 年第 18 期）

一片叶子下生活
刘亮程

如果我们要求不高，一小洼水边，一块土下，一个浅浅的牛蹄窝里，都能安排好一生的日子。针尖小的一丝阳光暖热身子，头发细的一丝清风，让我们凉爽半个下午。

我们不要家具，不要床，困了你睡在我身上，我睡在一粒发芽的草籽上，梦中我们被手掌一样的蓓蕾捧起，越举越高，醒来时就到夏天了。扇扇双翅，我要到花花绿绿的田野转一趟。一朵叫紫胭的花上你睡午觉，一朵叫红媚的花儿在头顶撑开凉棚。谁也不惊动你，紫色花粉沾满身子，红色花粉落进梦里。等我转一圈回来，拍拍屁股，宝贝，快起来怀孕生子，东边那片麦茬地里空空荡荡，我们把子孙繁衍到那里。

如果不嫌轻，我们还可以像两股风一样过日子。春天的早晨你从山谷吹过来，我从那片田野刮过去。我们遇到一起合成一股风。是两股紧紧抱在一起的风。

我们吹开花朵，不吹起一粒尘土。

吹开尘土，看见埋没多年的事物，跟新的一样。

当更大更猛的风刮过田野，我们在哗哗的叶子声里藏起了自己，不跟它们刮往远处。

围绕村子，一根杨树枝上的红布条够你吹动一个下午，一把旧镰刀上的斑驳尘锈够我们拂拭一辈子。生活在哪儿停住，哪儿就有锈迹和累累尘土。我们吹不动更重的东西，石磨盘下的天空草地，压在深厚墙基下的金子银子，还有更沉重的这片村庄田野的百年心事。

也许，吹响一片叶子，摇落一粒草籽，吹醒一只眼睛里的晴朗天空——这些才是我们最想做的。

可是，我还是喜欢一片叶子下的安闲日子，叶子上怀孕，叶子下产子。田野上到处是我们可爱的孩子。

如果我们死了，收回快乐忙碌的四肢，一动不动躺在微风里。说好了，谁也不蹬腿，躺多久也不翻身。

不要把我们的死告诉孩子。死亡仅仅是我们的事，孩子们会一代一代地生活下去。

如果我们不死，只有头顶的叶子黄落，身下的叶子也黄落。落叶铺满秋天的道路。下雪前我们搭乘拉禾秆的牛车回到村子。天渐渐冷了，我们不穿冬衣，长一身毛。你长一身红毛，我长一身黑毛。一红一黑站在雪地。太冷了就到老鼠洞穴蚂蚁洞穴避几日。

不想过冬天也可以，选一个隐蔽处昏然睡去，一直睡到春暖草绿。睁开眼，我会不会已经不认识你，你会不会被西风刮到河那边的田野里？冬眠前我们最好手握手面对面，紧抱在一起。春天最早的阳光从东边照来，先温暖你的小身子。如果你先醒了，坐起来等我一会儿。太阳照到我的脸上我就醒来，动动身体，睁开眼睛，看见你正一口一口吹我身上的尘土。

又一年春天了。你说。

又一年春天了。我说。

我们在城里的房子是否已被拆除，在城里的车是否已经跑丢了轱辘，城里的朋友，是否全变成老鼠，顺着墙根溜出街市，跑到村庄田野里？

你说，等他们全变成老鼠了，我们再回去。

迟疑的刀

我在老奇台半截沟村一户人家门前的地里，见过独独的一株青玉米。其他的玉米秆全收割了，一捆捆立在地边。这株玉米独独地长在地中间，秆上结着一大一小两个青棒子，正抽穗呢。

陪同的人说，这户人家日子过得不好，媳妇跑掉了，丢下一个五六岁的孩子跟父亲一起过生活。种几亩地，还养了几头猪。听说还欠着笔钱，日子紧巴巴的。

正是9月末的天气，老奇台那片田野的收获已经结束。麦子在7月就收割完，麦茬地已翻了一半，又该压冬麦了。西瓜落秧。砍掉头的葵花秆，被压倒切碎，埋在地里。

几乎所有作物都缩短了生长期，田野的生机早早结束。还有一个多月的晴热天气。那株孤独的青玉米，会有足够的时间抽穗、结籽、长成果实。

在这片大地的无边收割中，有一把镰刀迟疑了，握刀的手软了一下——他绕过这株青玉米。

就像我绕过整个人世，在一棵草叶下停住脚步。

这个秋天嚓嚓嚓的镰刀声在老奇台的田野上已经停息，在别处的田野上它还在继续，一直要到大雪封地，依旧青青的草和庄稼就地冻死，未及收回的庄稼埋在雪中，留给能够熬过冬天、活到雪消地开的鸟和老鼠。这都是再平常不过的事。这场可怕的大收获中，唯一迟疑的那把镰刀，或许已经苍老。它的刃锈蚀在迟疑的那一瞬间，它的光芒不再被人看见。

现在，那把镰刀就扔在院墙的破土块上，握过它的手正提着一桶猪食。他的几头猪在圈里哼哼了好一阵了。我们没有打扰他,甚至没问他一句话。

这是他再平常不过的生活了。他可怜的一点收获淹没在全村人的大丰收里。他有数的几头猪都没长大,不停地要食。他已该上学的儿子在渠沟玩泥巴,脸上、手上、前胸后背的斑斑泥土,不知要多久才能一点点脱去,或许一辈子都不会——这个孩子从泥土中走出来,是多么遥远和不易。

但他留住的那株唯一的青玉米,已经牢牢长在一个人心里——这是 2000 年秋天,我在这片村庄大地的行走中遇到的最有意义的一件事。

日子没过好的一户穷人,让一株青玉米好好地生长下去。那最后长熟的两个棒子,或许够我吃一辈子。

但我等不到它长熟。这户人家也不会用它做口粮。他只是让它长老,赶开羊,打走一头馋嘴的牛,等它结饱籽粒,长黄叶子,金色的穗壳撒落在地,又随风飘起。那时他会走过去,三两下把棒子掰了,扔进猪圈里。

(摘自《读者》2012 年第 14 期)

遍地鸟鸣
简 默

相对于绵亘的群山，湖沟仅是个婴儿，躺在大山温暖舒适的襁褓中。

在湖沟的日子，每天早晨，是鸟鸣唤醒了我。

我住在村委会的院里，围墙外，是村民们的土地。地里生日本杨。这种树是树家族中的乡村男孩，淘气、泼辣、皮实，仿佛见阳光和风雨即长。村民们看重短期效益，正好相中了它这点，在地头田间广泛栽种，视它为每天生长利息的绿色"银行"。但也因此带来了一些问题，譬如它幼时尚不要紧，待到枝繁叶茂根扎得深了，遮住了阳光，与庄稼争夺养料和水分，庄稼便不长了，村民们管这叫泄地了。眼前这些树高大挺直，浓荫蔽日，在风儿的吹拂下飒飒地响，瞪大眼睛俯瞰着楼房和矮矮在下的我。

有树便有鸟，有巢，有鸟鸣。我不止一次地抬头望见喜鹊衔着干草和枯枝，优雅地舒展、扇动双翅，搅起小小的幸福的漩涡，登上枝头筑自己的巢。没鸟住时，巢是一棵树空荡荡的嘴巴，除了风吹树叶哗啦啦地响，鸣蝉喋喋不休的聒噪，再无其他声音；一旦鸟住了进去，鸟鸣便纷扬如雨，从天降临，唤醒了我。

湖沟的夜晚包容孕育着层出不穷的静。高高挺立的太阳能路灯，白天吸纳了太阳的光芒，到晚上将能量滔滔不绝地释放出来，这光渺小而微弱，仅照得亮脚下和周围有限的距离，是一粒米的光。沿着水泥路走过这些散落在乡野的路灯，便进入了湖沟，一路高低起伏，将这些路灯撇在身后，就出了湖沟。路上车辆稀少，偶尔冒出一辆，像萤火虫浮过，两束前灯将黑夜捅开一个小缝隙，几米之外仍沦陷在黑暗中。有星星的夜晚，我喜欢站在天底下，像站在很深很深的井底，四壁石头森然，苍苍寂然，仰望无边的星空，星星稠密而硕大，互相保持着绅士的距离，绽放着各自的耀眼光华。

谁拄一根拐杖滴笃滴笃地敲点着路面，深一声浅一声的，村庄里卧着的土狗听见了，兴奋地叫嚣起来，远远近近的土狗都跟着叫了，像点燃捻子放了一挂鞭炮。鸟鸣也急促地响了，是布谷鸟，山里人俗称"烧香摆供"，前一只喊着"烧香摆供"，话音没落，后一只立刻接上了嘴"一壶一壶"，似乎天衣无缝，侧耳谛听，破译得出"阿爹阿哥，割麦垛垛。割麦垛垛，家家吃馍"的农事密码，这也是山里娃们麦香弥漫的催眠曲。

有一种鸟，我从未看见过它的真面目，从白天到黑夜，它都在鸣叫，在远处的山间，在路旁的栗子林中，我曾蹑手蹑脚地试图走近它，它看透了我的鬼把戏，却不急于戳穿我，待我走近，猛地屏气噤声了，茂密的枝叶遮住了它的身影，浓郁的栗子花香熏晕了我，我当然寻不到了。

群山是最好的回音壁，狗吠抑或鸟鸣，都借助它宽阔强劲的肺活量，被无限放大了，撞到对面弹了回来，黑夜愈加沉寂深广了。

我摸着乡村的黑回到城市，迎头痛击我的是满城灯火，急不可耐的汽车鸣笛，夜以继日的工地呐喊，这是我的日常生活，日复一日的喧嚣与骚动。偶然，鸟鸣也会唤醒我，譬如说今天早晨，一只不知什么鸟，栖息在窗台上，厚厚的窗帘挡住了它，我看不见它小小的身体，但它的声音就像在我的枕边，将我从沉沉睡梦中叫醒。

　　有一天傍晚吃过饭后，我环绕着会展中心转了一圈，这座设计成船形的建筑巨大而冰冷，像一具恐龙的残骸，我数了数，上头总共有十三个鸟巢——都是喜鹊在城市屋檐下的家。它居高临下的生活和视角，使它一眼觑见了我们内心的欢喜，以及忧愁。

　　城市是个巨大的发光体。白天，我走过一面面玻璃幕墙，它们映照着匆匆忙忙的人影和车流，反射着炽热白亮的阳光；坐在书桌前，目光穿过阳台，能够看见对过那些六层的楼房，以及楼顶那一排排耸立的太阳能装置，它们闪烁的光芒令我晕眩。到了晚上，无数灯光彻夜不眠，仿佛另一个白天，而那些隐匿于各个角落的鸟也将黑夜当成了白天，一边睁着惺忪的睡眼，一边大声歌唱自己的爱情。

　　几天后，我回到湖沟，村委会院外的那些日本杨被悉数伐倒了，代之种下的是一株株桃树苗，它们瞧上去单薄羸弱，随风摇摆俯仰，托不住那一树稠稠密密的鸟鸣。

（摘自《光明日报》2017 年 6 月 16 日）

有月光的生命

连中国

  人的长大，或许就是一个离开精神故乡越来越远的过程。看到现实里我们的那些窘态，我想，教育最大的一个功能或许就是呵护生命。其实，生命是娇弱的，易破碎，易固化，易无聊，易盲从，易臣服，易被现实彻底所擒……而一年年、一届届，师生共浴在朗朗的月华里，至此生命里总有一捧清辉，遇涩滞以清明，遇枯瘪以泽润，遇黑沉以皎白，遇绝境以再升。

  有月光的生命里，存有美。美，是一种在自由与柔软中认同了的方向。南宋诗人杨万里有几句写月的诗颇妙："溪边小立苦待月，月知人意偏迟出。归来闭户闷不看，忽然飞上千峰端。"这活泼调皮的月色似乎支持了他的一生。他一生写下了许多清新明快的小诗，对大自然观察领悟得既精妙又有趣。他目光新巧，美的每一个细小微妙的瞬间似乎都可以被他准确地捕获。中国历史上，风起云涌的大人物不少，生命里有纯正的趣味、有意思的人有限，而杨万里是一个。

有月光的生命里，有自己的"境"，不容易被现实轻易征服。张孝祥在贬抑途中，过洞庭湖，他说："尽挹西江，细斟北斗，万象为宾客。"在他满月的辉光里，生命的筵席多么辽阔！他进而更加疏放，不为现实所泥。

有月光的生命很干净，有一种皎洁的力量。我常常惊讶孙犁其人，他所生长的环境，他所经历的社会，他所面对的现实，都不会促成、支持他变成那个样子。我们惊讶于孙犁的那片世界：再艰苦贫穷的处境，水生的小褂也总是"洁白"的；再严峻压抑的现实，"淀里也是一片银白世界。水面笼起一层薄薄透明的雾，风吹过来，带着新鲜的荷叶荷花香"；再残酷激烈的战斗，我们也能看到"那一望无边际的密密层层的大荷叶，迎着阳光舒展开，就像铜墙铁壁一样"……而水生嫂编席，必要的环境一定是："月亮升起来，院子里凉爽得很，干净得很"。月色、荷香、浩渺的烟波、俏丽多情的白洋淀妇女构成了孙犁特有的境界。随着自己的年岁渐深，从孙犁先生洁净的作品中，我甚至读到了一种高贵的抵抗。莫言说："按照孙犁的革命资历，他如果稍能入世一点，早就是个大文官了；不，他后半生偏偏远离官场，恪守文人的清高与清贫。这是文坛上的一声绝响，让我们后来人高山仰止。"

说起有月光的生命，有一部分人以为在现实里会遭遇较严重的隔膜。从小学一直讲到高考的简单的模式化的答题方法与泥沙俱下的大量练习，压住了生命的月华跃出黑黢黢山脊的丰富的可能性。如若我们生活在一个由青少年时代只有分数的"人"构建而成的社会里，恐怕还不如生活在丛林之中吧。

我渴盼，也一直在努力，在我们的校园里，有健康爽朗的分数。我这样想，在现实中也这样做，并且已经发现：月光与分数可以不对抗，在月光里可以酿造出"梵婀铃上奏着的名曲"一般的分数呢。酿造的过程里，师生都享有了现实里的美好的幸福，也获得了彼此最纯挚的可以一生怀想的感情。

（摘自《文摘报》2017年4月15日）

精神的三间小屋
毕淑敏

面对那句——人的心灵，应该比大地、海洋和天空都更为博大的名言，自惭形秽。我们难以拥有那样雄浑的襟怀，不知累积至那种广袤，需如何积攒每一粒泥土？每一朵浪花？每一朵云霓？

甚至那句恨不能人人皆知的中国古话——宰相肚里能撑船，也让我们在敬仰之余，不知所措。也许因为我们不过是小小的草民，即便怀有效仿的渴望，也终是可望而不可即，便以位卑宽宥了自己。

两句关于人的心灵的描述，不约而同地使用了空间的概念。人的肢体活动，需要空间。人的心灵活动，也需要空间。那容心之所，该有怎样的面积和布置？

人常说，安居才能乐业。如今的城里人一见面，就问，你是住两居室还是三居室啊？……喔，两居室窄巴点，三居室虽说并不富余，却也算小康了。

身体活动的空间是可以计量的，心灵活动的疆域，是否也有个基本达标的数值?

　　有一颗大心，才盛得下喜怒，输得出力量。于是，宜选月冷风清竹木萧萧之处，为自己的精神修建三间小屋。

　　第一间，盛着我们的爱和恨。

　　对父母的尊爱，对伴侣的情爱，对子女的疼爱，对朋友的关爱，对万物的慈爱，对生命的珍爱……对丑恶的仇恨，对污浊的厌烦，对虚伪的憎恶，对卑劣的蔑视……这些复杂对立的情感，林林总总，会将这间小屋挤得满满，间不容发。你的一生，经历过的所有悲欢离合喜怒哀乐，仿佛以木石制作的古老乐器，铺陈在精神小屋的几案上，一任岁月飘逝，在某一个金戈铁血之夜，它们会无师自通，与天地呼应，铮铮作响。假若爱比恨多，小屋就光明温暖，像一座金色池塘，有红色的鲤鱼游弋，那是你的大福气。假如恨比爱多，小屋就阴风惨惨，厉鬼出没，你的精神悲凄压抑，形销骨立。如果想重温祥和，就得净手焚香，洒扫庭院。销毁你的精神垃圾，重塑你的精神天花板，让一束圣洁的阳光，从天窗洒入。

　　第二间，盛放我们的事业。

　　适合你的事业，白桦林不靠天赐，主要靠自我寻找。这不但因为相宜的事业，并非像雨后的菌子一样，俯拾即是，而且因为我们对自身的认识，也是抽丝剥茧，需要水落石出的流程。你很难预知，将在18岁还是40岁甚至更沧桑的时分，才真正触摸到倾心的爱好。当我们太年轻的时候，因为尚无法真正独立，受种种条件的制约，那附着在事业外壳上的金钱地位，或是其他显赫的光环，也许会灼晃了我们的眼睛。当我们有了足够的定力，将事业之外的赘物一一剥除，露出它单纯可爱的本质时，可能已耗费半生。然费时弥久，精神的小屋，也定需住进你所爱好的事业。否则，鸠占鹊巢，李代桃僵，那屋内必是鸡飞狗跳，不得安宁。

　　我们的事业，是我们的田野。我们背负着它，播种着，耕耘着，收获着，欣喜地走向生命的远方。规划自己的事业生涯，使事业和人生，呈现缤纷和谐相得益彰的局面，是第二间精神小屋坚固优雅的要诀。

　　第三间，安放我们的自身。

这好像是一个怪异的说法。我们自己的精神住所，不住着自己，又住着谁呢？可它又确是我们常常犯下的重大失误——在我们的小屋里，住着所有我们认识的人，唯独没有我们自己。我们把自己的头脑，变成他人思想汽车驰骋的高速公路，却不给自己的思维，留下一条细细的羊肠小道。我们把自己的头脑，变成搜罗最新信息网络八面来风的集装箱，却不给自己的发现留下一个小小的储藏盒。我们说出的话，无论声音多么嘹亮，都是别的喉咙嘟囔过的。我们发表的意见，无论多么周全，都是别的手指圈划过的。我们把世界万物保管得好好，偏偏弄丢了开启自己的钥匙。在自己独居的房屋里，找不到自己曾经生存的证据。

　　三间小屋，说大不大，说小不小。非常世界，建立精神的栖息地，是智慧生灵的义务，每人都有如此的权利。我们可以不美丽，但我们健康。我们可以不伟大，但我们庄严。我们可以不完满，但我们努力。我们可以不永恒，但我们真诚。

(摘自《读者》2001年第1期)

鹊　巢
蔡文刚

　　和往年比，2016 年的冬天气暖和很多。温暖的冬天似乎遗忘了一件重要的事，那就是至今还没有落一场厚实的雪。

　　在去银川的途中，沿着高速一路北上，除了建筑风格大同小异的民宅和裸露的田地，路两边再没有什么吸引眼球的景物，天地间一片土黄色，缺少生机。在似睡非睡的状态下，我时不时用眼睛打量车窗外的风景，倏忽而过的村落、炊烟、牛羊，还有忙忙碌碌的身影，总能勾起我对村庄的无限向往和回忆。

　　北方的冬天，在没有雪的装扮下，路两边排成行延伸下去的白杨树竟形成了一道亮丽的风景线。那一个个笔直挺拔的身姿矗立在道路两旁，好像威武的士兵在站岗，迎接着南来北往的车辆和旅客。然而，真正吸引我的并非是白杨树，而是树枝上很多的黑点，它们或高或低、间隔出现，形状也大小不一。能是什么呢？就在我纳闷时，从远处那一个个黑点上冒出几只小鸟，忽地从一棵树梢飞向另一棵树梢，矫捷而欢欣。凝视着那几只飞来飞去的熟悉身影，我突然变得既惊又喜——那不是喜鹊嘛？没错，是多年未见的喜鹊！显然，远处树枝上的那一个个黑点就是鹊巢。

这一意外之喜，将我的思绪拉回到遥远却清晰的童年。

小时候，家里穷，没有钱买炭，烧火做饭或者取暖主要靠树枝。冬天是家里积累柴火的最好时候，于是我们就在这时上山"打干梢"。出门前，先准备几根短小坚硬有分量的小木棒，几个小伙伴相约一起拉上架子车上山。山上的树木都很高，我们个儿矮力气小，要把那些准备好的小木棒投掷到树上敲打已经干裂的树枝很难。别担心，我们有办法：只需挑选一片长在山坡上的树林，然后站在高高的坡顶，往下向那些干裂的树枝扔木棒。一阵喊哩喀喳之后，就可以把敲打下来的干梢拾掇起来装在车上。如此反复投扔，直到干梢装满架子车。

"打干梢"时，最让我们企盼的是能遇上几窝鹊巢。细碎树枝搭成的鹊巢总是被筑在高高的树尖上，难道是喜鹊为了防止受到侵害而不得已为之吗？可是，不论它把巢筑得多高，还是逃不出孩童们顽劣的手掌。我们总会想尽办法捣毁鹊巢占为己有，这样就会不费劲弄到更多柴火。记得有一次，当我高高兴兴地把柴火拉回家，并得意地向父母炫耀战况时，还没等我说完，父亲就狠狠地撂下一句话："以后再敢去拆鹊巢，打断你的腿！"我委屈得几乎要掉泪，母亲抚摸着我的头慈爱地说："喜鹊是友好、吉祥的鸟，不能伤害它，更不能破坏它的窝，否则会招来祸患的。"听了母亲的话，再联想到"喜鹊枝头报喜"的民间说法，我有点想通了，内心甚至还有些后怕。现在想来，父亲不让我捣毁鹊巢，除了有保护喜鹊之意，恐怕还是担心我从树上掉下来摔坏。

已经多年未见喜鹊了，没想到此次在高速路旁邂逅了喜鹊还有鹊巢。往事如梦，看着窗外瞬间掠过的鹊巢，在感叹时间流逝之快的同时，也让我懂得要更加珍惜眼前幸福殷实的生活。

(摘自《光明日报》2017年2月11日)

江畔又闻水潺潺

李 汀

青竹江清澈，修长，深深浅浅，流水跳下岩石，形成的深潭蓝幽幽的，煮起的白泡子沸腾。一切都是蓝色的，纯净的。青竹江两岸的村庄更是如此。当中，就有我的村庄。

放牛那些年，看见青竹江水慢吞吞流淌，我一个人是不敢在江边待的。黄牛在青竹江岸边的草地上吃草，我总是邀约几个小伙伴，在沙地上抓石子玩。黄牛很聪明，见我们小伙伴在玩着，它们就会跑进沙地庄稼地里偷吃庄稼。等江面上撑筏子的人大声吆喝"嘿——牛吃庄稼了"，我们就会一跃而起，用飞石赶出庄稼地里的黄牛。有孩子不怕筏子客，大声对江面的筏子客吼："喊啥呢。"说完，又唱起骂筏子客的儿歌："筏子客，滩上歇，那边湾湾里去不得。筏子客，吃不得米，吃了米，要沉底；筏子客，吃不得面，吃了面，要碰烂……"我怕筏子客，不敢开腔唱，感觉他们会像土匪一样靠岸，跳下来把我抱上筏子拉走，我就再也回不到青竹江畔。

但我又非常喜欢这样的江畔。出太阳的时候，看得见水里的白片子鱼，它们在滩口的浪花里跳跃。那停在水面石包上的水鸟，娇小，羽毛翠绿，贴着水面飞翔简直像个精灵，站在岸边石包上又像一个隐者。夏天的时候，我们可以仰面睡在石包上，看蔚蓝的天空，也看江面那些筏子客脱光身子洗澡。我与夏天的江水感觉最近，有时候大起胆子把脚伸进水里，还会引来一群群小鱼，它们争抢着用小嘴用身子触碰脚丫子的感觉，让人心里痒酥酥的。

村庄坐在江畔的山腰上，它跟青竹江的关系非常融洽，作为江水的背景，与这条江融为一体。江水静而美的气质，以及日夜奔流的精神，也直接影响着这个村庄。于是，顺水而居的我们，淳厚，质朴。我们打量江水，我们欣赏江水，我们依恋江水。

好像是突然间，青竹江水一下子浑浊起来。岸边全民淘金的场景，成了青竹江的另一道风景。河坝里人山人海，机器轰隆，根本听不到江水流淌的声音。金门、摇筛、耙子、金锤、金盆等淘金工具被搬到江畔，更有抽水机、挖掘机开到江畔。河道被迫改道。人们见面说话，全得说淘金行话，"水"要说灰，"灯"要说是红，"吃饭"要说成造粉子。村里的乔大爷坐在江畔，抽着旱烟骂："一群龟儿子，这是造祖宗的孽。"这时的青竹江日夜浑浊，沙地被占，砂石裸露，岸边的青草地被覆盖。水鸟不见了，它贴着水面飞的影子也不见了。

开始还是青竹江畔，后来江畔的田地也成了淘金的地方，再后来，挨着江畔的树林说是有一条金线，也用挖掘机推倒树木，开槽子进去了。淘金改变了江水的秩序，改变了江畔的场景，改变了人们对江水的依恋。我离开青竹江畔的时候，淘金还在继续……

离开不是忘记，我永远记得青竹江的清澈，也永远记得青竹江的浑浊。

那天，突然接到乔大爷的电话。他邀我回青竹江畔，他在电话里说："青竹江变了，变了呢。"我疑惑。变了，是变得更加浑浊了吗？回到青竹江畔，我这才看到，江面变得比原来开阔了，裸露在水面的卵石干净纯粹；沿江的一条自行车道随着江水蜿蜒而上，花花绿绿的自行车穿行其间。我好像是从梦中醒来，又看见了原来的青竹江，又听见了青竹江的水声。江面的水鸟回来了，好像还是先前那一只，停在岸边石包上像个隐者，贴着水面飞翔像个精灵，尖尖的嘴巴，灵动的小眼睛像要说话。村庄还在山腰里，宽阔的公路修到家家户户，一栋栋小洋楼前是花果飘香的庭院。乔大爷迎上来，笑呵呵地说："怎么样，青竹江畔变了吧。"我激动地直点头，疑惑地问："村里不淘金了？"

乔大爷爽朗地笑着说："早不淘金了，多亏这几年的啥子生态修复。"

大爷也知道生态修复啊。"

这是为子孙造福，我咋不知道。淘金淘不了一辈子，这绿水青山才是一辈子的事。"

我说："一夜破坏，十年修复啊。"

"乔大爷点点头说："这青竹江淘金淘了两三年，却用了五六年时间来恢复。"

"江浪一个接一个打过来，发出低低的拍打声。青竹江静静流淌着。村庄在江雾衬托下显得更加安静，江水的流淌声是村庄天然的背景音乐。

天渐渐黑了，乔大爷说要给我一个惊喜。他邀我坐上电动小船，小船慢慢行进在暗淡的天色中，然后他拿出钓鱼竿插在船头，仰面躺在船里，看星星月亮。乔大爷说："村里不淘金了，生态好了，搞起了乡村旅游。家家比淘金还来钱呢。"我看着江边的村庄，像个孩子一样安安静静的。我还看见夜空中的星星，一颗一颗在闪烁。鱼上钩了，乔大爷拉上来一条大鱼，说是白片子。然后，乔大爷开动小船上岸，对我说："知道你好久没有吃青竹江水煮青竹江鱼了，解解馋吧。"我激动得要掉泪，突然感觉这夜就像一锅熬好的鱼汤，阵阵飘香。

（摘自《人民日报》2017年10月28日）

返 乡
宋石男

有位在深圳工作的朋友讲了一个离奇而真实的故事。他同事家在昆明，春节前两日才能返乡。他订不到2300元的直飞机票，也买不到传说中可以网购的火车票，毅然选择曲线返乡，订了深圳飞曼谷的特价机票，以及曼谷到昆明的8折票，加起来2200元。

返乡的念头根植于春节合家团圆的传统习俗之中，根植于人们最珍贵的回忆与情感之中。无论如何艰难，外出的人们还是要踏上回家之路。

为了生存，我们早早成人，离开家乡，来到大城市寻找梦想。为了梦想，我们把命运比作淤血，把挫折当成病，却仍保有不可言说的骄傲。为了骄傲，我们一年无休止地学习、劳作，不断付出与牺牲，在城市里暂时安顿下来，甚至扎根。

我也是离开故乡来到城市的人群中的一员。城市繁华，故乡冷清，但我在繁华中总是觉得孤独，而在冷清中才能找回安宁。

安宁的源泉来自童年，来自故乡。我只读了半年幼儿园，其余时光全在五眼钟山度过。我每天一个人在山中游荡，让风吹过手指，用手指杀死草地上的虫子，听鸟在林间鸣叫，看夕阳像熟透的果实一样落下山。回家时我记住山上的一切，第二天早上会仔细查看，哪里少了一片花瓣，哪里又多了一只甲虫。

我怀念在故乡涌斯江边，捡几块白色鹅卵石，以便在夜里用它们擦出微型闪电。等五通桥的太阳西下，望着菩提寺山上的天空，想象未来那条没完没了的路。在这条路上，一切怀有梦想的人们，正在被卷入时代的大漩涡。我知道在牛华镇需要有痛哭的地方，一定有人痛哭；我知道在竹根滩需要有愤怒的地方，一定有人愤怒；我知道在大河坝的草地上，每个晴朗夜晚都可以看到众多星星，其中一颗就是我们自己。它低低垂首，无语安详，把光芒洒落在五通桥的每一座桥、每一座山、每一条河、每一个人身上。

一年终了，回到故乡，是我们获得安宁的最好机会。看看这个呼啸前行的世界，每个人都在忙。忙着生，忙着死，忙着追名逐利，忙着油盐柴米。现在，一年就要过去，我们也许应该停下来想一想，我们的身体、我们的脑子是不是已经麻木了？我们的到底在哪里？

故乡等着我们，等我们返乡。

我们可以开车返乡。那会很疲倦，但值得，而且可以躲过买火车票的痛苦。我们不会一个人开车上路，我们身边一定有爱人、亲人或朋友。我们也许会遭遇高速公路大塞车，但是没关系；我们也许会遇到大雪，但是没关系；我们也许会没油却找不到加油站，还可能在荒郊野外抛锚，同样没关系——上天保佑春节回家的人们，总有一双手帮助你脱离困境，总有一束光照你回家。

我们中间还有更多人，仍是坐火车返乡。我们来到火车站，排队排成"冰棍"，挤车挤成"照片"，支撑我们的是返乡的希望，是去年走时父母对我们说的"早点回来，平安回来"。我们像被流放的圣徒一样坦然面对艰难，没有什么比回到故乡更能显示我们的勇气，以及勇气背后饱含泪水的情感。

现在，让我们收拾行李，带上礼物，走出去，经过大街，越过原野，在亘古就有的星光下，返乡归家的人可以再次做梦，并且一切都只为了做梦。返乡吧，异乡人，灵魂的噪音只有在爱的故土才能得到过滤、平息。当我们爱着，我们就已经回到故乡。

(摘自《读者》2013年第8期)

合欢，合欢
李晓东

很多年以后，我才知道，那是合欢。

小城况味，多是从悠长悠长的小巷里荡漾出的，这是九岁的我就已经能感受得到的。所以，当母亲牵着我的手慢慢走进不知名的巷道时，一种淡淡的情绪笼上我的心头。后来，我学会了描摹那种情绪：忧伤。

事实上，九岁的我，和忧伤是不搭界的。三十八岁的母亲，似乎也看不出忧伤的样子。天生的好皮肤让她显得比同龄人年轻十岁，同样一件的确良白衬衣，穿在她身上，就有了时装的味道。母亲齐耳的短发，刚刚遮住耳朵，当她俯下身子给我整理衣服的时候，我看见清晨的阳光投在她的脖颈上，让她的耳朵有了透明的质感，粉嘟嘟的耳垂让我忍不住伸手去摸。母亲笑一笑，随手拂过脸颊的发梢，一段白皙的脖颈上也落下一片阳光。

这是七月，母亲去小城开会，带上了我，这是我第一次出远门。纵深的小巷是我们走往住地的必经之路。小巷里隔三五步就见一棵槐树，粗壮的树干一个人不能环抱，浓密深绿的树叶，漏着点点阳光。槐荫披拂处，是一个个门庭，层层剥落的朱漆，锈迹斑斑的门环，半掩着的木门，褪了色的对联，簇拥着一条碎石铺地，仅容我和母亲并排行走的小径，重重叠叠的屋檐从爬满青苔的高墙上伸出来，把天空切割成一条窄窄的蓝色，随着我们的脚步晃啊晃。

小巷尽头，豁然洞开，一个一眼看不到头的大院子，水泥柱子上挂着"市政府招待所"的木牌。院子里是一排排白墙青瓦的平房，我随母亲走进一间，一开门，隐隐的霉味儿裹挟着热浪扑面而来。母亲推开浅绿色的木窗，我来到窗前，一棵大树正对着窗口。那是一种我从来没有见过的树，开着我从来没有见过的花，粉柔柔的，像一把把小扇子密密缀满枝头。树冠在十几米高处平平地铺开，将七月骄阳隔在树外，树下形成天然绿荫。

我雀跃而出，跑到屋后，见十来棵一般模样的大树肩并肩默立，树叶间缀满了粉红色棉絮一样的绒花，远远望去，如雾一般。从那红雾里，飘出丝丝缕缕清甜的香气。我站在树下，看见那香气正倾泻而下，从我的头顶、发梢，直到我的肩膀、我的手、我的脚下，然后那香气蓬勃而起，又从我的脚下蒸腾，沿着我的手、我的肩膀、我的发梢，直到我的头顶，重重叠叠。我在那香气里静悄悄，不敢发出一点声音。但母亲唤着我走过来了，她刚刚洗过的头发还没有干透，她的脸颊，不知道是因为洗过澡的缘故，还是被那笼罩在头顶的粉色映照的缘故，像抹了胭脂一样。她从那香气里走过来了，她唤我的声音也是香的、软的呢。

又五年，我读到了史铁生的《合欢树》，这个名字让我喜欢，但是文章始终没有描摹过合欢的样子。"与其在街上瞎逛，我想不如就去看看那棵树吧。"可是，史铁生终究没有走近那棵树。"我摇着车在街上慢慢走，不急着回家。人有时候只想独自静静地待一会儿，悲伤也成享受。"史铁生的悲伤我那时并不理解，让我失望的是，合欢在哪里呢？

我真正认识合欢，是在羊城，那时我十九岁。还是七月，走进烈士陵园时，我大汗淋漓，感觉自己已经奄奄一息。顾不得旁人诧异的目光，我把头伸向陵园一角的水龙头。我把水开到最大，长发在水中倾泻。立起身，甩甩头，感觉可以喘气了，头顶，却是一棵大树，那花粉柔柔的，像一把把小扇子密密缀满枝头。蓦然间，感觉十年前的那树回来了。树干上挂着小牌子："合欢，又名……"合欢，合欢，原来，史铁生笔下那棵始终未曾露面的合欢，我早在九岁的时候就已经遇到了。

那是一次仓促的旅行，仓促到不知道为什么旅行，仓促到不知道下一站在哪里。我茫然地站在羊城街头，看衣着光鲜的人流开开合合，我知道，这里不是我的世界。在这里邂逅的合欢，与十年前小城的合欢相比，是傲慢的。虽然树是一样的树，花是一样的花，但是，那香气里已然有了本土的居高临下、不屑一顾。过长沙，长沙的合欢看见过一个十九岁的白衣少女仰面躺在火车站广场的草坪上，合欢就在她的头顶，默默看她。

又是七月，我已是母亲当年的年纪，依然在小城，依然有合欢，然而母亲再也站不起来了。她整日躺在病床上，医院的颜色，除了白，还是白。但窗外是有颜色的，是有花树的，那花粉柔柔的，像一把把小扇子密密缀满枝头。我站在窗前，窗外是合欢，床上是母亲。

母亲唤着我走过来了，她刚刚洗过的头发还没有干透，她的脸颊，不知道是因为洗过澡的缘故，还是被那笼罩在头顶的粉色映照的缘故，像抹了胭脂一样。她从那香气里走过来了，她唤我的声音也是香的、软的呢。惊回首，病床上的母亲静悄悄的，一点声音也没有。

我知道了，史铁生为什么终究没有走近合欢。

（摘自《读者》2017 年第 2 期）

荒野漫步

李 娟

在茫茫荒野中漫步，用"闲逛"这个词真是再恰当不过！若在城市里逛的话，可一点也不能"闲"，得留神红绿灯，还得挤公交车，还要提防小偷。

旷野风大，一月的正午，白天温度大都在零下十摄氏度以下，跟冰箱冷冻室似的。在世界这个大冰箱里，厚衣服是最坚实的堡垒，围巾、帽子、手套一个也不能少。刀枪不入地走在明亮的高寒空气中，安全又自在，况且白天又没有狼。

在荒野中四面走动，无遮无拦。遇到骑马的胡尔马西时，他问我有没有看到小骆驼，我说没看到。就在这时，两峰小骆驼从我身后的沙丘顶端冒出头来——一分钟前，我刚从那里经过。于是胡尔马西很无奈，赶紧策马冲过去追赶。嗯，所谓闲逛，就是什么心也不用操。

后来，我开始观察一切经过这片大地的痕迹。

最大的痕迹是路。哪怕是一条轻飘飘的、痕迹浅淡的路，也会令世界为之倾斜——倾斜向这路指向的地方。

在空敞的天空下，一片片戈壁缠绕着一片片沙丘，永无止境。站在高处，四望漫漫，身如一叶。然而怎么能说在这样的世界里，人是微弱渺小的呢？人的气息才是这世界里最浓重深刻的划痕。人的气息——当你离他居住之处尚遥遥漫漫之时，你就已经感觉到他了。你看到牲畜的脚印渐渐凌乱、焦急，看到这些脚印渐渐密集，渐渐形成无数条小路。这些小路又渐渐清晰，渐渐向着他所在的方向一一合拢。一切都指向他，一切都正马不停蹄地向他而去。是的，"倾斜"，整个世界都向着他倾斜。他就是这荒野的主人。

野鼠的路往往从自己的洞口开始，小心地穿插在白雪黄沙间，弯弯曲曲地通向世界上最神秘的地方。但那个地方往往只长着一丛平凡的枯草。

比起一长溜精致细心的脚印来说，两串交叉而过的脚印立显热闹繁忙。在交叉之处，似乎看到不久之前两个小东西打招呼的情景。更常见的情形是，一串小脚印从一个洞口拐弯抹角地延伸到另一个洞口，难道野鼠们也会串门子吗？有时一串细碎的小脚印绕着一只庞大的牛蹄印绕了好几圈，都已经离去了，还不时折身回返，徘徊再三。不晓得当时那小家伙发现了怎样的一个秘密。

牛马骆驼们的脚印则粗鲁又突兀。

羊群的蹄印往往乱糟糟一大片，轰然经过草地。然而从远处看，却又是次序井然的缕缕细线，整齐地并行向前。

还有一种动物，不知是什么，蹄印分为四瓣，前面两瓣大，后面两瓣小，走路的情形应该是四平八稳，踱着方步。

鸟的脚印则惊鸿一瞥。鸟更多的时候应该属于天空，却很少在天空中看到它们。

野鼠只剩下脚印，鸟儿只剩下叫声。在荒野的某处，总是突然传来稠密激动的鸟叫声，令人霎时如身处森林的清晨，四面穷目，却看不到一只鸟。经常能看到的只有体形硕大的鹰隼之类的猛禽，静静停踞沙丘高处，偏着头，以一只眼盯着你一步步靠近。待到足够近时，它才扬起巨翅，猛然上升。

除了芨芨草和梭梭柴，我再也认不得这荒野中更多的植物了。但认不得的也只是它们的名字，我深深熟悉它们的模样和姿态。有一种末端无尽地卷曲的粗草（方便面似的），淡青色，我为之取名"缠绵"。还有一种柔软绵薄的长草，我取名为"荡漾"。还有一种草，有着淡红或白色的细枝子，频繁分叉，每一个叉节只有一寸来长，均匀、精致而苦心地四面扭转，我取名为"抒情"。还有一种浅色草，形态是温柔的，却密密长着脆弱的细刺，防备又期待的样子，我取名为"黑暗"。

走在满是缠绵草、荡漾草、抒情草和黑暗草的光明大地上，我有时会深深庆幸：这样的时间幸亏没有用来织毛衣！

傍晚，陌生的马群在上弦月之下奔腾过旷野。满目枯草，却毫无萧瑟败象。谁说眼下都是死去的植物？它们明明仍是继续生长的姿态，枝枝叶叶，完完整整。

在落日的余晖中，在东北面沙丘的西侧，我捡到过一个精美坚硬的、完完整整的刺猬壳。它的刺根根挺翘，质地如玉石般细腻润泽，丝毫没有敌意。你感觉不到这是遗骸，这是温情脉脉的壳蜕。欣赏完毕，再端正地放回沙滩上，让它继续宁静地在那里晒太阳。此后每当经过它，就忍不住打个招呼："你好！"

又想到假如我真的开了商店，在这个悄寂阔大的世界里，此时总会有一个牧人正与他的妻子仔细地商议着一个最恰当的日子。到了那天，他一大早起身出发，骑马向这边遥遥而来。他盘算着要买的东西以及要说的话，心里又有希望又有寂寞，于是他勒缰缓行，唱起歌来……而我没有开商店，没能与那人有相聚的缘分。只愿他此时正在大地的另一个角落为另外一些希望而欢喜独行。

（摘自《读者》2013年第5期）

给父亲写信的那些日子
夏成俊

    小时候，家里穷，为了供我们兄妹三人读书，一向热爱土地的父亲第一次对家里的几亩薄田产生了怀疑。对于一个祖祖辈辈靠土地过活的农民，我想这种思想斗争是激烈而持久的，可惜那时我还不知道察言观色，只是记得那天早上父亲背着简单的行李包，脸色凝重地摸着我的头说："孩子，以后要好好学习，我出去一段时间就回来……"

    一个月后，父亲的信回来了。这一个月，对于母亲来说是漫长的，每次放学回家，我总能看到母亲一个人对着山外的天空发呆，有时还折身去擦眼角的泪水。当母亲把那封信小心翼翼地拆开交到我手上时，我顿时有了一种异常激动的心情，脸涨得通红。要知道以前家里有信，都是父亲来念的呀！在昏黄的煤油灯下，在母亲忐忑不安的眼神里，我拿着父亲的信大声地读了起来。奇怪的是，那天晚上我读得非常流畅，就像在课堂上朗读课文一样。在我读完最后一个字的时候，我看见母亲的眼睛还停留在我手上的信纸上，脸上满是泪水。信上说父亲在一家食品厂找到了一份工作，包吃住，一个月的工资800块，而对这一个月之外的其他事只字未提。母亲终于松了口气。

第二天放学刚到家，母亲就找来小板凳，让我照着信封上的地址给父亲回信。那天，母亲对我的信任已远远超过了一个母亲对一个只读小学三年级的儿子的信任。蹲在地下，我写下了人生的第一封信。母亲站在我旁边，她说一句，我写一句，碰到我不会写的字，母亲就会换一句话来说。现在想想，对于从未进过校门的母亲来说，这种不时地转换"语法"凝聚了母亲对父亲及这个家庭多少的爱啊！在信里，母亲说，家里一切还好，叫父亲不要挂念；庄稼也已经种了下去，长得很好；前几天家里的那头猪卖了几百块钱，可以供孩子们买笔和本子，另外还可以买一些肥料；你在外边一定要照顾好自己，想家的时候就写封信回来……

这以后的每个月，家里总会收到一封父亲的信。而那些读信的夜晚，也成了我们一家人最快乐的时刻，大家如过节一般围坐在一起，就好像是在和父亲面对面地交谈。这种快乐的心情在我看来母亲比我们体会得要更深，并会小心翼翼地保持好几天。随着父亲来信的增多，我的回信也越来越多。到小学六年级的时候，我就可以独立给父亲回信了。刚开始母亲不放心，总怕我写漏了什么，写完后总要我认真地检查几遍，在我觉得没有什么问题后，母亲会让我再读一遍给她听才放心。后来父亲回信表扬了我，说我的信写得很好，母亲就放心了，我也特别高兴。再后来我读初中了，父亲每个月的信还是如期而至，我们家的情况也比原来有了很大的改观。由于父亲原来在村里管了多年的变压器，有深厚的电工知识，工作不到一年，就被提升为车间主任，工资也比原来增加了一些。

在我读初二那年，母亲在一次砍柴时不小心摔伤了左手，事后只是用碘酒涂了一下就继续下地锄草去了。看着母亲肿得老高的手，我心里十分难过，于是偷偷地给父亲写了封信，告诉他母亲一个人在家里是如何含辛茹苦，一天到晚不肯休息；告诉他母亲是怎样把家整理得井井有条，怕耽误了我们的学习，从不让我们兄妹帮她一下；告诉他在奶奶突然生病的那个晚上，母亲一个人如何背进背出将奶奶送到三里外的卫生院；告诉他母亲前几天手摔伤了，却舍不得去卫生院看一下……写着写着，泪水模糊了我的双眼。在我把那封信放到学校的邮筒时，心情是从未有过的虔诚！

七天后，当父亲风尘仆仆地出现在村口，与正要下地的母亲四目相对时，我看见父亲眼里溢满了浑浊的泪水，迈着沉重的脚步缓缓地向母亲移动；我看见母亲不知所措的眼神背后，是无尽的喜悦和怜惜。

多年后的今天，再回想当年的父亲母亲，才明白什么叫唇齿相依，相濡以沫。

（摘自《读者·乡村版》2005年第5期）

描花的日子

张　炜

　　这里一年四季都有让人高兴的事儿。春天花多鸟多蝴蝶多，特别是满海滩的洋槐花，密得像小山。夏天去海里游泳，进河逮鱼。秋天各种果子都熟了，园艺场里看果子的人和我们结了仇，是最有意思的日子。冬天冷死了，滴水成冰，大雪一下三天三夜，所有的路都封了。

　　出不了门，一家人要围在一起。

　　母亲和外祖母要描花了。她们每年都在这个季节里做这个，这肯定是她们最高兴的时候。我发现父亲也很高兴，他让她们安心描花，余下的事情自己全包揽下来。平时这些事他是不做的，比如喂鸡等。他招呼我带上镐头和铁锹去屋后，费力地刨开冻土，挖出一些黑乎乎的木炭——这是春夏准备好的，只为了这个冬天。

　　父亲点好炭盆，又将一张白木桌搬到暖烘烘的炕上。猫在角落里睡了香甜的一觉，开始了没完没了的思考。外面天寒地冻，屋里这么暖和。这本身就是让人高兴、幸福的事。

母亲和外祖母准备做她们最愿做的事：描花。她们从柜子里找出几张雪白的宣纸，又将五颜六色的墨搬出来。我和父亲站在一边，插不上手。过了一会儿，母亲让我研墨。这墨散发出一种奇怪的香气。

外祖母把纸铺在木桌上，纸下还垫了一块旧毯子。她先在上面描出一截弯曲的、粗糙的树枝，然后就笑吟吟地看着母亲。

母亲蘸了红颜色的墨，在枯枝上画出一朵朵梅花。父亲说："好。"

母亲鼓励父亲画画看，父亲就画出了黑色的、长长的叶子，像韭菜或马兰草的叶片。外祖母过来端详了一会儿，说："不像，不过起手这样也算不错了。"她接过父亲的笔，只几下就画出了一蓬叶子，又在中间用淡墨添上几簇花苞——我也看出来了，是兰草。我真佩服外祖母。

我也想画，不过不画草和花，那太难了。我画猫。猫脸并不难画，圆脸，两只耳朵，两撇胡子。可是我和父亲一样笨，也画得不像。父亲说："这可能是女人干的活儿。"

整整一天，母亲和外祖母都在画。她们除了画梅花和兰草，还画了竹子。

父亲一边看一边评论，把他认为最好的挑出来。他说："这是你外祖父在世时教她们的，他不喜欢她俩出门，就说在屋里画画吧。可惜如今太忙了……我每年都备下最好的柳木炭。"

猫一直没有挪窝，它思考了一会儿，便站起来研究这些画了。它在每一张画前都看了看，打了个哈欠。可惜它趁我们不注意的时候踩到了红颜色的墨上，然后又踩到了纸上。

父亲赶紧把它抱开，但已经晚了，纸上还是留下了一个个红色的爪印。父亲心疼那张纸，不停地叹气。

外祖母看了一会儿红色爪印，突然拿起笔，在一旁画起了树枝。母亲把爪印稍稍描了描，又添上几朵，一大幅梅花竟然成了！我高兴极了，我和父亲都没想到这一点：有着五瓣的红色猫爪印本来就像梅花嘛！

就这样，猫和母亲、外祖母一起，画了一幅最好的梅花。

(摘自《读者》2015年第4期)

冬天，家人闲坐，灯火可亲
汪曾祺

一

天冷了，堂屋里上了槅子。槅子，是春暖时卸下来的，一直在厢屋里放着。现在，搬出来，刷洗干净了，换了新的粉连纸，雪白的纸。

上了槅子，显得严紧、安适，好像生活中多了一层保护。

家人闲坐，灯火可亲。

床上拆了帐子，铺了稻草。洗帐子要挑一个晴明的好天，当天就晒干。夏布的帐子，晾在院子里，夏天离得远了。

稻草装在一个布套里，粗布的，和床一般大。铺了稻草，暄腾腾的，暖和，而且有稻草的香味，使人有幸福感。

不过也还是冷的。南方的冬天比北方难受，屋里不生火。晚上脱了棉衣，钻进冰凉的被窝里；早起，穿上冰凉的棉袄棉裤，真冷。

二

放了寒假，就可以睡懒觉。棉衣在炉子上烘过了，起来就不是很困难了。尤其是，棉鞋烘得热热的，穿进去真是舒服。

我们那里生烧煤的铁火炉的人家很少。一般取暖，只是铜炉子，脚炉和手炉。脚炉是黄铜的，有多眼的盖。里面烧的是粗糠。

粗糠装满，铲上几铲没有烧透的芦柴火（我们那里烧芦苇，叫作"芦柴"）的红灰盖在上面。

粗糠引着了，冒一阵烟，不一会儿，烟尽了，就可以盖上炉盖。粗糠慢慢延烧，可以经很久。

老太太们离不开它。闲来无事，打打纸牌，每个老太太脚下都有一个脚炉。脚炉里粗糠太实了，空气不够，火力渐微，就要用"拨火板"沿炉边挖两下，把粗糠拨松，火就旺了。

脚炉暖人。脚不冷则周身不冷。

焦糠的气味也很好闻。仿日本俳句，可以作一首诗："冬天，脚炉焦糠的香。"手炉较脚炉小，大都是白铜的，讲究的是银质的。

炉盖不是一个一个圆窟窿，大都是镂空的松竹梅花图案。手炉有极小的，中置炭墼（煤炭研为细末，略加蜜筑城饼状，多呈圆柱形），以纸媒头引着。一个炭墼能经一天。

三

冬天吃的菜，有乌青菜、冻豆腐。乌青菜塌棵，平贴地面，江南谓之"塌苦菜"，此菜味微苦。

我的祖母在后园辟一小片地，种乌青菜，经霜，菜叶边缘作紫红色，味道苦中泛甜。

乌青菜与"蟹油"同煮，滋味难比。"蟹油"是以大螃蟹煮熟剔肉，加猪油"炼"成的，放在大海碗里，凝成蟹冻，久贮不坏，可吃一冬。

豆腐冻后，不知道为什么是蜂窝状。化开，切小块，与鲜肉、咸肉、牛肉、海米或咸菜同煮，无不佳。

冻豆腐宜放辣椒、青蒜。我们那里过去没有北方的大白菜，只有"青菜"。大白菜是从山东运来的，美其名曰"黄芽菜"，很贵。

"青菜"似油菜而大，高二尺，是一年四季都有的，家家都吃的菜。咸菜即是用青菜腌的。阴天下雪，喝咸菜汤。

四

冬天的游戏：踢毽子，抓子儿，下"逍遥"。

"逍遥"是在一张正方形的白纸上，木版印出螺旋的双道，两道之间印出八仙、马、兔子、鲤鱼、虾……每样都是两个，错落排列，不依次序。

玩的时候各执铜钱或象棋子为子儿，掷骰子，如果骰子是五点，自"起马"处数起，向前走五步，是兔子，则可向内圈寻找另一只兔子，以子儿押在上面。

下一轮开始，自里圈兔子处数起，如是六点，进六步，也许是铁拐李，就寻另一个铁拐李，把子儿押在那个铁拐李上。

如果数至里圈的什么图上，则到外圈去找，退回来。点数够了，子儿能进终点（终点是一座宫殿式的房子，不知是月宫还是龙门），就算赢了。次后进入的为"二家""三家"。

"逍遥"两个人玩也可以，三四个人玩也可以。不知道为什么叫作"逍遥"。

五

早起一睁眼，窗户纸上亮晃晃的，下雪了！

雪天，到后园去折腊梅花、天竺果。明黄色的蜡梅、鲜红的天竺果、白雪，生机盎然。

蜡梅开得很长，天竺果尤为耐久，插在胆瓶里，可经半个月。

舂粉子。有位邻居，有一架碓。这架碓平常不大有人用，只在冬天由附近的一二十家轮流借用。碓屋很小，除了一架碓，只有一些筛子、箩。

踩碓很好玩，用脚一踏，吱扭一声，碓嘴扬了起来，嘭的一声，落在碓窝里。

粉子舂好了，可以蒸粉、做"年烧饼"（糯米粉为蒂，包豆沙白糖，作为饼，在锅里烙熟）、搓圆子（即汤团）。

舂粉子，就快过年了。

（摘自中国文联出版社《人间草木》一书）

我的乡思
程树榛

"谁家玉笛暗飞声，散入春风满洛城；此夜曲中闻折柳，何人不起故园情。"这是唐朝大诗人李白的著名诗作《春夜洛城闻笛》。在我小学的音乐课堂上，老师将这首谱了曲的诗歌，教会了我们，70多年了，我竟一直牢记未忘，有空便吟唱起来，而且依然觉得意趣盎然。每每唱着它，记忆的船便就又扬起了风帆。

江苏邳州是我的故乡，古称邳国，又名下邳，有数千年的文明史，域内遍地古迹和历史遗存，从三皇五帝、秦皇汉武、唐宗宋祖，清末民初，一直到当代的人民解放战争，历朝历代，都留下隽永的、家喻户晓的故事传说，滋养着故乡父老乡亲，生生不息；特别是那条古老的京杭大运河，从南到北，贯穿在故乡全境。这条大河是我国古代劳动人民创造的一项伟大的工程，是珍贵的物质和精神财富，是我国流动的、活着的文化遗产，家乡人誉之为母亲河。我有幸成长在运河边，从小便"听惯了艄公的号子，看惯了船上的白帆"。

我的家族聚居在一个古老的村庄——程家圩。家谱里记载，我们程家系宋代理学家程颐、程颢（简称"二程"）的后代。祖居安徽，因官居高位，迁徙河南洛阳，后为躲避战乱，几经辗转，遁居到现在的江苏邳州，子孙繁衍，形成一个数百年的老村。至今我还记得老村当年巍峨情状：周围是砖石砌就的高高的围墙，围墙内是一户户错落有致的家院，鳞次栉比的房舍则有层次地铺展在老村的各个角落。当年族人为了自给自足，村内有酿酒、榨油、缫丝、纺线、织布、做豆腐、炸花生的小店，以及贩卖洋油、洋火、洋布等专业户。他们日夜辛劳，从不停息，因此，人们足不出村，便可以购到各种生活日用品。特别是，在围墙的四周，还建有四座"小炮楼"，雄赳赳、气昂昂地巍然屹立在村子的要津，像威武的卫士一样，为我们家园站岗。这是当年先祖们为防备盗贼侵袭而专门修建的堡垒。连接四座炮楼的围墙外边，是深深的"护城河"，河内的流水终年不断，河岸最外层是整齐的一排杨柳，柳丝低垂，万条绿绦，浓荫蔽日。紧挨着柳林的是密密层层的芦荡，一年四季，鸟雀成群结队地在其中欢腾飞跃，生儿育女；最受族人欢迎的是河内滋养着各种鱼虾，长年遨游在水中，人们可以随时捕捉，是餐桌上常见常食的美味佳肴。我在年纪很小的时候，便会用普通的网兜去河内捕捉鱼虾，拿回家来让母亲烹调美餐，而且，那也是我少年时代最感兴趣的"游戏"，一直乐此不疲。那着实就是当年我们程氏家园难忘的盛世情景！

　　不过，我当年还有更快乐的时候。

　　每到春夏，大地里禾苗茁壮，或麦浪翻云，我时常和二三小友，去绿毯般的麦浪中翻滚、戏耍，或你追我赶，很有趣味。我特别喜欢收麦的季节，那时，一望无际的麦田，如黄金铺就，麦穗儿发出诱人的清香，揪一穗儿用手一揉，浑圆的麦粒儿便在手心里滚动，放在口中一嚼，便清香扑鼻。当人们挥镰收割时，一捆一捆的麦穗儿躺在田垄上，放眼望去，一种丰收的喜悦便溢上心头。夕阳西下时，人们又把那一捆捆新麦，放在牛车上，准备运回家院。这时，大人们因为怜惜我，往往把我抱在车顶，随车而行。我坐在上边，一摇一摆，一颠一晃，像儿时躺在母亲的怀抱中，无比惬意。

但是，我还是更喜欢夏秋交接的时光。那时遍地金黄，秋禾成熟，瓜果满园。我经常和邻里的小兄弟一道，去田园里采摘果实。我们首选的目标通常是玉米地里的甜秆儿。在众多玉米穗中经常会夹生一种发黑的"乌木"，它不结穗儿，只长杆儿，非常甘甜，人们称它叫"甜秆儿"，长大后，人们把它扳倒，然后截成数截，放在口中，又甜又酸，满口生津，赛过甘蔗。这种不花分文而得的果实，我们可以尽情地享用。其滋味之甜美，至今思之，仍觉口角噙香。

偷食香瓜又是一种乐趣。当年种植香瓜是族人一项收获颇丰的作物。由于需要过硬的技艺，种瓜的农户不是很多的。因此，成熟的瓜园便成为少年们觊觎的对象。为了防止外人偷盗，园主往往在田头临时搭建一座小屋，日夜有人守护。可是，诱人的瓜香，足以让偷瓜者生出很多"技巧"，于是，一场"智斗"便在瓜园周围上演了。技巧最佳者是"调虎离山"。盗瓜者先派一二年龄较小者"打前站"，明目张胆地走进瓜园，随便摘两三个，转头就跑，看瓜者随后追赶，此时，真正的"窃贼"便乘虚而入，选择那些已经成熟的香瓜，怀揣手抱，从容而去。然后找一个安全的地方，从容地享用。我当时年龄较小，不能冲锋陷阵，只能在隐蔽的地方，做一点"接应"工作，可是品享香瓜时，却是平等的一员。几十年过去了，当年那种既淘气又胆怯、既勇敢又害怕、既好奇又羞怯的复杂、幼稚、纯真的心态和行为，却成为永远的幸福记忆。

幼年，还有一件趣事也是难以抹掉的记忆。

因为家乡到处河流纵横，我自打出生之后，眼前所看到的皆是水光波影。近处，是家园的"护城河"；稍远处，是程家因垫宅基而挖掘的池塘，因此，我从小就可以自由自在地在水中游弋戏耍；而捕鱼捉虾，更是我少年时代重要生活内容之一。

我兴趣最浓的是用"端兜"钓虾的乐事儿。端兜是当年家乡一种低廉常用的专门捕虾工具。做起来很简单，即用竹劈支起四角，撑上一小幅纱布，中间坠上一小石块即可使用。我对此引发的兴趣，是由我的一位本家爷爷的诱导而来。

这位爷爷的名字，我早已忘却，只记得他有一个绰号叫"二秀才"。其实，他并不是真正的秀才，只因为他的哥哥是前清秀才，他排行老二，就沾上这个光了，人们都这样称呼他。开始，他对此"尊称"还不大习惯，不愿应承，时间长了，他也就默认了。

这位二秀才爷爷，膝下并无一男半女，老伴儿早就去世，只剩下他一个人栖息在一处百年老屋中。也许是因为年老孤独吧，他对小孩子特别喜爱。

在他的老屋中，经常有许多孩子在里边嬉闹，其中就有我。他给我们讲故事，捉迷藏、炒花生、蹦苞米花儿给我们吃，如同一家人。虽然他比我们大五六十岁，可和我们在一起，却是亲密无间，无拘无束。因此，乡亲们都把他称作是"老小孩"。

二秀才爷爷酷爱钓鱼，尤其是用端兜钓虾。钓虾，他不愿意在护城河钓，他嫌那里的水太浅，水质也不大好，而专门选择离村子较远的一片池塘。

在去他家的孩子中，我是他最喜爱的一个，而我对他也格外亲近。这样，我便有了单独和他一同垂钓的"殊荣"。有一年放暑假，他还特意为我做了一个小端兜儿。

钓虾需要起得很早，方能有所收获。因此，每天刚蒙蒙亮，二秀才爷爷便起身了，把端兜儿背上，就来到我们家的窗下，轻轻地敲了几下窗棂，便呼起我的乳名："小榛儿，该起来了，太阳晒屁股了！"

母亲听到了叫声，便轻轻摇我的身子。那时，我睡意正浓，眼睛都睁不开，怎么舍得起来？可是，母亲早已把衣服鞋袜找好，便催我道："快起吧，二秀才爷爷在等你哩！"

钓虾的乐趣终于赶走了睡意。我强迫自己睁开蒙眬的睡眼，在母亲的帮助下穿好衣服。走出室外一看，二秀才爷爷正蹲在墙角下，用长长的旱烟袋抽烟呢！通红的火光，在黎明的暗影里，闪烁发亮。

老人完全是一副钓叟的打扮：头戴一顶破斗笠，身披一件旧蓑衣，裤腿儿卷得高高的，赤着一双脚板。看见我走出来，急忙牵着我的手，连声说："快走吧！晚了虾儿都沉水底儿了。"

正是晨光熹微的时候，星星还在眨着眼睛；不知谁家的公鸡开始了第一声啼叫，此后便此起彼伏地呼应起来，响成一片。

我们来到了池塘边。池塘很宽阔，四周种植各种树木，以柳树为主，长长的柳枝低垂下来，像姑娘的发丝儿。池塘的周围，是密密丛丛的芦苇，生长得郁郁葱葱，枝叶繁茂；芦花儿一簇簇、一团团，如同晨雾在缭绕；徐徐的凉风儿吹了过来，芦荡发出悦耳的哗哗声。

二秀才爷爷把我领到芦荡深处，选择一块平坦的池岸坐下来。他先把自己的端兜儿张开，撒上作为鱼饵的香料，然后轻轻地放入水中；然后，又把长长的木柄别在一棵老树根上。安排妥当后，便来照顾我了。他一边教我如何放香料，一边把着我的手把端兜沉下水去。等到这一切全部做好之后，他便从烟包里抽出烟袋儿，将烟叶塞满烟袋窝儿，有滋有味地抽起来。烟瘾过足了，便和我有一搭没一搭地说话儿。他问我答，没什么成套的嗑儿，多半是家常话儿：

一般他总爱是这样问："爷爷喜欢你，你喜欢爷爷吗？"我照例回答："喜欢！""咱们钓的这些虾鱼好吃吗？""好吃！""谁给你做的？""我娘！""跟我出来钓鱼，你娘放心吗？""放心！""那就好！"他满意地连连点头。

之后，他便高兴地哼起小曲儿来了，咿咿唔唔，我听不清楚，也听不大懂；不过，隐隐约约地我还能记上几句：

高高山上一棵槐，槐树底下搭戏台，光搭台子不唱戏，

单等小二姐下场来……

我知道这戏文的来路。每年过春节，村上总要演社戏，其中有这么一出：一个先上场的英俊后生，边唱边跳，嘴里唱的就是这么几句，而后一个花枝招展的姑娘走上台来和他对唱。爷爷年轻的时候，是我们村里演社戏的积极分子，经常扮演那个英俊后生的角色。

他现在哼得很有味道，摇头晃脑，似乎又进入当年的角色。哼完之后，便朝着我轻声一笑："好，到时候了，端兜儿吧！"

他先用力把端兜儿扳到水面上来，随后又慢慢拉到岸边。我也学着他的动作，

吃力地扳起端兜儿往岸边拽。浮到水面后，只见兜儿内拇指大的小虾儿，活蹦乱跳地撒欢儿；间或还有一二只白花花的小鱼儿，在兜儿底下钻来钻去地打滚儿。我赶快拿起事先准备好的竹笊篱，把鱼虾舀起来倒入鱼篓中。之后，又照旧把端兜放入水底。这些动作都是老人教给我的，现在，我已经学会了不用老人示范帮忙了。一见如此，二秀才爷爷满意了："对，就这么做。"

大约过了一个小时，我们先后扳起了十来次端兜儿，小小鱼篓被鱼虾填满了一多半，它们挤挤轧轧地在篓内扑腾着、喧闹着，煞是可爱。

此时，天色已经亮了起来，天边隐现出淡淡的红光，这红光越来越浓，最后变成千万条金线，把旭日从遥远的地平线下拉了过来。于是，天地间一派通红，水面上也像镀上了一层金，丛丛芦花闪闪烁烁，发着亮光儿，好看极了！这时，老人怔怔地望着宇宙间的一切，脸上充盈着心满意足的笑纹。随后，又朝着芦荡深处大声喊了几嗓子，即向我亲切地说："小家伙，咱们该回去了！"

我们从水中拉出端兜儿，扛起来放在肩上，另一只手拎起鱼篓儿。我亦步亦趋学着老人的动作，紧随着他走出芦荡。快要走到我家门口时，他停下了脚步，转身对我说：

"过来，把你的鱼篓打开。"

我不解，但顺从地揭开鱼篓的网盖。只见老人突然将他的鱼篓倒扣在我的鱼篓上。我连忙制止他说："爷爷，你，别……"

"拿回去吧，你们家人多！"说罢，头也不回地向他的老屋走去……

几乎每天都是这样，一连两个月；直到秋天来了，树叶落了，芦苇收割了，我们学校开学了，才停止垂钓。

一年夏天，暑期过后，我由初小升入高小五年级，转到乾坤寺完全小学上学。这个学校是凭借一所古老的庙宇兴建的。据说这乾坤寺建于明代正德年间，有数百年历史了。当时因为是战乱时期，地方没有钱兴建新校舍，所以便就地取材。人们把殿宇中的神仙们集中在一间大殿里，其余殿堂当作学生的教室。学校离我们家较远，有六七华里，我每天上学都要穿过一片田野，越过一道小河，方可到达学校，因此，每天都起得很早。平日都是由母亲送我一段，直到我走得很远了，她才踅回家去。

冬天到了，天气逐渐寒冷起来。就在一天早晨，我上学碰上了难题。在此前一天，刺骨的寒风一直刮个不停，树上的残枝败叶都被刮了下来，那呼啸的吼声，吓得我很久未能入睡。第二天早上开门一看，眼前竟是一片银色的世界。皑皑白雪，铺天盖地；参差的房舍如琼楼玉宇，干枯的树木枝条上，都披上银色的树挂；广袤的田野，更是银装素裹。顿时，我觉得自己进入一个神话天地。面对如此大雪，母亲怕我摔倒在雪窝里，出危险，不想让我上学了。可是，我却执意要去，因为我是跳级，底子浅，不敢耽误功课。母亲拗不过我，只好用厚厚的棉衣把我包得严严实实的，准备亲自送我去学校。但是，我说什么也不让母亲送。因为母亲从小缠足，平日走路都很困难，现在是又要踏着层层冰雪，那怎么行？我竭力阻拦母亲。就在我们母子俩争执不下的时候，突然闪过一位老人前来解了围。就是那位二秀才爷爷。只见他仍然身披那件旧蓑衣，头戴那顶老斗笠，脚踏一双棉靰子，手里拿着长长的钓竿。他笑着对我母亲说："你们娘俩别争了，我送榛儿去学校。"

母亲连忙说："你老人家这么大年纪，怎么好——"

二秀才爷爷笑了笑说："没事！我正要到他们学校旁边的小河去钓鱼呢，顺路带着你儿子。"老头还幽默了一句："放心，我不会把他丢在雪窟里的。"

母亲当然知道，老人家平日是喜欢我的，哪会信不过他？随即向我说道："就让爷爷带你上学吧，路上别淘气！"然后，老爷爷就领着我朝乾坤寺方向走去。

走出村庄，我的精神更为之一振。眼前白雪更加炫目，四处杳无人迹，连飞鸟都不知躲到什么地方去了；劳累一天的风婆婆，也安安静静地歇息了。大地出奇地静。白雪均匀地铺在大地上如银毯一般伸展，雪挂牢牢地悬在枝干和枝头。

老人携着我的手，踏着厚厚的积雪奋力前进，有几次拌着冰块我差点摔倒了，幸亏老人用那苍劲的老手把我扶正。不一会儿便来到我们学校门口小河边的石桥旁。爷爷说："你快进学校吧，我去钓鱼了。"然后转头向河边走去。

我没有马上走进学校，而是站在校门口望着老人。不一会儿，一个新的景象映入我的眼帘：就在小河拐弯处，停放着一只小船，船上有一个老翁，身穿蓑衣，站在铺雪的小甲板上，全神凝注钓竿，一动不动，俨如一尊雕像，他就是我的二秀才爷爷。这个生动的景象令我心头一动。恰好这时上课铃声响了，我连忙走进我们的教室。

老师也进来了。这一节是作文课。老师没有多言，只在黑板上写了一个大大的"雪"字，然后说："今天作文的题目就是这个字，你们去做吧！"

这完全符合我的心意。我立即拿起笔在作文簿上疾书起来。刚刚看到过的画面，如电影镜头般地在我的脑海上闪现着；特别是老爷爷独立河岸垂钓的情景，从我的脑中冲出，流入我的笔下。我在描绘一幅雪景画。

酣畅淋漓，一挥而就，当场交卷。老师正端坐在讲台上，我交完卷后，他立即展卷评阅。不久，他便站了起来，满含笑意走到我的课桌前，连声说："这篇作文写得好！比以前大有进步。"

随后，又当着全班同学的面，宣读了我的作文，欣喜之情，溢于言表。他还引用了唐朝诗人柳宗元的咏雪诗《江雪》，来赞扬我的作文的诗情画意，说着说着便摇头晃脑地吟诵起来：

千山鸟飞绝，万径人踪灭。孤舟蓑笠翁，独钓寒江雪。

吟罢，他又再三向同学们叮嘱道："请大家品评一下，这首诗和这篇作文的意境何其相似！我说的是'意境'，这是为文之本啊！"听了老师的话我也暗自得意：正是这首诗触发了我的灵感啊！

课后，老师再三鼓励我，要在写作方面多下功夫："你前边的路是广阔的，后生可畏，望好自为之。"老师的勉励，使我很受鼓舞。我不禁想道：这个成绩其实是二秀才爷爷赠给我的呢。

少年美好的乡居记忆，弥足珍贵，变成了永久的乡思，镌刻在脑海深处，不时泛起，慰藉身心；而今年及耄耋，远离故土，乡思则成为一种心灵的熨帖。

（摘自《中华读书报》2017 年 11 月 1 日）

乡愁也是一种励志

佚 名

一个夏夜，我打出租车回家，开车的是一位清瘦的年轻人。车上放着音乐，他默默开车，我俩静静地听歌。行驶在北京宽阔的大街上，明亮的路灯，舒缓的旋律，没有了白天的燠热与喧嚣，心里一片宁静。

听完后我来了兴致，对小伙子说我这也有歌儿，要不要听？他表示同意。于是我打开手机里的音乐，选了一首《川流不息》，这是美空云雀的名曲。美空是日本工业化时代的歌手，她唱出了工业化时代人们的情绪与心声。

当柔美深沉略带苍凉的歌声在小小的出租车里响起时，年轻的司机被吸引住了，他静静听着，车速似乎也慢了一些。我问他这歌怎么样，他说好听。我问怎么好，他说让人想家。我简直吃惊了！《川流不息》正是一首怀乡和感慨人生的歌。歌中唱道："不知不觉走过了人生漫漫长路，回首望去是遥远的故乡……"我忙问司机，你以前听过这首歌吗？懂日语吗？回答都是否定的。我说想必你也是从外地来北京的吧，年轻司机说，是呀，听听这样的歌心里安静，让人想起过去，想起家乡。他接着说，人是不能往前看只能往后想的，出门在外打拼，真是不敢想明天啊。

回到家里，我久久地回味着年轻司机的话。我忽然意识到，自己其实是一个没有故乡的人。我从小生长在北京，除出国进修一年外没长时间离开过北京，住在家乡的人没有故乡。而我们这个时代，在我居住的城市里，有多少人是离开故乡的人？中国的改革开放和工业化、城市化，带来了史上最大规模的人口迁徙和社会流动。今天的北京人，恐怕多数都是离开故乡迁徙到这来的。

离开故乡到大都市的人们，按时下流行说法是来寻求梦想的。既然是寻梦就有不确定性，既然是奋斗就要有付出乃至牺牲。就像那位年轻司机感受到的，离开家乡，离开父母与亲人，来到一个陌生城市打拼，有机遇有风险，面对不确定的未来，压力、不安乃至焦虑总是难免的。

如何纾解压力？如何舒缓焦虑？故乡，对故乡的思念，是一剂良药，那里有无忧无虑的童年，那里有父母的呵护，那里有幸福的时光。故乡是旅人的底气，是心灵的依托。我猜想故乡在旅人的梦里一定是辽远清静的。而在大城市的茫茫人海里，人们更多感受到的不是亲密，而是陌生与孤独。

故乡是熟人的社会，都市是陌生人的地方。工业化、城市化给我们带来的有财富和成功，但也有对未来的焦虑、有独处的惆怅，需要抚慰，需要纾解。故乡、童年是最好的安慰剂，乡愁其实也是一种励志。

(摘自《文摘报》2017年8月22日)

你可能误解乡愁
王鼎钧

算命的先生说，我的八字是"伤官格"，不守祖业。他说的"不守祖业"有两个解释，一是败家，一是漂流。我家毁于两次战争，无家可败，只剩下漂流这一个选项了。

流亡是一种首尾不相顾的生活，像一条线。在我生长的那个社会里，线缠成球，后来这个球散开了，这根线弯弯曲曲拉长了。于是"丁公化鹤，王子求仙"这样的故事就产生了，甚至"穆王南征，一军尽化。君子为猿为鹤，小人为虫为沙"。这根线最后也许能像马蹄铁，两端遥遥相望，可是再也没法连接起来。

流亡也有它的哲学。哲学解释生存，流亡既成为一种生活方式，需要解释，有需要就有发明。流亡也有它的言之成理，持之有故。

"在历史中，每个人都只是一枚随波的落叶"，没错，天地者万物之逆旅，光阴者百代之过客。原乡、异乡，都是为叙述方便而设的名相。

"是否是一种悲凉？"是的，如果你在作诗。

"叶落了还无法归根"，这是常态。你观察过没有，一棵树，只有千分之一、万分之一的落叶粘在根部的泥土里。你观察过没有，树根能杀死杂草，裸露一小圈土壤，吸收水分，就是这一小块圆形的湿地粘住了一些落叶，让落叶化为春泥。

"故乡"这个词对您意味着什么？我说："故乡是祖先流浪的最后一站。"如果见过中国人的家谱，你可以发现家谱就是家族的流浪史。中华民族从哪里来？"东来说""西来说"，都说明曾辗转迁徙。你可以说，人类根本没有家，自从亚当夏娃失去乐园，人类都在地上漂流。你也可以说，天空是一个大屋顶，人从这间房子到那间房子，从这个院子到那个院子，可谁也没离开这个大家庭。

这里有一个南美洲来的人，他是印第安人的后裔，他相信他的祖先从蒙古迁到阿拉斯加，生儿育女，某一代迁到北美腹地，某一代迁到南美，经过与异族通婚生下他这样棕色皮肤的子孙，他又移民回到美国，现在他的孩子到荷兰去发展，可能在那里永久定居。"处处非家处处家"，可以说很凄凉；"大丈夫四海为家"，也可以说豪迈壮烈。这就是哲学问题，流浪的人会选择自己的哲学。

那么，乡愁？是的，乡愁。我觉得很多人误解了这个名词。当初，青年人接受了巴金和易卜生的暗示，奋勇出走，本来义无反顾。后来反省了，怀乡是反省的一种方式，对当初鲁莽的论断、轻率的决绝、盲目的追逐，隐隐有忏悔之意。许多美好的东西流失了，此情可待成追忆，他用"故乡"当作符号来代表。

怀乡，温柔而有情味，这是人性的觉醒，文学的伏脉。无可避免，他美化故乡，如此一消胸中块垒。人情之常："同样一个城市，住得愈熟，愈觉得小。同样一条路，走得愈熟，愈觉得短。同样一本书，读得愈熟，愈觉得薄。同样一项技巧，使用得愈熟，愈觉得容易。"

同样一个人、同样一个地方，隔得越久、越远，越觉得可爱。

请恕直言，非常遗憾，有人把乡愁当作我们的弱点。游子还乡，乍见亲人，互相拥抱痛哭，上了电视镜头，街谈巷议，都说这人在外面落魄了，如果混得好，何致如此伤心？富贵还乡，哪一个不是高视阔步？同胞，我朝思暮想的同胞，怎么会有这种看法？我们中间到底隔着什么，彼此相视有如异类？

今日何日，乡愁已成珍藏的古玩，无事静坐，取出来摩挲一番。乡愁是我们成长的年轮，陷入层层包裹。乡愁是我们的奢侈品，不是必需品。乡愁无可骄傲，也绝非耻辱。乡愁是珍贵的感情，需要尊重，不受欺弄。流亡者懂得割舍，凡是不能保有的，都是你不需要的。乡愁迟早退出生活，进入苍茫的历史兴亡。

(摘自《读者》2013年第7期)

遥远的向日葵地

李 娟

就算是在鬼都不过路的荒野里，我妈离开蒙古包半步都会锁门。

锁倒是又大又沉，锃光四射，挂锁的门扣却是拧在门框上的一截旧铁丝。

我妈锁了门，发动摩托车，回头吩咐："赛虎看家。丑丑看地。鸡好好下蛋。"然后绝尘而去。

被关了禁闭的赛虎把狗嘴挤出门缝，冲她的背影愤怒大喊。丑丑兴奋莫名，追着摩托扑扑跳跳、哼哼叽叽，在后面足足跑了一公里才被我妈骂回去。

我妈此去是为了打水。门口的水渠只在灌溉期才来几天水，平时用水只能去几公里外的排碱渠取。那么远的路。幸好有摩托车这个好东西。

她每天早上骑车过去打一次水，每次载两只二十升的塑料壶。

我说："那得烧多少汽油啊？好贵的水。"

我妈细细算了一笔账："不贵，比矿泉水便宜。"

可排碱渠的水能和矿泉水比吗？又咸又苦。然而总比没水好。

这么珍贵的水，主要用来做饭、洗碗，洗过碗的水给鸡鸭拌食，剩下的供一大家子日常饮用。再有余水的话我妈就洗洗脸。

脏衣服攒着，到了水渠通水的日子，既是大喜的日子也是大洗的日子。

其实能有多少脏衣服呢？我妈平时……就没怎么穿过衣服。

她说："天气又干又热，稍微干点活就一身汗。比方锄草吧，锄一块地就脱一件衣服，等锄到地中间，就全脱了……好在天气一热，葵花也长起来了，穿没穿衣服，谁也看不到。"

我大惊："万一撞见人……"

她说："野地里哪来的人？种地的各家干各家的活，没事谁也不瞎串门。如果真来个人，离老远，赛虎、丑丑就叫起来了。"

于是整个夏天，她赤身扛锨穿行在葵花地里，晒得一身黢黑，和万物模糊了界线。叶隙间阳光跳跃，脚下泥土暗涌。她走在葵花林里，如跋涉于大水之中，努力令自己不要漂浮起来。大地最雄浑的力量不是地震，而是万物的生长啊……她没有衣服，无所遮蔽也无所依傍，快要迷路一般眩晕。目之所及，枝梢的手心便冲她张开，献上珍宝，捧出花蕾。她停下等待，花蕾却迟迟不绽。赴约前的女子在深深闺房换了一身又一身衣服，迟迟下不了最后的决心。我妈却赤身相迎，肝胆相照。她终日锄草、间苗、打杈、喷药，无比耐心。

浇地的日子最漫长。地头闸门一开，水哗然而下，顺着地面的横渠如多米诺骨牌般一道紧挨着一道淌进纵向排列的狭长埂沟。渐渐地，水流速度越来越慢。我妈跟随水流缓缓前行，阻滞处挖一锨，跑水的缺口补块泥土，并将吃饱水的埂沟一一封堵。那么广阔的土地，那么细长的水脉。她几乎陪伴了每一株葵花的充分吮饮。地底深处的庞大根系吮吸得嗞嗞有声，地面之上愈发沉静。她抬头四望。天地间空空荡荡，连一丝微风都没有，连一件衣服都没有。世上只剩下植物，植物只剩下路。所有路畅通无阻，所有门大打而开。水在光明之处艰难跋涉，在黑暗之处一路绿灯地奔赴顶点。那是水在这片大地上所能达到的最高的高度——

株葵花的高度。这块葵花地是这些水走遍地球后的最后一站啊。整整三天三夜，整块葵花地都浸透均匀了，整个世界都饱和了。花蕾深处的女子才下定决心，选中了最终出场的一套华服。

即将开幕。大地前所未有地寂静。我妈是唯一的观众，不着寸缕，只踩着一双雨靴。她双脚闷湿，浑身闪光。再也没有人看到她了。她脚踩雨靴，无所不至，像女王般自由、光荣、权势鼎盛。她是一株最强大的植物，铁锨是最贵重的权杖。很久很久以后，当她给我诉说这些事情的时候，我还能感觉到她眉目间的光芒，感觉到她浑身哗然畅行的光合作用，感觉到她贯通终生的耐心与希望。

水渠通水那几天跟过年似的。不但喂饱了葵花地，还洗掉了所有衣服，还把狗也洗了。家里所有的盆盆罐罐大锅小锅都储满了水。幸亏我家家什多，可省了好多汽油钱。

那几天鸭子们抓紧时间游泳，全都变成了新鸭子。放眼望去，天上有白云，地上有鸭子。天地间就数这两样最锃亮。

大约渠水流过的地方水汽重，加之天气也渐渐暖和了，到第二次通水时，渠两岸便有了杂草冒头。而水渠之外，除了作物初生的农地，整面大地依旧荒凉粗粝。

鸡最爱草地，整天乐此不疲。一个个信步其间，领导似的背着手。我猜草丛的世界全部展开的话，可能不亚于整个宇宙。鸡如此痴迷，这儿瞅瞅，那儿啄啄。有时突然歪着脑袋想半天，再单脚撑地呆若木鸡。它不管看到什么都不会说出去。

天苍野茫，风吹草低见芦花鸡。两只狗默默无言并卧渠边。鸭子没完没了地啄洗羽毛。在荒野中，窄窄一条水渠所聚拢的这么一点点生气，丝毫不输给世间所有大江大河湖泊海洋的盛景。

面对这一切，唯有兔子无动于衷。每天瓜分完当天的口粮，它们就一个个尾随我妈进了葵花地。太阳下山还不回家，显得比我妈还忙。我妈说："兔子，快看！水来了！"人家耳朵都不侧转一下。

水从上游来。上游有个水库。说是水库，其实只能算是一个较大的蓄水池。

位于荒野东面两公里处，一侧筑了一道拦坝，修了闸门，简陋极了。可是对于长时间走过空无一物的大地的人们来说，简直就是一场奇遇！

我曾去过那里。走啊走啊，突然就迎面撞见。那么多的水静止于前方，仿佛走到了世界的尽头。不见飞鸟，不生植物，和荒野一样空旷。仅仅是水，一大摊明晃晃的水。镜子一样平平摊开在大地上，倒映着整片天空，又像是天空下的一潭深渊。

这一大摊水灌溉了下游数万亩的作物，维系了亿万生命的存活。可从这番情景看来，又像是它并不在意何为葵花，也从没理会过赛虎、丑丑、鸭子与鸡们的欢乐。它完整无缺，永不改变。与其说此地孤寂，不如说我们和我们的葵花地多么尴尬。我们从不曾真正触动过这个世界的内核。

在水的另一方，遥遥停着一座白房子。湖水是世界的尽头，那里便是世界的对面。住在那里的会是什么样的人呢？有好几次我想要过去看看，但每次绕着水岸走了很久很久，也无法抵达。

后来我离开了。我常常会梦到那片荒野中的大水，梦到南方来的白鸟久久盘旋水面，梦到湖心芦苇静立，却没有一次梦到生活在遥远白房子里的那个人。秋天来临的时候，我们的葵花地金光灿烂、无边喧哗，无数次将我从梦中惊醒，却没有一次惊醒过他的故乡。

(摘自《读者》2015年第5期)

幼学纪事

于是之

　　一个人的读书习惯，依我看，总是靠熏陶渐染逐步养成的，这就需要一个稍微好些的文化环境。我后来之所以还喜欢读点书，全靠我幸运地遇到了学校内外的许多良师益友。

　　开始叫我接近文艺的是孔德小学的老师们。有一次，一位眼睛近视得很厉害而又不戴眼镜的老师，把我们几个同学招呼到他的宿舍里去，给我们诵读《罪恶的黑手》。他的屋里都是书，光线很暗，所以他需要把诗集贴近鼻尖才能读得出。他的声音不洪亮，也无手势，读得很慢，却很动人。长大以后，我再没去读这首诗，然而它给我的印象却始终留在脑海里。这位老师不久之后就不见了。当时，他为什么有这样的兴致叫几个孩子去听这首诗呢？我至今也不明白。每当路过孔德小学旧址，我还常常想起他来。我总觉得他或者是一位诗人，或者是一位革命者，老幻想着有一天会碰上他。

从 15 岁那年起，我就上不起学了。或者我是个侥幸者，或者生活本来就是由许多的偶然所铸成。辍学以后，在过着"一当二押三卖"的日子里，我居然进入了辅仁大学中文系，当了一阵子一文不花的大学生。那是由于有几位好友住在邻近，他们比我年纪大些，都是那所高等学府的学生。他们同情我的境遇，于是就"夹带"着我混进了辅仁大学。事是好事，但头一天我一进校门，就觉得浑身上下都不自在起来，眼睛只敢看地板，看楼梯。好像是走了一段很长的路，才进了教室。教室里学生们大多已经就座，只有我兀立一旁，这就更增加了我的紧张。我真想掉头归去，回到我的家，回到我或当或押或卖的"自由"的生活中去。我的热心的好友走过去找他的几个同学，只见他们喊喊喳喳了一阵以后，就指着一个空位子告诉我："你今天先坐这儿吧。"我于是坐下。心想，我明天坐哪儿呢？果然，第二天我就更换了一个地方。此后天天如是，先是我浑身不自在地进入教室，他们则照例要喊喊喳喳一阵，然后为我指出一个安身的所在。尽管是这样，听课还是令我神往。

此后，靠朋友们的帮忙，我终于找到了一份职业。虽然有了职业，但并不足以糊口，前途依旧茫然。只是在一根电线杆子上的招生广告里，我又为自己找到了生活的希望。

就在我做事的地方附近，有一家中法汉学研究所，广告上说那里要办一个法文研究班，每周晚上开两堂法语课。于是我去报名了。口试时，我说了我对"汉学"和"语言"的兴趣，很快他们便通知我被录取了。

我那时住在北京西单，平时上班只带一顿午饭，不过是窝头小菜之类。到上夜校时，就需带上晚餐了。把窝头带进法兰西文学的殿堂，已经很不协调，更何况"殿堂"里只烧暖气而不生炉火。到了冬天，暖气烤不了窝头，吃冷餐总不舒服。幸好，"殿堂"之外的院子里有一间小厕所，为了使上下水道不至于受冻，那里面安着一个火炉。于是，这厕所便成了我的餐厅。把窝头掰为几块，烤后吃下，热乎乎的，我感到了棒子面原有的香甜。香甜过后，再去上课，听的偏是菩提树、夜莺鸟这样的诗情。下课以后，又需步行回家。天高夜冷，静得可以听见自己的足音。且走且诵，路成了我最好的温课的地方。

"蓬生麻中，不扶而直；白沙在涅，与之俱黑。"我衷心地喜欢这两句话，读起来总感到亲切。我庆幸自己在那样恶劣的环境中竟遇上那么多好的老师和朋友。他们为我启蒙，教我知道书这种东西的宝贵，使我没有胡乱地生长。

（摘自《读者》2013 年第 7 期）

最长的三里路
倪　萍

　　一生中走过很多路，最远都走到了美国的纽约，可记忆中走不够的却是从崖头长途汽车站到水门口姥姥家门口那条三里长的小路。

　　从一岁到三十岁，这条路来回走了一百多趟，走也走不完，走也走不够。

　　第一次单独走，也就六岁吧。

　　六岁的我，身上背了大大小小一堆包，胳膊挎的、胸前挂的、背上背的、手里拎的全都是包，三百六十度全方位被包包围着，远看就像个移动的货架。

　　包里装的没有一件是废物，对于居家过日子的姥姥来说全是宝。肥皂、火柴、手巾、茶杯、毛线、被单、核桃酥、牛奶糖、槽子糕……最沉也最值钱的是罐头，桃子的、苹果的、山楂的……口袋里被母亲缝得死死的是钱，这一路我不知得摸多少回，生怕丢了。

　　每次到了家门口，姥姥都会说："小货郎回来了。"姥姥说这话的时候，眼睛转向别处，听声音就知道她哭了。先前姥姥说滴雨星，后来我说下雨了。

六岁到九岁这三年，我不知道为什么看见这么多好东西姥姥会哭，九岁之后就懂了。

三里路，背了那么多包，按说我是走不动的，可我竟然走得那么幸福、那么轻盈，现在回想起来还想再走一回。只是那样的日子不会再有了，有的是对姥姥不变的情感。后来的很多年里，包是越来越少、越来越小了，再后来就干脆背着钱，那大包小裹的意思没有了，七八个包往炕上一倒，乱七八糟的东西堆一炕的那份喜悦没有了……

那时候，到了崖头镇，挤下长途汽车那窄小的车门，得好几个人帮我托着包。有几次我都双腿跪在了地上，瞬间又爬起来，双手永远护着那满身的包，起来还没忘了说谢谢。

也常听见周围的人说："这是外出的女人回来了！"他们没看清楚被大包小包裹着的那个高个子女人，其实还是个孩子。

背着包的我走在崖头镇的大道上，简直就是在飞。但快出镇口的时候，我的步子一定是放慢的，为了见见彪春子。

这是一个不知道多大岁数的女人，常年着一身漆黑油亮的棉袄棉裤流浪在街头。用今天的话说，彪春子就是一个"犀利姐"，全崖头镇没有不认识她的。老人们吓唬哭闹的孩子常说："让彪春子把你带走！"小孩儿们立马就不哭了。但同是小孩子的我不仅不怕她，在青岛上学的日子还常常想念她、惦记她。

八岁那年，又是独自回乡，我在镇北头遇见了她。彪春子老远就跟我打招呼，走近才知道她是向我讨吃的。七个包里有四个包装的都是吃的，可我舍不得拿给她。彪春子在吃上面一点儿也不傻，她准确无误地指着装罐头的那包说："你不给我就打你！"

我哭了，她笑了；我笑了，她怒了。

没办法，我拿出一个桃罐头给她。聪明的彪春子往地上一摔，桃子撒满地，她连泥带桃地吃一嘴，你这时候才相信她真是个傻子，连玻璃碴儿吃到嘴里都不肯吐出来。很多年后我都后悔，怎么那么小气，包里不是有大众饼干吗？

见了三里路上第一个想见的人彪春子之后，我就快步走了，直到想看看"两岸猿声啼不住"的丁子山时，我又慢下来了，舍不得"轻舟已过万重山"。

不高的山崖层层叠叠绿绿幽幽，几乎没有缝隙地挤在一起，山下是湍急的河水，一动一静，分外壮丽。再往前走到拐弯处是一个三岔口，从东流过的是上丁家的水，从北流过的就是水门口的水了。从没见过黄河的我以为这就是天下最大的河了。走到这儿我更是舍不得走了，常常一站就是几分钟，看那些挽起裤腿提溜着鞋袜过河的男女老少，有的站不稳会一屁股坐进水里。这番景象是我心中说不出的乡情。

再往前，我的心和脚就分开了，心在前，脚在后，就像在梦里奔跑，双腿始终够不着地。

三岔口往前走两分钟是水门口最大的一片甜瓜地，清香的瓜味牵引着我飞快地过去。

"小外甥，回来啦？先吃个瓜吧，换换水土！"

看瓜的叔伯舅舅几乎每年都招呼我在这儿歇会儿，有一年他根本不在，我却也分明听见喊声。依旧是那个老地方，依旧没卸掉身上的七八个包，依旧是不洗不切地吃俩瓜，然后站起来往前走。你说是那会儿富裕还是今天富裕？从来没付过瓜钱，也从来不知道那大片的瓜地怎么没有护栏。

水门口的河道不宽，两岸远看像是并在一起的。夏天河床上晾满了妇女们刚洗完的衣服，大姑娘小媳妇举着棒槌，捶打着被面，五颜六色，真是怪好看的。走不上一百米我就能看出这里有没有我认识的，通常我不认识的都是这一年刚过门的新媳妇，剩下的基本都能叫出名字。我一路叫着舅妈、喊着舅姥地快速走过她们，因为这条路离姥姥家也就一百多米了。

这一百多米的路实际上是水门口村果园的长度，这里的苹果树树枝和果子基本都在园子外。谁说"一枝红杏出墙来"，分明就是"棵棵果树关不住"。

最后的十米路是姥姥家的院子。先是路过两棵苹果树，每次也都是从这儿开始喊姥姥，等走过了长满茄子、辣椒、黄瓜、芸豆、韭菜、小白菜、大叶莴笋的菜地时，我已经喊不出姥姥了，眼眶里堵满的是咸咸的泪水。

三米的菜地恨不能走上三分钟，绊倒了茄子，撸掉了黄瓜……红的柿子、绿的辣椒，姥姥全都没舍得摘，就等着我这个在外的城里人回来吃。欢呼啊，豆角们！欢笑啊，茄子们！满眼的果实，满脸的笑容。

头发梳着小纂儿的姥姥出来了，我的三里之路走到尽头了。

我到家了。

（摘自《读者》2013年第11期）

学习是永恒的快乐

薛振东

人生的终身快乐是什么？孔子于两千多年前已给我们给出参考答案，那就是：学习。《论语》的第一章第一句即是"学而时习之，不亦说乎？"孔子在这里所说的"学习"，含义甚广。

首先是向书本学习。孔子主张读书，不但要会读，还要思考，并且要联系实际，在实践中反复印证，真正理解书中的含义，并在理解的基础上有自己的心得，产生新的知识，即"创见"，一个人若是获得创见，无疑是件快乐的事。

其次是向人学习。孔子说："三人行，必有我师焉，择其善者而从之，其不善者而改之。"我们可以从好人身上学习好的品德，好的思想。对于别人身上的缺点，要将其作为一面镜子，用他人的错误来对照自己，加以改正，这也是一种学习。

再次是向社会学。"学而时习之"，即要将从书本上学到的东西放到社会实践中去，在实践中反复演练，加深认识，并由此产生新的知识。孔子在这里，实际上是要人们在任何时候，在任何地方，在任何情况下都要学习，把已学到的知识用于实践，并在实践中加以提高。

人的本性是喜新厌旧。人的生命里，只有不断地产生新的东西，才会不断地产生快乐，否则，即使是最好最美的事物，若是反反复复地出现，也会令人厌倦。财富只能增长，少到多而已，不能产生新的东西；官位可以升级，由小官升大官，权力增加而已，但不能产生新的东西。只有学习可以使人获得新的认知，获得新的理念，使人产生收获的喜悦。

孔子以"学而时习之"为快乐，以通过学习获得新知识为幸福，他说："朝闻道，夕死可矣。"意思是说，早晨通过学习，掌握了新的知识，即使晚上就死了，也是值得的。同样，他对学习上的失误，会终身的遗憾。《论语》中记载，子曰："加我数年，五十以学《易》，可以无大过矣。"孔子说这话的时候，可能已七十多岁，接近生命的终点，虽想学《易》已力所不能及，只好留下这句遗憾终身的话。

（摘自《文摘报》2017年12月9日）

住在别人的城市里

余 华

我生长在中国的南方，一座不到两万人的小城里，我的回忆就像瓦楞草一样长在那些低矮的屋顶上，还有石板铺成的街道、一条穿过小城的河流，还有像树枝一样从街道两侧伸出去的小弄堂。

我年幼时读到过这样的句子："秋天我漫步在北京的街头……"这句子让我激动，因为我不知道在秋天的时候，漫步在北京街头会是什么样的感觉。当我最初来到北京时，恰好也是秋天，我漫步在北京的街头，看到宽阔的街道，高层的楼房，川流不息的人群车辆，我心想：这就是漫步在北京的街头。

应该说我喜欢北京，嘈杂使北京显得生机勃勃。北京的嘈杂并不影响我内心的安静。当夜晚来临，我独自一人走在大街上、想着我自己的事时，身边无数的人在走过去和走过来，可是他们与我素不相识。我安静地想着自己的事，虽然我走在人群中，却没有人来打扰我。我觉得自己是走在别人的城市里。

如果是在我过去的南方小城里，我只要走出家门，我就不能为自己散步了，我会不停地遇上熟悉的人，我只能打断自己正在想着的事，与他们说几句没有意义的话。

　　北京对我来说，是一座属于别人的城市。因为在这里没有我的童年，没有我对过去的回忆，没有错综复杂的亲友关系，没有我最为熟悉的乡音。当我在这座城市里一开口说话，就有人会对我说："听口音，你不是北京人。"

　　我不是北京人，但我居住在北京，我与这座城市若即若离，我想看到它的时候，就打开窗户，或者走上街头；我不想看到它的时候，我就闭门不出。我不要求北京应该怎么样，这座城市也不要求我。我对于北京，只是一个逗留很久还没有离去的游客；北京对于我，是一座别人的城市。我觉得作为一个作家，或者说作为我自己，住在别人的城市里是很幸福的。

（摘自《文摘报》2017 年 11 月 23 日）

第一次背娘

刘俊奇

第一次背娘，是十多年前一个初秋的日子。那一年我53岁，娘72岁。

那些日子一直阴雨连绵。每到这个季节，娘的膝关节病便会复发，于是我便给娘去电话。娘说，你要是不忙，就回来带我去医院看看也好。我的心里一阵恐慌。

那时候娘大多数时间住在老家，她喜欢这样自由自在的生活，只有到了每年最热和最冷的日子，娘才会到我和弟弟妹妹工作的省城和海滨城市住上三四个月。因为担心儿女的惦念，总是报喜不报忧，像今天这样主动提出让我回去，还是第一次。

我立刻放下手头的工作，驱车三百多公里，从济南赶到沂蒙山老家。一路上忧心如焚，娘的点点滴滴涌上心头。

父亲去世时，娘才33岁，我最小的妹妹刚出生三个月。为了把我们兄妹五个拉扯长大，尽早还清为父亲治病欠下的债务，娘就像一台机器，不分昼夜地运转着：白天在生产队干一天的活儿，半夜又要爬起来为生产队推磨、做豆腐，这样每天便可以记两个劳动力的工分，而她每天的睡眠，经常只有三四个小时。

村子里的人经常议论我娘的身子骨是铁打的。那时候，娘说得最多的一句话是，咱不能让人家看不起，不能让人家笑话你们是没有爹的孩子。为了这个承诺，娘吃的苦、流的汗，娘经受的委屈和磨难，难以用文字描述。

20世纪六七十年代，家乡的农活有许多靠肩挑人抬：挑土挑水挑肥挑庄稼，有多少人被压弯了腰，那时候农村驼背的人比比皆是。身高不到1.6米、体重不到80斤，看似柔弱的娘，却有着一副压不垮的腰板。娘说，那时候她一天最多挑过七十多担水，膝关节就是那时候落下的病根。

车停在村头，我心急火燎地向家里走去。

娘见到我，艰难地从床上坐了起来，手抚在肿得像馒头一样的膝盖上，脸上呈现出痛苦又有些歉意的表情。

我在娘的跟前蹲下来，想背她上车。娘犹豫了片刻说："我130多斤呢，你背不动吧？"看看院子里的泥和水，娘还是顺从地趴在了我的背上。

平生第一次背娘，才知道130多斤的娘是如此重。娘看我有些摇摇晃晃，几次想下来，我阻止了。走到街上，一位婶子正在大门口做针线，看见娘趴在我的背上，有些乖乖的样子，便哈哈地笑了起来："哎哟，年幼时背着儿子，现如今老了，得让儿子背着喽……"

娘"嘿嘿"地笑着，笑声中，有羞涩又有些幸福的味道。

婶子的话，让我心头一热，眼泪差一点儿流出来。儿时，娘的背是我们兄妹最温暖的家。多少次，压弯了娘的腰，娘却舍不得把背上的儿女放在劳作的地头上，娘担心蚂蚁、虫子爬上孩子的脸；多少次，熟睡中尿湿了娘的背，娘顾不上擦一擦，却急忙看看孩子的衣裤是否湿了不舒服……我们兄妹长大了，娘也老了。老了的娘，却总是想着不让我们为她操心。娘常说，你们做好了公家的事情，娘的脸上有光有彩。

在临沂市人民医院，我背着娘楼上楼下看门诊，拍 X 片，做各种检查，到处是温馨的目光和礼让。医生说娘的腿并无大碍，开了些消炎和外敷的药，提醒要注意保暖等。

中午，我背着娘走进一家比较气派的酒店，正在这里用餐的人们向我们行注目礼，许多人站起来鼓掌。一位看上去 60 多岁的老人来到我的身边，竖起拇指，说着地道的家乡话："背着的是老娘吧？俺很长时间没看着背着老娘来饭店吃饭的了，一看就是孝子啊！来，俺给老人家敬一杯酒！"

那个中午，许多素不相识的就餐者来到我们的餐桌，给我和母亲敬酒。饭店的老板也过来敬酒，说很久没看见今天这样感人的场面了。平生第一次背娘的我，那一天竟如明星般的荣耀。

吃过饭，我劝娘随我一起回省城去住，娘说家里还有喂的鸡，离不开，还是像往年一样，天气冷了再去吧。我拗不过娘，只好把娘送回家。晚上七点多钟回到省城，我立即给娘去电话报平安。电话里却传来娘的哽咽声。我慌忙说娘你不要紧吧？腿是不是还疼得厉害？娘没有回答，抽噎了许久才问我，你的腿、腰没事吧？你也是 50 多岁的人了，背了我一天，心疼死我了……

那一刻，我泪如雨下。

（摘自《文摘报》2017 年 12 月 5 日）

在人世间生活得越久，我就越喜欢树

苏 辛

老家院墙外的杨树，枝干疏朗有画意。

在人世间生活得越久，我就越喜欢树。

白杨树春来先吐出满树金色的芽苞，接着挂出无数条深褐穗子——落地上乍一看吓人一跳，太像毛毛虫了！之后长出嫩叶来，很快就成为蓊蓊郁郁的一大棵，风雨走过树巅，它就喧哗起来。红楼梦里，麝月说她最嫌的就是杨树，叶子不多，有一点风就哗啦哗啦乱响，是种下流没品的树。可我是喜欢的，只要一点点的风，杨树就会奏出涛声来听，那是规模适中的潮汐，打发得耳朵很舒服——细细的微风吹来时，则往往使人有落雨的错觉。风雨时，白杨深绿而近乎蓝的正面翻转过去，露出银白色的叶背。

春夏之交，起早骑车去学校早读。轻薄白雾缠在杨树树冠的半腰，是要亲眼见过，才知道雾气并不均匀，而是疏疏密密，蜿蜒流动的。近处明绿轻白，远处雾气绰约，平凡的中原景象突然生动了几分。

绿杨的叶子两面都是嫩绿色，薄而光滑。某日傍晚放学回家，斜阳落在绿杨叶子上，金闪闪晃到眼睛里来，无端地觉得，我正走在幸福本身之中。

深秋到来，杨树的叶子黄得十分明亮。它们常常从树冠底部开始飘落，一层一层，如一个人先从下衣开始褪尽华裳。很少有哪棵杨树会完全赤裸地站在风中，总会有几片叶子历经冬日也不飘零。而失去了叶子遮挡，杨树银白的枝干在冬季极为疏朗耀眼。这真是一种响亮的树。

泡桐树，春末大剌剌地开了满树粉白或粉紫的花，把整个村庄都荫庇其中。晚上8点，夜静之后，走在道路上，觉得是走在香气的河流里，这河流温暖平缓，可以任自己深埋。开完了花，它才抽出叶子来。

洋槐树的椭圆形薄叶子可以摘一片对折后噙在嘴边当哨子吹，白色花如珍珠串，有着小家碧玉的矜持风姿。它的香气清新微凉，是山泉水。村人折它来生吃、蒸熟、炒蛋。几天后，落花成霰，檐下人拂了一身还满。

苦楝树是农村人的丁香。细碎紫花，浓郁芬芳，花落后结出绿豆一样的果子。果子冬天变黄变软，若有人生了冻疮，就挤出果浆涂在患处，说是有效。

香椿树隔三五家就有一棵。春天跟全国人民一样掰香椿芽，但并不讲究吃香椿炒蛋，而是直接用盐腌上当咸菜吃。我颇嫌它粗而过咸，不怎么爱吃。2017年春天却念叨了几次，转而觉得它野得有味。

榆树不外乎是吃榆钱。蒸榆钱家家会做，没什么稀奇。我母亲煮面条起锅时，天女散花撒一大把榆钱在面条里。父亲嗔她胡做，我却喜欢那娇嫩微甜的清香。榆树树干深黑，皱纹深重，很可以入画。

我家老院子里种的全是泡桐树。厨房旁的两棵常成为我从房顶滑下的滑梯。院子当中的一棵罩着小饭桌，我们在桌子上吃过烧泥鳅，杀了一只羊以后绑在树干上剥皮分肉。挨着水井的一棵，夏天时绑上装了一斤黄豆的编织袋，一天泼上四五次水，两天后就发出满满一包豆芽。靠着院墙的两棵，树干之间用竹枝支好架子，爬了两棵瓠子。它们开淡白大花，秋天结了好几只大瓠子，晾干后一剖两半，成为水瓢。院门口的那几棵，雨后偶尔生出蘑菇来。母亲把蘑菇放到一张泡桐叶子上，撒一点盐包好，埋进挖好的土坑，再用泡桐叶子点一堆火。那是我和弟弟第一次吃烤蘑菇，也是我唯一一次吃到那样的烤蘑菇。

后来，我们家搬进了新院子。我从高中学校回家过周末，父亲正打算把院子全部硬化，只留两个一尺见方的坑给母亲种无花果，另外留一个一尺宽一米五长的花池。我让他留下所有土地，只用水泥铺三四条小路防止雨天路滑就行。三周后，我再也不可能拥有一棵属于自己的泡桐树了。

再后来，我离开家，离开家乡，走进城市。城市有许多许多树，一种比另一种更美。我依然对它们满怀爱慕之心。在郑州工作的时候，我甚至知道花园路上最美的悬铃木是中环百货门口的那棵。

只是，所有这些美丽的树，都不再跟我有关。

(摘自微信公众号"苏辛")

人生第一桩事

朱光潜

我时常想，做学问、做事业，在人生中都只能算是第二桩事。人生第一桩事是生活。我所谓"生活"是"享受"，是"领略"，是"培养生机"。假若为学问、为事业而忘却生活，那种学问、事业在人生中便失其真正意义与价值。因此，我们不应该把自己看作社会的零件。一味迎合社会需要而不顾自己兴趣的人，就没有明白这个简单的道理。

我把生活看作人生第一桩要事，所以不赞成早谈专门；早谈专门便是早走狭路，而早走狭路的人对于生活常不能见得面面俱到。前天 G 君给我讲了一个故事，颇有趣，很能说明我的道理。他说，有一天，一个中国人、一个印度人和一个美国人游历，走到一个大瀑布前面，三人都看得发呆。中国人说："自然真是美丽！"印度人说："在这种地方才见到神的力量呢！"美国人说："可惜偌大的水力都空费了！"这三句话各有各的道理，也各有各的缺陷。在完美的世界里，我们在瀑布中应能同时见到自然的美丽、神力的广大和水力的实用。许多人因为站在狭路上，只能见到诸方面的某一面，便说他人所见到的都不如他的真确。前几年大家曾煞有介事地争辩哲学和科学，争辩美术和宗教，不都是坐井观天而诬天渺小吗？

我最怕和谈专门的书呆子在一起，你同他谈话，他三句话就不离本行。谈到本行以外，旁人所以为兴味盎然的事物，他听之则麻木不能感觉，像这样的人是因为做学问而忘记生活了。我特地提出这一点来说，因为我想现在许多人大谈职业教育，而不知单讲职业教育也颇危险。我并非反对职业教育，却深深地感觉到职业教育应该有宽大自由教育做根底。倘若先没有多方面的宽大自由教育做根底，则职业教育的流弊，在个人方面，常使生活单调乏味；在社会方面，常使文化肤浅褊狭。

许多人一开口就谈专门，谈研究。他们说，欧美学问进步之所以迅速，是由于治学尚专门。原来不专则不精，固是自然之理，可"专"也并非任何人所能说的。倘若基础树得不宽广，你就是"专"，也绝不能专到多远。自然和学问都是有机的系统，其中各部分常息息相通，牵此则动彼。倘若你对其他各部分都茫无所知，而专门研究某一部分，实在是不可能的。哲学和历史，须有一切学问做根底；文学与哲学、历史也密切相关。科学是比较可以专习的，而实亦不尽然，比方生物学，要研究到精深的地步，不能不通化学，不能不通物理学，不能不通地质学，不能不通数学和统计学，不能不通心理学。许多人连动物学和植物学的基础也没有，便谈专门研究生物学，是无异于未学爬而先学跑的。我时常想，做学问这件事，先要能博大而后能精深。"博学守约"，真是至理名言。亚里士多德是种种学问的祖宗；康德在大学里几乎能担任一切功课的教授；歌德是一代文豪而于科学上也很有建树；亚当·斯密是英国经济学的始祖，而他在大学是教授文学的；近如罗素，他对于数学、哲学、政治学样样都能登峰造极。这是我信笔写来的几个确例。西方大学者（尤其是在文学方面）大半都能同时擅长几种学问。

我从前预备再做学生时，也曾痴心妄想过专门研究某科中的某某问题。来欧以后，看看旁人做学问所走的路径，终觉悟像我这样浅薄，就谈专门研究，真可谓"颜之厚矣"。我此时才知道从前在国内听大家所谈的"专门"是怎么一回事。中国一般学者的通病就在不重根基而侈谈高远。比方"讲东西文化"的人，可以不通哲学，可以不通文学和美术，可以不通历史，可以不通科学，可以不懂宗教，而信口开河，凭空立说。历史学者闻之窃笑，科学家闻之窃笑，文艺批评学者闻之窃笑，只是发议论者自己在那里扬扬得意。再比方著世界文学史的人，法国文学可以不懂，英国文学可以不懂，德国文学可以不懂，希腊文学可以不懂，中国文学可以不懂，而东抄西袭，堆砌成篇，使法国文学学者见之窃笑，英国文学学者见之窃笑，中国文学学者见之窃笑，只是著书人在那里大吹喇叭。这真所谓："放屁放屁，真正岂有此理！"

(摘自《读者》2015 年第 22 期)

树懂人间事
刘亮程

仓房是从来不让外人进去的，里面装着我们家所有的粮食，还有农具、皮货之类。这些东西，都是不能让外人看见的，尤其仓里的粮食，那是一个家庭最大的秘密，是多是少，不可外泄。仓房没有窗户，只在接近屋顶的高墙上，开了两个通风用的小洞口，房子里，黑得啥都看不见。我们小的时候，谁也不敢进去。门用很大的铁锁锁着，钥匙在母亲那里。有时，她打开门，进去摸索半天，端出一盆苞米或麦子。仓房里装着我们家一年的粮食，有时是好几年的粮食，粮堆顶到了房顶。个别的年成，仓里所剩无几，我们节省着吃，半饱半饥，熬到又一年的麦子成熟。

无论多少，粮食都被锁在仓房里，就像我们一家人躺在那些长夜里。我们的睡眠像粮食一样，没有人知道。没人知道我们梦见什么，也没人知道我们没梦见什么。当这一家人安静地睡着，谁敢说他们只是简单地活着？他们像被伐倒的树一样，横躺一炕的长短身体，仅仅是为睡好了再起来干活吗？在这场意味深长的睡眠中，他们中间的一个人突然从土炕上坐起来，穿好衣服，梦幻般地飘走。在外面，他看到月光将村庄和田野映衬得同白天一样。

父亲和陈吉民经过一下午的讨价还价，终于在天黑后说定：我们家五间大房子、两间小耳房，加上牛圈，总共卖七百八十块钱。父亲想争到八百块钱，费了很多口舌，没争上去。晚上，一家人在油灯下吃饭，父亲说："陈吉民太心细，把我们家房顶的椽子挨个数了一遍。"

"数了多少根？"我问。我们天天躺在屋顶下面，也没数过有几根椽子。

"他数了八十七根。"父亲说。

"不过，仓房里的没数上，屋里太黑，看不清。我说二十根，陈吉民不信。出来数了屋檐下的椽子头，只有十五个椽头。其实两个是假的，盖房时压上去的。幸亏仓房里看不清，都是些烂椽子，要是看清楚了，说不定他还不出这个价呢。"

我记得最清的是，父亲和陈吉民站在外屋讨价还价的情景。

"光屋顶这根木头，就能卖一百多块钱，"父亲说，"村里人谁不知道我这根木头，早先有人出过一百五十块钱，我都没卖。要是拆下来，二百块都让人抢掉了。"

那是我们家房顶上最粗最直的一根木头，盖房时，父亲将它刮得光光溜溜，特意担在里屋的顶上，让人一进门就能看见。

这根木头，确实为我们家长了不少面子。我听到不少人坐在我们家炕上聊天，不止一次赞赏过这根木头。他们围坐成一圈，边抽烟边说些人和牲口的事，说到没话处，便有人扬起头，对着屋顶赞叹几句。无非是赞叹过多少遍的那些话：

"这根木头真直。"

"做啥都是根好材料呢。"

"就是，就是。"其他人赶紧帮几句嘴。话题自然引到木头上。父亲满脸放光，腰也挺直了。他扬起脸，把那根让他引以为豪的木头，从这头看到那头，把他弄到这根木头的经过添油加醋地叙说一遍。父亲每次说的都不太一样，每次都会加一些新内容，每次都能让人听下去。只有母亲不耐烦，她坐在炕的另一头纳鞋底，听到父亲吹牛，便会奚落几句。

我们兄弟几个，在地上或院子里玩耍，有时也会坐在大人们身后，悄无声息地听一下午，有时听到月明星稀。

母亲不喜欢那些男人，说他们都是来混烟抽的。他们从来不带烟，烟瘾犯了，就来找父亲聊天。父亲话越多，他们越高兴，反正没事情，熬时间，时间越长，越能多抽几根。"你吹牛呢！"陈吉民不相信父亲的话，"别看这根木头又粗又直，说不定里面早空了。胡杨树长到这么粗，一般里面都长空了。要拆下来，没准只能当柴劈。"

"我还没听见谁说这根木头不好呢。你说它空掉了，我让你听听。"

父亲生气了，他从外面拿来一截木头，对准那根最粗最直的木头，狠劲地捣上去。只听到空洞而沉闷的一声巨响，我们全惊呆了。这幢房子从来没发出过这种响声。房梁上的尘土、草屑，簌簌地落了一炕一地。

陈吉民家最终没有福气住进我们家的宅院。或许是缘分，这院房子注定由光棍冯三独守着，年复一年地破败下去。

原来，第二天一早，陈吉民来送定钱，见我和父亲正在砍房边上的一棵柳树，他不愿意了："已经说好把房子卖给我，这些树就全是我的。你要再砍，我可不愿意。我昨天已经数过了，大大小小一百八十七棵，交房子时少一棵，我都不愿意。"

父亲愣了半天，才回过神。

"啥，你说啥？我卖房子，又没卖树。房前屋后的树，我都要砍掉带走。"

"我买房子，就是看上了这些树，要没这些树，五百块钱我都不要呢。"

两个人说着说着，吵骂起来。吵到后来，父亲一生气，不卖给陈吉民了，再贵也不卖给他。陈吉民也不买了，再便宜也不买了。

两个人成了仇人。

两个月后，我们全家搬出黄沙梁。光棍冯三住进这个空荡荡的大院子。全部房子作价五百五十块钱，卖给冯三，能成点材的树，都被我们砍倒拉走了。房子前面和左右林带仅剩下几棵半大的小树，那是留给冯三的。我们砍树时，冯三一直站在旁边看。我们砍了一整天。我们每年都在房子周围栽树，栽了十几年。我们走进这个家园时，只有房前屋后长着两排树，现在前后左右都已绿树成荫。

砍到剩下不多几棵时，冯三走过来，说："这几棵，留给我乘凉吧。你们以后来黄沙梁，也有一个乘凉的地方。"

二十多年后的一个炎热秋天，我果真站在当时留下的一棵弯柳树下面。那棵树好像还是我们离开时的样子，这么多年，它似乎一点儿没长。稀疏的枝条上，稀稀落落地缀着些叶子，没多少树荫，却已经足够我乘凉。

(摘自《读者》2017年第20期)

忘掉了也好

琦 君

生活忙乱时，未免顾东忘西，丢三落四。加以岁月不饶人，记忆力衰退，原是无可奈何的事。有时急匆匆跑到地下室，却不记得要干什么；打开冰箱门，却想不起要拿什么，不免跟自己生气。尤其是谈起多年不见的朋友，声音神情都在眼前，竟然想不起名字来，才真正是忘年之交呢。如此的健忘，想来一定是病态而不是常态吧！

其实，除了读书之外，对于日常琐事，能忘掉也未始不好。当年恩师曾诲谕我们说："要能修炼得忘掉，而不是记得，才能保持心境的澄明。也就是佛家心如明镜台的境界。"

今日社会环境复杂，人与人的相处，若偶有不愉快之事，能彼此宽恕而且忘却前嫌，就能保持心情平静快乐。古训说："人有德于我，不可忘也；人有负于我，不可不忘也。"这是儒家的宽恕精神。西谚也有 forget and forgive（忘记与原谅）的说法。可见能遗忘实在是一门生活的艺术，也是人生一门修炼的课题。

想起先父有一位好友，自号童仙，乃天真如稚子，快乐似神仙之意。他最大的本领就是遗忘，每回来我家小住，关于他健忘的趣事儿逗得我们全家乐呵呵。他告诉我们，有一回在火车上，他把帽子脱下放在小桌上，邻座的乘客代他挂在窗边钩子上，大家就都呼呼入睡了。火车到站，他醒来时人已走光了，他抬头看看挂在那儿的帽子，嘀咕道："谁的帽子忘了带走，我是路不拾遗的君子，不拿别人东西的。"走出车站，风吹得脑袋瓜发冷，才想起挂在车窗上的帽子原来是他自己的。

听他连做带比地讲，连严肃的父亲都笑了。

童仙伯伯看我母亲默默地把一碗热腾腾的燕窝羹放在父亲身边的茶几上，又默默地走回厨房去。他就拉着我悄声说："你妈妈真了不起，把什么不快乐的事都丢开，才会对你爸爸这么好。"我说："我妈妈并没忘掉不快乐的事。她对我说过，不要气，只要记。她是记得牢牢的哟。"童仙伯伯点点头说："那就更难得了。"我把童仙伯伯的话转告母亲，她笑了一下说："陈年旧事太多，我真的不记得了。忘掉了也好。你外婆当年说我学做针线是个'去不回'，学过就忘记。如今连过日子都变成'去不回'了。"我听了心中怅怅的。想想母亲真能把满腔心事化为"去不回"吗？童仙伯伯的话是对的，母亲只是把不快乐的事都丢开，当作忘掉，她的心好苦啊！

我因而格外喜欢童仙伯伯教我的他自己仿古的一句话："记不得，记得也应无益。"这不就是母亲说的"忘掉了也好"吗？可惜我那时年纪太小，何能宽慰母亲的愁怀于万一呢？

及至读古典诗词时，我最喜爱苏东坡的词，吟哦中渐领会得一分豁达的气概。他在被贬到海南岛蛮荒之地时，仍坦荡荡地唱着"海南万里真吾乡"，并自夸："谁似东坡老，白首忘机。"这"忘机"就是把不愉快的事儿一概忘却吧。但他对逝世多年、生死两茫茫的妻子，仍然悲叹"不思量，自难忘"。可见遗忘不是有情人容易做到的事。

再想想，人生一世，总不免经历千波万浪，备尝离合悲欢。有些事能忘得掉，有些事却总也忘不掉。其实呢，正如童仙伯伯的话："记不得，记得也应无益。"还是统统忘掉吧！

不由得想起母亲当年爱讲的一个小故事：有一个年轻妈妈，抱着孩子急忙赶到镇上看草台戏。大家都奇怪地盯着她看，她才发现怀里抱的是个大冬瓜，想起自己跑来时，在瓜田里跌了一跤，真该死，把孩子丢在冬瓜田里了。她赶紧跑回田里一看，原来掉在那儿的是个枕头。她丢下冬瓜，抱起枕头，赶回家中一看，小宝宝正在床上呼呼大睡呢。

母亲边讲边笑，笑得眼泪都流出来了，好像很开心的样子，我撒娇地问："妈妈，我是大冬瓜还是枕头呢？"母亲说："你呀！是大冬瓜、是枕头，都好。我就只顾捧着，倒用不着操那么多心啰。"

当时母亲的神情，是喜是悲，我分不清楚，但她那带泪的微笑，我永生不会忘记。

(摘自《读者》2015 年第 5 期)

想飞的心

鲍尔吉·原野

几天前,我回一趟老家,坐大客车。车行驶6个小时,司机声明除服务区停车一次,途中不停车。

与我邻座是一位南方女人——她身上穿了许多层毛衣和一件不合体的男式羽绒服,30多岁。

说来好笑,车开两个多小时,一对农村夫妇要下车,说上错车了。司机答复:怎么能上错车?你买的是这个地方的票,上的是这趟车,怎么能错呢?

男的说:我们不上这个地方,我们要上××,亲戚把票给买错了。

司机说:车上有监控录像,不许停车,我必须把你们拉到终点。

车上人哄笑。农妇说:求求你了,把我们拉到终点干吗呀?不就点一脚刹车的事吗?

司机叹气说:我要被罚钱。车停,这对夫妇作着揖下车。邻座的南方女人跟着下车，售票员不让，她说看车下的行李。我感觉车下面有她重要的行李。

到了服务区，人下车活动，南方女人盯着车下面的行李舱，最后一个上车。

车到终点，天快黑了。我取行李时，看了一眼南方女人的行李。是个旧纸箱，缠胶带，上有窟窿眼。她双手抱着纸箱，东张西望。

我问：你需要帮助吗？

她问：这儿离草原有多远？

我老家在内蒙古一个小城，从这里到草原，中间隔着上百公里的农业区域。一个南方人，在陌生之城的薄暮时分问"草原还有多远"，蛮搞笑。

我说了之后，她显出失望。我说：你肯定先要找旅店住下，就算草原只有10里远，也要先住下。明天坐车到巴林右旗、翁牛特旗，那里都有草原。

她说："哪个旗好？"

这句话也挺搞笑。旗和县一样是行政建制，说不上好不好。我问：你要做什么？

她摇头。

我想到那个神秘的纸箱。这次回家，我和朋友约好去翁牛特草原，我们叫牧区。我告诉她明天有便车去草原，如愿搭乘把电话留下。

她问：什么旗？

我说：翁牛特旗。

她思索，翁——牛——特。好，跟你一起去。

开车的是我的朋友Y，Y问她：你上草原干啥？

她答：放飞一只鹰。

Y：你从南方到内蒙古来就为放飞这只鹰？

她说：对。

我问：纸箱里边是鹰？

她说：是。

Y：你放飞之后就回南方了？

她说：对。

这个答案出人意料并且简练，一点没留让我们遐想的空间。上车时，她用手机通过一次话，告诉对方我们这辆车的车号，怕遇上坏人。

Y小声对我说：放生，做善事还愿。我点头。

Y说放生在哪儿都能放，跑这么远干啥？

我从后视镜看到她怀抱纸箱，目光坚定。

我们的车到达乌丹镇已经是目的地，然后东行，专门送她。在一处荒野，Y停车对她说：这就是草原。放飞鹰之后，我们把你拉到乌丹镇。

她下了车，不满意。说：这算什么草原，草呢？波浪似的绿草和羊群呢？

Y哈哈大笑，说：这是秋天，你脚下的枯草夏天就绿了。牛羊在牧民家里圈着呢。

她脸红一下，说：不好意思，我忘记是秋天了。我以为还有穿蒙古袍的牧人骑马奔驰呢。

我说：那是MTV（音乐电视）里的，现在他们在家歇着呢。

她打开纸箱，铁笼里有一只小鹰，目光犀利，爪钩坚利。

Y说：在这儿放生好，前边是湖水和树林，有野兔什么的，鹰方便生存。

她说：好，这是缘分。掏出手机，跟一个人说话。我看到是部有可视通话功能的3G手机。

鹰出笼却不飞。她把鹰扔到天上，鹰落下，与我们对视。

她对着手机说：你跟小鹰说吧。

手机屏幕上有一个男人，穿病号服，头上插着管子。我听到他虚弱的声音：飞吧，小鹰，好好飞吧。

说起来怪，鹰张开翅膀，像一把大黑扇子，笨拙地往前碎步走，趋快，拍打翅膀飞起来，翅膀张开有它3个身体大。它在我们头顶盘旋，半径越来越大，远去。

她用DV（数码摄像机）录像。

回车里，我们开往乌丹镇。她开口说：我老公是飞行员，出车祸，这几天双腿就要截肢，上不了天了。他让我到内蒙古把鹰放飞。这只鹰是他战友送的，养了3年。

他到过草原吗？我问。

她说：他在内蒙古的天空飞了5年，熟悉这里的山山水水。他飞的时候最羡慕草原的鹰，老是想念……

她声音哽住了，头转窗外，擦泪水。

以后，辽阔的草原上将有一只不停飞翔的鹰，飞过山冈和湖泊。看到这只鹰的人想不到，它带着别人一颗想飞的心，从天空上看到夏季的草原开不败的花朵。

见面就认识了

海螺沟3号驻地海拔4000米。早上醒来，我想：跑不跑步呢？海拔高，不敢跑，不跑又不甘心。

跑吧，沿公路慢慢跑。初跑，没什么事儿，我想象的头晕、昏厥乃至坠下山崖等事情都没发生。

跑了15分钟，折返时出现困难。这段路坡长，几乎感觉不到下坡。而返回即上坡时，简直抬不起腿，血液的携氧量微乎其微。跑着，见路边一处简陋的寺庙，一个穿绛红僧衣、30多岁的喇嘛在石块搭的灶上煮茶。

我上前问讯。喇嘛一愣，看看我，笑说："噢，蒙古人。"

喇嘛叫多吉次仁，他递我一把菜刀："把茶砖砍碎。"

我在老家干过这活儿，得心应手。

他把碎茶放进沸水，从怀里掏出纸包，拈一小撮儿放进去，盐。再揣入怀。

一个藏族小女孩进来，坐板凳上。

"噢，卓玛来了。"多吉次仁从毡子底下拿出一本书，翻开给我，指一个地方："昨天念到这儿，你接着念吧。"

这是一本极为破旧的童话书,我读:"大地母亲还在熟睡,像许多美丽的女人一样,熟睡的大地格外美丽。"我问多吉次仁:"她听得懂吗?"

"噢,就是这样学汉语,念吧。"

我看了一下书皮,《水孩子》,接着读:"高大的榆树在睡,树下的奶牛也没醒来。不仅如此,酣睡的还有几片白云,在林隙静卧……"

小女孩凑过来坐我膝盖上,盯着字看,仿佛怕我读错。她头上梳七八个小细辫儿,沾着干草屑,藏袍有酥油的气味。她边听边动脖子,像个小动物。

"……云雀唱起了晨曲,婉转的歌声盖过采掘机的响声。叫了整整一夜的矿坑鸟还在啼叫。"

"就念到这里。卓玛,你回家吧。告诉你爸爸,给羊多喂一些盐。"

作为跑步者,我向多吉次仁告辞。

"你明天来吧,活佛明天到这里讲经,活佛知道你来。"

明天,我所在的旅游团开拔了。多吉次仁看我犹豫,说:"那就以后来。你到北京吧?"

我点头。

他从箱子里拿出一个皮包,打开:"这里面有钱和我不知道的东西,你到北京交给中国科学院的李××。"

"我……"

"我知道你会说不认识李××,见面就认识了。她去年把包忘在这里,你还给她。"

我接过,心想,北京那么大,上哪儿找呢?

到了北京,通过人事部门以及户政部门的帮助,主要靠电话,终于把东西交还失主。

李××是中科院×所退休人员,家住东城区红桥批发市场附近。我看了她身份证,她看了包里的东西。李××说自己并不知包丢在哪儿,旅游丢的。包里的美元、相机等各样东西都没少。

她说："我怎么感谢您呢?"

我说："噢，那就感谢多吉次仁吧。"

"他有地址、电话吗?"

"没有。他住在公路边上一个寺庙里，连寺名都没有。"

（摘自《读者》2012 年第 2 期）

你是我的暖

李 娟

在古城凤凰一家名为"亦素"的咖啡馆,我坐在花窗前品茶、读书。一抬头,就看见沈从文笔下的沱江,清凌凌的,如绸缎一般。吊脚楼升起袅袅的炊烟,几只白鹭蹲在木桥上,仰头四处张望。一叶孤舟泊在江面,仿佛开始了漫长的等待。

翻开沈先生写给张兆和的信:"梦里来赶我吧,我的船是黄的。尽管从梦里赶来,沿了我所画的小镇一直向西走。我想和你一同坐在船里,从船口望那一点紫色的小山。"

字字如明玉,心心念念。

"梦里来赶我吧",只有深深爱着的人,才看到什么都想到她,想和她共有一双眼睛,一双耳朵,一颗纯净的心。世间一切美好,要和她一起分享。醒着梦里都是她,才下眉头,却上心头……

在水边读沈先生的书信,常常无端地惆怅和落泪,坚硬的心一瞬间柔软了,化为沱江里的一泓清流。想起凤凰水边他孤单的身影，那一刻，他有了兆和女士，就有了爱；有了一位温柔的知己，就如同沐浴在人间的四月天里。

沿着清幽的石板路，走进小巷深处，去看望沈先生。在沈先生故居看见他们年轻时的照片，沈先生潇洒俊朗，英气逼人；兆和女士穿一件旗袍，温婉优雅，气质如兰。如花美眷，似水流年。

乘上一艘木船，沿沱江顺流而下，去听涛山看沈先生。两岸横着苍苍的翠微，吊脚楼将伶仃的脚伸进江里，水清澈得令人忧伤，湘女的歌声如燕子掠过水面。就听见沈先生轻声地低语："三三，你若坐了一次这样的木船，文章一定可以写得好多了……""三三，我一个人在船上，内心无比的柔软伤感；三三，但有一个相爱的人，心里就是温暖的。"

"我行过许多地方的桥，看过许多次数的云，喝过许多种类的酒，却只爱过一个正当最好年龄的人。"

此刻，情不知所起，一往而深。

原来，好文字不在气势磅礴的作品里，而在云中锦书里，在人世小小的悲欢里。那里有刻骨的相思、深深的懂得、幽幽的情思，这尘世间真切的温暖，碧玉一般泊在心里；又如一件纯棉衣衫，贴心、暖心。真正温暖你我的，不就是这样的书信吗？在七里香开满江畔的春天，我读到尘世间最美的情书。

张学良和赵一荻女士举办婚礼时，两人都已年过半百，教堂里满是鲜花、掌声，众人云集，祝贺一对生生世世的恋人。有人让张学良讲几句话，良久，他对赵一荻说："你是我永远的姑娘。"

我读着，一刹那，泪湿了眼角。

她等着，从朱颜玉貌到老去鬓白，终于盼来了这场等待了几十年的婚礼，做了他的白发新娘。他记得初相遇时她的模样，清丽脱俗、倾国倾城。如今，她老了，执手相看两不厌，他依然爱她，爱她苍老的脸上光阴的留痕。他们携手走过漫漫人生，风雨坎坷，她与他共度几十年寂寞的幽禁生涯，不离不弃……

他深爱着的女子在世人眼中老了，而在他心里，永远不会老去。

有一种爱情，与光阴无关。

画家黄永玉的一篇文章写到张伯驹先生。一次在西餐厅，黄永玉遇见张老，只见他孤寂索寞，独自坐在一张小桌旁用餐。桌上面包几片，果酱一碟，红汤一盆。张老用餐后，从口袋里取出一条小手巾，将涂上果酱的几片面包细细包好，而后缓缓离去。当然，老人手中的小包是为妻子潘素带回的，情深至此，让人感伤。

张老一生钟情艺术，珍爱世间一切美好的事物，琴棋书画无所不精。他又是慧眼独具的文物鉴赏大家。他不惜倾家荡产去收藏历代书法珍品，然后捐赠给国家。可是暮年的他，仅靠着每月80元的退休金清苦度日，与妻子相依为命。他曾提笔写给她：素心花对素心人。精神世界的相知和懂得多么难得，两人一生徜徉在艺术和精神的世界里，比翼双飞，琴瑟相和、肝胆相照。

爱情是什么？是他为老妻带回家的那几片面包。浮世里最后的爱，就在一粥一饭里。那么动人、暖心。

他们的情感干净透明，温暖彼此。人世的喜悦天真到了如此境界，和一个简单的人倾心相爱，一心一意，痴情不悔，直到天荒地老，多好！

傅雷先生说："爱情于天地茫茫而言，实在是小。"可是，我说："在荒寒的尘世间，温暖你我的除了爱，还能有什么？"

初夏的夜，窗外虫鸣如流水，我读完他们的故事，在纸上写下一句话：你是我的暖。

（摘自《读者》2012年第18期）

幸福在哪里

晚 菘

晚上照例熬了粥。

金灿灿的小米，是今年新下来的，几分钟就开花出了米油，再咕嘟两、三分钟就可以关火了。掀开盖儿，扑鼻一股米香，温温厚厚的，有一点儿土腥味儿。老妈说小米最养胃，天天喝都不打紧。

又洗了把菠菜，炒俩鸡蛋吧。再清炒一个西葫芦，才从市场买的，特别嫩。放上一小撮儿花椒爆香，再丢几条干辣椒进去，只放盐，就是一盘儿香郁的家常小菜。然后薄油煲俩烧饼，齐活。几个小菜，一碗清粥，冬日里这样的晚饭最舒坦了。关键是二人食。

洗菜的时候脑子里蹦出来一首歪诗：

幸福其实很简单。给爱的人烧一顿饭，再看着她吃下肚。然后，我也尝到了，幸福。

不是在晒幸福，也不为炫耀，是真的一下子跳出来，抹也抹不去。嗯……，好像就在后脑靠右那片，实物感的存在。

　　也许那里有一扇专门存储幸福的抽屉。

　　多年前，也是个冬日的傍晚，天还没黑透，雪糁儿窸窸窣窣地砸着地面。我走在路上，身后驶过一辆平板三轮车。

　　骑车的是一个中年男人，裹着一件半旧的军大衣，正迎着风，使劲蹬着。车上盘腿儿坐着一位大嫂，左手扶着个秤，右手搂着个一个五六岁大的男孩儿，身后码着多半车的大白菜。

　　男人把头扎进怀里，屁股虚靠在车座上，前倾着身子，塌腰紧踩，吭哧吭哧地往前骑。还不忘回过头来，看上孩子一眼。眼光再扫过那位大嫂，看见大嫂也在望向他，就咧嘴笑了笑，然后扭过头去，又狠蹬上几脚，嘴里吆喝着，"大白菜便宜咯……"车子就渐行渐远了。

　　我看着他们远去的身影，心底好像突然被他的笑脸"砰"地撞了一下，然后就暖暖地泛了几圈涟漪。

　　那个咧着嘴的笑，就是幸福吧？

　　多少年过去了，我始终忘不掉那抹笑容，一想起来，它就立刻绽在眼前。因为，那个微雪的时刻，也被我当作是幸福储在了抽屉里。我会时不时地拉开来看看，心底马上就暖暖的。

　　幸福其实很简单，它无关贫富贵贱，不在房大房小。心有灵犀时，无言的沉默也是甜蜜。平平淡淡里，清粥小菜也甘之如饴。

　　幸福就是冬日的太阳，暗夜里的光，是心甘情愿的给予，是风雨中的拥抱。

　　它就在我们身边，像粘了蜜糖的蛛丝，一缕缕地荡漾在空气里。沾到了，就会尝到它的香甜。

　　记得要多多采撷，再把它安放进你的那扇抽屉。

　　这样一来，它就永远不会丢失了。

（摘自豆瓣网）

谈谈过年

郭文斌

对我来说，大年的快乐如汪洋大海。且别说在现场，就是每一次回想，都让人的心灵为之振奋。在写完长篇小说《农历》之后，我再也没有经历过类似享受的写作流程，那真是一段记忆中的黄金。如果说我这一生还有什么足以让自己庆幸的地方，那就是我拥有如此黄金。我非常感激上苍没有把我降生在城里，包括豪门显贵之家，却投放到宁夏西吉县将台堡一个名叫粮食湾的小山村，它让我能够从童年开始就享受大年所带来的那种刻骨铭心的快乐，销魂的快乐，无缘无故的快乐。我曾在长篇小说《农历》"大年"一节中写到一个细节，当五月和六月把新衣服穿上以后，正式守岁的时候还没有到来，他们俩就在院子里莫名其妙地跑，从这个屋跑到那个屋，从那个屋跑到这个屋，没有缘故，就像两尾鱼，在年的夜色的河流里穿梭。

那种没有缘故的快乐，在我人生以后的乐章中再也体会不到了。那种快乐之所以让我那样迷恋，就是因为它是纯粹的快乐，没有任何污染的快乐，没有任何杂质的快乐，纯天然的快乐。这个快乐我现在还说不透，它到底为何如此让人怀念，让人感动，让人难以忘怀，但有一点是肯定的，那就是它跟大年有关。

也许大年它本身就是童年的，或者说它本身就是人类的童年，本身就是无尽岁月的一颗童心，所以才如此让人彻骨地怀念和感动。所以，大年事实上已经不单单是一个节日，它是一种类似于母亲怀抱的幸福所在。在这个特有的母亲怀抱里，我们的灵魂得以舒展，得以灿烂，得以滋润，得以狂欢。

这让我每年腊八一过，心里就乱起来，做事不能专注，思绪总是往老家跑，就像着了魔一样。再看新闻，整个中华大地上都在涌动着回家潮，让人感动，也让人忧伤。这，到底是怎么回事呢？因为一个特殊的因缘，有一年，只能在城里过年，在一种类似失恋的状态中，我站在大年的门外，重新打量，蓦然发现：大年本身就是吉祥如意。

通过感恩走进吉祥如意

感恩生吉祥。《说文》释"年"为五谷成熟。而五谷成熟之后呢？感恩啊！于是便有了"腊"，《说文》释"腊"为十二月合祭百神。把一年的收获奉献于祖先灵前或诸神的祭坛，对大自然和祖先来一次集中答谢，知恩思报，这便是中国人的逻辑。在品尝佳肴美味的时候，在享受五谷丰登之喜的时候，在沐浴合家团圆天伦之乐的时候，感念天地化育，感念风调雨顺，这便是"年"了。

这种感恩之情，渗透在大年的每一项活动中。诸如"三阳开泰从地起，五福临门自天来"这些对联，则是对天地直截了当的感恩词。每年必请的年画《孔子演教图》《三皇治世图》，则是对致力于改良世道人心的圣人的礼赞。一场场社火和大戏，更是中国老百姓全面系统的感恩和敬礼，他们把那些给了他们无限希冀和美好幻想的意象全部纳入歌颂之列、恭敬之列、感谢之列。

禅宗有句话叫"因何而来"，是问人因何而来，生命因何而来。我想可能就是为感恩而来。所以我们最感动的时候，恰恰是在感恩的时候。如果我们有足够的细心去体味，就可以从一粒米中看到造化的恩情。一粒米，从作为一颗种子进入土地，到来年变成一株庄稼的过程，我们可以想象，其中包含着多少阳光、地力、风之调、雨之顺，包括时间，包括耕耘者的汗水和期待。年的意义，就是要让我们在大丰收之后，回到一餐一饮，回到一粒米，去发出我们内心的那一份感激，对阳光的，对大地的，对雨水的，对风的，包括对时间和岁月的。

感恩是乡土中国永恒的话题。它渗透在中华民族的每一个节日中，渗透在中国人的每一项活动中。寻根问祖也好，祭天祭地也好，给老人拜大年、走串亲戚也好，都是教人们不要忘本。连同一草一木、一餐一饮，半丝半缕，都在感念之列。真是岁月不尽，感激不尽。

中国人把孝作为德行和伦理的基础，正是因为它能够保持人的感恩心。感恩心通道，道生吉祥如意。《弟子规》云："身有伤，贻亲忧；德有伤，贻亲羞。"就是说，一个孝子，做学生应是一个好学生，做农民应是一个好农民，做官应是一个好官。为什么呢？因为任何人生的污点和道德上的缺失，都会使父母不开心，都是不孝。大年把孝以一种约定俗成的方式仪式化，又以一系列仪式神圣化。

在古代中国，大年的许多仪程都是在祠堂里进行的，它的核心内容是一个孝字。当一个人进入祠堂的时候，就不由得不心存高远，志在君国。因为只有如此，将来才有资格位列"仙班"，让子孙后代沐浴来自自己的光荣。一个人如果因为"德有伤"而被从祠堂开除，那对子孙后代将是一种怎样的打击？为此，每年的祭祖大典，既是感恩，又是鞭策，本质上是在演孝。

在故乡，大年初一，作为儿孙，都要很庄严地给祖父祖母和父母高堂磕上一头。那一刻，你会觉得不如此不足以表达对老人的祝福，只有当你的膝盖落在土地上的时候你才能体验到那种恭敬和崇敬，才能体会到一种站着或躺着时无法体会的感动和情义，因为那一刻你变成了一种接近于母体胎内的姿态。初二是一定要去岳丈家拜年的，娶了人家的女儿就意味着要承担一部分孝道。之后，是要给老师、亲戚大拜年的。

因此，我是不同意"年"是怪兽说的。如果说真有一种怪兽需要在岁尾年初去驱逐，那这个怪兽就在人的心里，它是贪婪、自私、嗔恨，包括无情无义，包括没有感恩敬畏之心。

通过"和合"走进吉祥如意

和合生万福。和是和谐，合是团圆。一年的奋斗和汗水，只有回到团圆，落实到和谐上才有意义。这，也许就是回家潮势不可挡的缘由吧？团圆饭，特别是除夕的团圆饭，它不是简单的一顿饭，在更多意义上是一个伦理上的象征。一家人一族人能不能坐在一桌上，它已经不单单是一顿饭的问题，而是这个家的圆满程度、幸福程度、昌盛程度。大年三十，习惯上我们都要吃饺子。而饺子呢？它不同于面条，不同于菜，它是一种包容，一种和合，一种共享，一种圆融，它象征着团圆、幸福和美好。

团圆之所以如此重要，还因为它是一个永恒的忧伤话题，从一定意义上讲它是分别的代名词，因为没有分别就没有团圆。团圆给人们的渴望因何如此强烈？就是因为这个世界上有太多的分别，而且分多合少；也正是因为分得太久，合才显得特别甜美。而作为人在这个世界上生存，奔波是难免的，出游是难免的，为了生计走南闯北是难免的，无论做官做商做工。特别是现代社会，大多数人事实上都是游子，而游子盼归，这本身就是忧伤的话题。过完大年，点完明心灯，我们又要出发。所以大年是一个巢，也是一个港口；是归帆的地方，也是千舟竞发的地方；它是驿站，又是岸；最终是伴随游子走天涯的三百六十五个梦。

再说和合。可以作为中国人表情的年画《一团和气》，居然能让一个人端居圆中，甚至就是一个圆，真是再智慧不过。画上的那个人笑口常开，题画则是"以八千岁为春，以八千岁为秋，经百万亿劫不恼不怒，历百万亿劫无怨无尤"。当一个民族以这样的意象作为图腾，她，怎么能不万古长青？我们可以想象一下，设若一个人正在生气，看到这样的年画，脸上该转化为怎样的表情？什么是福，什么是禄，什么是寿，答案就在他们的脸上。

在我老家，只要有人家填了"三代"（在红纸上填写的祖宗三代神位），人们就都要在大年初一进去上香的，即便仇人。在老家，许多冤家就是于大年初一这天和好的。人家都能进门来，在"三代"前上香，在祖宗前磕头，我们还有什么不能原谅的？于是握手言和。就是再大的仇恨，如果这天不去人家"三代"前上香，那全村人都会看不起他；假如去了，对方不让进门，那全村人从此就会不进对方的门。正是基于这样的民间"条例"，大年成了一个天然的和事佬。包括大年初二之后的"走亲戚"，除了体现着感恩、孝和敬的主题之外，还是对乡村伦理的一种自然维护。

这种和合还体现在非人间伦理上。比如，大年期间门神、药神、土神、喜神、吉神、财神、井神、梯神、路神、场神、车神、水神、牛头马祖等等众神共庆的场面，无不上演着一出和合大戏，也体现着中国文化让人感动的包容性。三十晚上每个屋子都不能黑着灯，无论是牛窑羊圈还是鸡棚狗舍，都要给它一盏灯，都要"进火"，不能有一处黑暗，不能有一处光明的盲区。真是天涯共此时，光明共此时。元宵节的灯也一样，应该分配在每一个层面，包括仓屯、井栏、草垛、磨台、蜂房、燕窝，甚至桃前李下，都要和家中一样拥有一盏灯，都不能有遗漏。这就是中国人的"众生"理念和平等观，它的背后还是一个"合"。

中国人为什么以和为贵，为什么讲家和万事兴，因为只有通过"和"，我们才能抵达真正意义上的那个"合"："天人合一"，才能实现真正意义上的吉祥如意。

在中国古老的哲学体系中，无论是儒，还是释，抑或是道，"天人合一"都是它们的核心旨归。为此，我们需要腊八的"难得糊涂"，需要从小年（腊月二十三）开始的除尘。"难得糊涂"是让我们从惯性和速度中解脱出来，从功利和世俗中解脱出来；除尘是让我们从污染中解脱出来，从尘垢中解脱出来。

从一定意义上去讲，惯性和速度也是灰尘。我们之所以能够在井里看到自己，那是因为井的安静，我们之所以在湍急的河流里面看不到自己，那是因为河流的匆忙。人们只有扫净心灵的灰尘，回到当下，才能走进"天人合一"，才能和万物沟通，才能和天地同在。回到当下是对诸神最大的礼敬，也是对生命最大的关怀，因为只有你回到当下，你的心才在现场，而只有你的心在现场，你才在"生"之中，"忙"是"心"的"亡"。

为之，在大年中有许多具体的要求和程序。

听父亲讲，社火中陪伴仪程官的几大灵官，在上妆之后便不许说话，整个过程，多数情况下是整整一天。因为在进入"社火"之后，他们就不再是世俗意义上的人，而是傩，而傩就意味着是天地中介，人神共在，凡圣一体，任何世俗的表达都是不敬，都是冒犯，包括世俗的念头都要警惕。这种极为强烈的角色意识和纯粹的进入，贯穿在大年的所有祭礼中。从腊月三十开始的一个个祭礼，无不都是一种走进天人合一的门径。关于爆竹，也有许多说法，但我理解，它既不是为了驱邪，也不是为了热闹，它仍然是唤醒世人的一种方式：通过那一声声一串串或脆或钝的响声，让我们从迷糊中警醒过来。

而元宵节点荞麦灯，带给人的更是一种大喜悦大安详。想想看，深甸甸的月色中，一桌的荞面灯渐次亮起。摇曳的灯苗把我们带入生命的原初，带入释家讲的那个"在"。那时，你会觉得，那灯苗，就是灵魂的形状，或者说是生命的形状，或者说是天人合一的形状。它本身给人一种召唤。我想每一个人在看到灯的时候、火的时候，都会有这种回到自身的感觉。我曾在一篇散文中写道，尽管暖气片给了我们热度，可我们觉得它是冰凉的，而炉火可能提供不了暖气片那样的热度，但是当我们看到那一束火苗的时候，一种莫名的温暖就从心底升起。这也就是为什么许多祭礼中都要出现火的缘由吧。

也许，火的状态就是一种当下的状态，火在点燃之前是沉睡，燃烧之后则进入另一个沉睡，只有燃烧的那一刻是醒着的。而只有亮着灯光的房间才是小偷不敢光顾的，可是一生中作客我们心宅的小偷何其多也。这也就是元宵节点灯时分，老人为什么不让我们心生任何杂念的缘故吧！他只让我们静静地看着，看那灯捻上的灯花是怎样结起来的。看着看着，我们就进入一种巨大的静，进入一种神如止水的状态。那一刻，我们的心灵可以说是一尘不染，就像头顶的一轮明月。真是敬佩元宵节的创造者,他能够把点灯时分和月圆时分天然地搭配,简直是一件再高妙不过的创造。你的面前是一片灯的海洋,头顶却是一轮明月,这一刻,你怎么能够不天人合一呢?

而那灯本身就引人思索。一勺油、一柱捻、一团荞面,就能够和合成一个灯,而且油不尽则灯不灭。而最终让这灯亮起来的则是人手里的火种,那么,人手里的火种又是谁点燃的呢?这难道不是生命和宇宙的奥秘吗?

为此,古老的元宵节,我理解,它是古智者苦心为他的后人设计的一场回到当下的演习。相比点明心灯,城里的闹花灯事实上已经变成了一种竞技,或者说一个规模性的文化活动。而只有保留在民间的点荞面灯,还保存着心灵的意义,还保留着元宵节点明心灯的原始意味。

如此看来,人们把以纪念释迦牟尼成道之日的腊八作为"大年"的开始,把元宵夜点明心灯作为"大年"的结束,有着特别强烈的象征意义。因为在东方人看来,成道、明心见性,意味着大解脱、大自在、大安详、大快乐、大幸福。这些"大",也许才是"大年"的真正含义,也是人们为何如此迷恋"过年"的秘密所在。

通过祈福走进吉祥如意

在大年期间,无论是年画、社火,还是大戏,还是各种祭礼,包括一言一行,都是祈福。《一团和气》《连年有余》《五福临门》《出门见喜》《天官赐福》这些年画,既是公认的中华民族符号,也是中华民族文化的核心意象,同时也是人们美术化了的祈福。而社火则纯粹是一种媚神之歌舞。社为土地之神,火是火神,社火中的仪程则是纯粹的祈福。比如《财神颂》:"财神进了门,人着有福人,福从何处来,来自大善心。"就是说,财神进门是有前提的,那就是你首先要是一个有福人。而福从何来,福从善来。由此,我们发现,这个《财神颂》,实际上是告诉我们财神的本意。

比如祭祖。先人有言，儿孙福自祖德来。如此，托庇于祖先保佑，则是千家万户再自然不过的心愿。既然一切吉顺都来自祖先护佑，我们怎能不去认真地感谢祖德，去认真地祭祖呢！从这个意义上说，春节期间的祭祖，既是感恩，也是祈福，又是教育：你能有今天的健康，今天的平安，今天的荣华富贵，是因为你有一个大后方，那就是祖宗功德。

老人们说，祈福有四要素，一是真改过，二是真奉献，三是真感恩，四是真恭敬，缺一不可。不真改过，祈福无法发生；不真奉献，祈福无法发生；不真恭敬，祈福无法发生。如果带着功利心去求荣华富贵，是求不来的。

单说大年中的恭敬，它首先表现为一种静。大年中的一切仪式，可能都是为了帮助人们进入这个静，包括社火和爆竹那种动态的静，尤其是守岁，守的就是一个静。老家把守岁叫"过夜"。我是反对简化汉字的，却喜欢这个"过"："走"上面一个"寸"，它告诉人，时间在一寸一寸地移动。当我们回到当下，去一寸一寸地体味时间的时候，那才是真正意义上的"过夜"，才是真正意义上的"过年"。

通过教育走进吉祥如意

大年时时处处都在演教。无论是对联、年画、社火，还是祭祖、守岁、拜年，无一不是为了让人们回到生命本质。"第一等好事只是读书，几百年人家无非积善"这样的对联自不必说；"欲高门第须为善，要好儿孙必读书"这样的仪程词自不必说；《和气生财》《和气致祥》这些年画自不必说……

这种教育，还渗透在大年的每一项活动和每一个细节之中。在故乡，人们把初一到初七的七天分别名为鸡日、狗日、猪日、羊日、牛日、马日、人日。

问父亲为什么把初一定为鸡日？回答是鸡是"五德之禽"，头上有冠之美是文德，足后有距能斗是武德，敌在前敢拼是勇德，有食招呼同类是仁德，守夜报晓不失时是信德。还比如，每家的老人都要叮嘱孩子，过年要断"三恶"：恶口、恶行、恶念。想想看，当每一个人都做到了断"三恶"时，日子该是多么的吉祥！

在乡土中国，大年还是一个文化展览和交流的平台。在我们老家西海固那一带，有许多人家藏着字画，但平时舍不得挂，害怕尘土把它们染脏，只有在每年除尘之后才把它们挂上。大年初一，大家在走村串户拜年的时候，一方面是在拜年，另一方面就是成群结队地去巡览字画。"一粥一饭，当思来之不易，半丝半缕，恒念物力维艰"，这些句子就是在小时候大拜年期间识得，并潜移默化记住的。

每年除夕，村里人都有一种习俗，就是到庙里去抢头香。而在庙中等待子时到来的时间里，大家在干什么呢？在看展览。展现在我们面前的，是整整一庙墙的对联，整个一面庙墙上全是红彤彤的对联。"古寺无灯明月照，山门不锁白云封"这样绝妙的句子就是在庙门上看到的。在那样绝尘、肃穆的环境中，看到这种超凡脱俗的句子，心灵经历的是一种怎样的美的洗礼！再比如，"保一社风调雨顺，佑八方国泰民安"，则是一种怎样宏大的境界！他们不但要"风调雨顺"，还要"国泰民安"，这就是中国老百姓的情怀。他祈祷，他祈福，但他没有说"保我家风调雨顺，佑我家荣华富贵"。还比如，我们最熟悉的"天增岁月人增寿，春满乾坤福满门"，它包含着一种多大的祝福，同时又有一种棒得无法言说的天地伦理。"天增岁月人增寿"，它的大前提是"天增岁月"，才能"人增寿"；"春满乾坤福满门"，它的大前提是"春满乾坤"，才能"福满门"。"岁月"在前、"乾坤"在前，"寿"在后、"门"在后，这就是中国人的逻辑。

中华民族在任何时候都在讲"国家"，讲"入世"，在讲儒家学说的核心概念"仁"，让我们走出小家，从一个人变成两个人，就是一事当前要能想到别人。那么推理开来，就是这个对联，就是"天增岁月人增寿，春满乾坤福满门"表达的要义。首先强调共体，再强调个体。每一个婴儿从诞生的那天起就在如此的教育体系中，这样的民族怎么会不绵延不绝呢？

而从腊八开始，回旋在村子上空铺天盖地的一出出古戏，更是绝佳的教育范本。在《葫芦峪》中我们接受忠义的感染，在《铡美案》中我们接受公义的熏陶。一种大慈大悲的旋律在村子上空回旋，一种善恶分判的节奏在土地上激动，荡人气,回人肠,催人泪,热人血,直人骨,正人髓。

大年是一出中国文化的全本戏,是一出真善美教育和传承的全本戏,是中华民族基因性的精神活动总集,是华夏子孙赖以繁衍生息的不可或缺的精神暖床,是中华民族的一种准宗教性质的体统。

它是岁月又超越了岁月,它是日子又超越了日子。它带有巨大的迷狂性和神秘性,这种迷狂和神秘,可能来源于中华民族的精神源头"巫"传统,其核心是"天人合一"。为什么要真改过真奉献真恭敬真感恩,为的就是能够"天人合一"。"天人合一"既是目的又是方法。为此,我们需要不打折扣的诚信和敬畏,需要不打折扣的神圣感,所谓"与天地合其德,与日月合其明,与四时合其序,与鬼神合其吉凶"。

如此可见,这大年,其实就是一个"合"字。和天地相合,和日月相合,和四时相合,和鬼神相合。这种迷狂,这种大喜悦大快乐,正是来自于这个"合"。为什么爱情那么让人着迷,因为它是一个合;为什么合家团圆那么让人着迷,因为它也是一个合。所以这个"合"字可以说是中华民族的一个代表性符号,或者说代表性的意象,我们也许只能从"年"的味道里去体味,从那种无缘无故的喜悦和狂欢中去体味。

正是这种迷狂性,才造成了海潮一样的回家潮,造成了季风一样的春运,才让人们在季节的深处不顾一切地回家,候鸟一样,不由分说地,无条件地,回家。为此我说,娘在的地方就是老家,有年的地方才是故乡。

我们甚至可以说,大年是中华民族的一桩无比美好的计谋,它把华夏文明的骨和髓,通过连绵不绝的仪式,神圣化,民间化,亲切化,轻松化,出神入化。

大年像一个循循善诱的导师,又像一个天才的导演,演义着中国文化的无尽奥义。

懂了大年,就懂得了中华民族,也就懂得了生命本身。

(摘自《光明日报》2015年2月12日)

时代在变迁　年味浓淡总相宜

张　策

北京的春节，曾经是很有味道的。

味道这两个字，其实很难解释。在《现代汉语词典》（第6版）里，说是"物质所具有的能使舌头得到某种味觉的特性"，这解释有些如老北京人所说，有点儿"绕脖子"，意指把简单的事物往复杂里讲。但《现代汉语词典》接下来还说了，味道，亦指意味，趣味。这便似乎又有些把复杂的说简单了。意味，趣味，都是人们可意会不可言传的感触，都是人们生理、心理和文化素养融会贯通交织而成的品位，哪里是一句话两句话可以说明白的？

春节的味道，北京的味道，一座文化城市的节庆味道，就这样因复杂而丰富，而淳厚，而多姿多彩。让人回忆起来，也是别有滋味在心头的感觉。

我的童年时代，生活还不富裕。过年能穿上新衣服，吃上凭证购买的鱼和肉，还是孩子们的梦想。小伙伴们过年放鞭炮，舍不得把成挂的鞭炮一次性点燃，而是耐心地拆开，然后一个一个地去放。胡同里的鞭炮声总是零零星星，却也此起彼伏，和今天动辄就是数千响的长鞭相比，别有一番情趣。有的鞭炮在这个过程中掉了炮捻儿，也是舍不得扔的，要折断了放"呲花"。那时的北京没有雾霾，天气要比现在清冷，勤快的主妇们把炖好的鱼肉、蒸好的馒头和芥末墩、肉皮冻之类，都用小盆扣好放在南房的窗檐下。那时北京过年有讲究，"破五"之前家里不动火，顿顿就吃这些带冰碴儿的冷菜。记得我的父亲肠胃不好，"破五"前去给老亲戚家拜年就成了苦差事，叫苦不迭。偏偏母亲是老北京旗人出身，礼数周到，老两口就常常为此发生小口角，仿佛是我家过年必有的一段插曲。

不知道为什么，我家年三十儿晚上的饺子必是素馅。是北京的习惯，还是满族的风俗？白菜，胡萝卜、黄花、木耳、粉丝……一样一样地剁成馅儿，再搅拌在一起，调和以香油、酱油和盐。作为孩子，这种寡淡的滋味很不可口。而且，过年的饺子必定要包得精致，个个要如拇指大小，姥姥还要精心地捏出花边来。这繁琐的工作让我在年三十儿的夜晚昏昏欲睡，却又不敢躺下，因为家长已经把除夕熬夜这件事说得神圣而又神秘，错过了将是一年的遗憾。

北京春节的味道，或者说意味、趣味，就是由这些琐碎组成的。饺子的清淡，冷菜的清凉，其实只是年的点缀。老北京过年的氛围，是由拜年时的祝福和聚会时的其乐融融组成的。隔壁邻居一家兄弟姐妹多，且个个多才多艺，吹拉弹唱样样精通，他们家的春节就是一台不落幕的晚会。那时的人与人，关系单纯而朴实。记忆里印象最深的，是我的一位亲戚，听说我喜欢集邮，年前专门跑到东华门的集邮门市部，为我买了一套精美的邮票做新年礼物。说是一套，其实少一张，是其中最贵的那张。我知道他是舍不得了，那张邮票当时应该是他家几天的生活费。因此，我从来没有怨他，而那一年的春节，在我心里是最幸福的，味道也是最浓的。

春节就这样一年一年地过。物质也许匮乏，亲情却是深厚。时至今日，人们常常抱怨春节已经不像是节日了，说起来理由多多，其实最重要的，也是抱怨亲情似乎淡了。

我倒是觉得，亲情未必是淡了，而是随着时代的变化而变化着。过去年三十儿的守岁，只有包饺子聊闲篇，现在却有热热闹闹的央视春晚陪伴着了。过去让大家馋涎欲滴的鱼和肉，现在让减肥的姑娘们唯恐避之不及。过去三角五角的压岁钱，现在变成了上千元的大红包。满街上绚丽缤纷的烟花，已经让孩子们再也没有了拆鞭炮的兴趣，而节前节后那浩浩荡荡的春运大军，应该说是当下亲情的最好象征，那种拉扯不断的情感，浓缩在了千里万里的路途上。

浓与淡也是一种辩证。当年的浓，其实也体现出生活的某种艰难。今天的淡，却洋溢着国人富足之后的幸福感。年的味道，是浓淡总相宜的，有年，就有中国人的圆满；有年，就有中国人的快乐。不要总埋怨大家只顾埋头在微博微信里，能让天南地北的亲情友情近在咫尺，也只有依赖这种高科技的手段。其实浓与淡，都在人的心里。在澳州留学的女儿，虽然远在千里，但每晚的视频让我们比她在家的时候还亲，就在我躲在书房里写这篇小稿时，她爸爸正在视频上教她炒鸡蛋。

浓与淡，都在于我们把亲情放在什么地方。放在心底了，就是浓淡总相宜的愉悦。

（摘自《人民日报》2016年2月6日）

总有些感恩有始无终

米 立

　　待在家里的那几天，父亲的脸笑成了一朵花，我却犯了愁：一是连着几日，我都没有找到合适的养老院；二是我不知道该怎样跟父亲提这件事。

　　父亲似乎看出我的顾虑，一再追问，我被迫说出此番回来的目的。

　　我说："爸，我在北京的工作很稳定，没法回来陪你，但是，我的收入又不高，不能把你接到北京照顾，所以，我想帮你找家养老院，你在那里生活，我也会放心一些。"我极尽诚恳地说着这一切，但心里明白，只是借口而已。父亲听完，神情黯淡下来。

　　虽然我知道他不会和我一起去北京，他肯定舍不得离开这个生活了一辈子的家，可他如果真要待在家里，我难免又会心烦。毕竟这是生我养我的父亲，在他的生活快要不能自理的时候，我不允许自己不以为意。

　　没想到，父亲回过神来，笑着说："我觉得咱们社区的那家就很好，我明个儿就搬过去。"

那家养老院，我考察过，环境太差，我于心不忍。父亲固执地开始收拾一些生活用品。他一边收拾，一边喃喃自语："去养老院好，去养老院好，去了，孩子也省心。"

看着父亲在昏暗的灯光下佝偻的背影，我再也忍不住了，鼻子发酸，潸然泪下。但是很快，我就抹去腮边的泪水，生活让我只能这样选择。

那个晚上，父亲的言语一直不多，他不停地摆弄家里的物件，翻翻这个，动动那个，一副极其舍不得又无奈的表情。我不忍看下去，早早回到自己的房间。

那天晚上，我久久无法入睡，从门缝里钻进来的灯光告诉我，父亲也是一夜未眠。夜晚那么漫长，父亲的叹息声时不时地穿过厚厚的门板，冲击着我的耳膜。

第二天一早，当我肿胀着双眼，出现在父亲面前时，他一脸快乐的表情，仿佛从来就没有伤感过，没有失落过。

早餐是父亲做的，煎蛋、豆浆，还有几个热乎乎的包子。我一眼便认出那几个包子是原来上中学时，校门口那家的。我非常喜欢吃他们家的包子，后来上大学，偶尔回来，父亲一大早便骑上自行车，给我买回来。现在，父亲老了，骑不动车子了，一定是早上赶了好远的路才买回来的。

父亲见我发愣，笑着说："快吃，快吃，一会凉了，我早上晨练，专门用保温瓶给你带回来的。"

最后，我把早点一扫而光。收拾完毕后，父亲最后一次检查家里。一路上，父亲一直走在前面，我看不清他的表情，但我能看到他的背影。想起年少时，父亲第一次送我上幼儿园的情形：他一直把我抱在怀里，直到进了幼儿园，才极其不舍地把我交给老师。初去的那几天，我总是哭闹，后来，父亲把我送到幼儿园，他一直站在幼儿园的栅栏门外，看我在院子里玩耍。隔着栅栏门，看到父亲，我再无惧怕，玩得很开心。现在，我依然清晰地记得那时的感觉。每天放学，我都渴望父亲早些出现在幼儿园门口……而此刻，父亲就像一个孩子，我把他送进养老院，他是否也会不适应，是否也会想着有一天，我会出现在养老院门口，接他回家。

　　我再也忍不住了，泪如泉涌。正是眼前这个人，给了我一个家，陪着我渐渐长大。我从背后抱着父亲，开始觉得我是那样渺小、自私、卑鄙不堪。以前，父亲有我有家，后来，我离他越来越远。现在，我竟然让他连个家都没有。想到这里，我忍不住失声痛哭，父亲一直没有转过身，但我感觉到手背上有父亲掉落的泪。

　　我哽咽着说："爸，咱不去了，咱回家吧。"他拼命地点头。

　　几天后，我带着父亲回了北京。我可以吃得差一点、穿得差一点，可是给了我生命、给了我家的这个男人，我再也不想让他受半点委屈。自此以后，我会一直在父亲身边，站成一棵树，开满一树感恩的花，花叶不败，感恩无终。

（摘自《读者》2017 年第 6 期）

慢慢告别

邓安庆

  每一次回家都像是一次告别。母亲做饭的时候，我拍照；父亲看电视的时候，我拍照；侄子们贴在墙上的卡片，我也拍照。我初中时写的作文本，装满辣椒的提篮，晒在阳台上的芝麻，黄昏时骑车去长江大堤上看远山处落下的太阳，我都给拍下来。母亲问："拍这么多做么子？"说话时，她把炒好的菜端到桌子上，我又拍了一张。过去，我觉得时间长得不能再长，就像是暑假无事睡在竹床上，听门外知了一声一声叫个不停，时间像是满溢的水一般淹没了我，而现在我却觉得一切我熟悉的，都在衰老和剥落。眼睛能看到的，比如母亲脸上的皮肤不再似过去那般紧致了，比如父亲看电视看着看着就仰在沙发上睡着了，连呼噜声都没有……每次回家，我都默默地看着他们，看他们走路、说话、吃饭、发呆……趁他们不注意，我都拍了下来。

  在北京，坐在公交车上，看到一位六十多岁的奶奶带着孙女上车了。车上很挤，那个奶奶紧紧拉着孙女的手，担心她摔倒。我赶紧把位置让给了她们，奶奶笑得很腼腆，说着含混不清的方言，我明白她是在感谢我。看着她们坐好，我别过头去，不忍多看。我忽然觉得内心那种疼惜之情泛滥，仿佛那就是我母亲，在这个陌生的大城市牵着她的孙子、孙女。虽然我知道母亲并不会来北京生活。

母亲在老家带着孙子们。她在她熟悉的环境中，方言、柴垛、田地、池塘，都是从来不会有多少变化的存在。可是这些母亲所熟悉的，对我来说逐渐陌生了。虽然我很努力地做到不断地保存细节，然而我对我出生的土地不再有血浓于水的那种感觉。这里发生了好多事情，我错过了。父母这些年来日复一日地生活，我也错过了。因为错过，所以父母的衰老，才这么直接明了地呈现在我的眼前。

在我回家的任务清单中，有这样一项：陪他们看看电视。母亲躺在床上，侧着脸对着电视；父亲坐在沙发上，手中拿着遥控器，却张着嘴巴睡着了。他们吃饭的时候还争执了一会儿。父亲说盖房子主要的工作都是他在做，而母亲只是做了些洗洗衣服、做做饭之类的小事情。母亲听了很生气，说那些拌水泥、挑水的工作都是哪个做的，没有她的后方支援，还盖得了房子？两人都冷着脸不说话。我忙打圆场："好咯，好咯，你们两个哪个都离不开哪个，房子是你们两个一起盖的。"现在他们继续重复昨晚的事情：看电视。父亲要等天气预报，每回都是在晚上七点半。我说我上网一查就查到了，父亲还是要看。这是他这些年来养成的习惯，他自己都没意识到。等天气预报开播时，他已经睡着了。

我一会儿看看父亲，一会儿看看母亲。他们生活在一起将近四十年，磕磕绊绊，直到今日。如果他们中的哪个离开了，另外一个该怎么办？

我是自私的。让我回到家乡生活，我从内心是不愿意的。我疼惜父母，我寄钱，我买东西，我做各种各样的弥补，可是我还是愿意在外地生活。我在看他们的时候，知道自己终究还是要离开他们，继续我这些年来的生活。我可以在家里待几天，吃吃母亲做的饭菜，跟父亲聊聊闲天，仅此而已。我是个客人。我不融入他们的生活，我也不牵涉到他们的琐细中去。

在家的那些天，母亲每顿饭都想着法子做好吃的，我说寻常菜就好了，她还是忙个不停。隔天要走了，母亲一会儿过来问："要不要喝奶茶？要不要喝参汤？干鱼要不要带一些？"吃饭的时候，她又说："在外面脚别架着，要放好，要懂礼貌。"我说："晓得晓得，我都这么大咯。"母亲笑笑："噢，我忘咯。"我一直不怎么敢看她的眼睛，偶尔碰到了，我赶紧闪开。她简直不知道该怎么对我好了，她一直在我身边走动，摸摸这个，看看那个。母亲做好饭，让我去叫父亲。推开房门，电视依旧开着，父亲因为眼睛不好，看电视时坐得离屏幕特别近。叫了他一声，他没答应。走近一看，他低着头睡着了。我拍了拍他的肩膀，他醒了过来，迷瞪地看我，我说吃饭啦，他费劲地起身。去厨房时，他问我是不是明天走，我说是的。他点点头："又要一年咯。"我喉咙一紧，没有说什么。

吃完饭，母亲在厨房洗碗，我在拍照。她看看我，说："上次你在房间里锁着门写东西，你细侄儿打门打不开，就跑过来跟我说这是他的屋子，为么子细爷不开门。"她把擦好的碗放下，又继续说："虽说是细伢儿话，终究说出了些事实。他们毕竟只是你侄子，你还是需要有自己的依靠。等我和你爸不在世咯，你一个人么样办？"第一次听到母亲说离去的话，我心里一阵生疼。真是那样的话，要有好些年我过的是没有父母亲在世的生活，那是怎样的生活，我无法预知，我也不敢预知。

走的那天，母亲煮了十来个鸡蛋，知道我爱吃，又炖了鸡，炒了一桌子菜，我说吃不完，她说那也要吃。吃完饭，父亲看着我说："我找了一个画匠，帮我画了遗像。画得很好，你要看一下啵？"我忙说："我不要看。"他笑了笑。电动车被推了出来，母亲在后车厢放了个小板凳，我背着双肩包坐了上去。车子开动了，母亲和侄子们站在路口，向我挥手。我看了大侄子一眼，他高瘦的个子，快到母亲肩头了，过不了几年，就是一个少年了。他现在九岁，当年我九岁时，父母也不在我的生活中，我逐渐学会了一个人去面对这个陌生未知的世界。他还好，有我的父母在。父亲把车子开到了公路上，我拿着相机不停地拍他的背影。他问："有么好拍的？"我说："你莫管。"他又说："去年我心口疼，吸不过来气，你哥把我送到医院去抢救，我又活过来咯。"我大吃一惊："我为么子一点儿都不晓得?"父亲又笑笑:"这个有么子好说的?都过去咯。"我大声地说:"出这样的事情,一定要告诉我。"父亲说:"好、好、好。"

到了火车站,离开车还有一个小时,父亲和我站在火车站广场上。我认真地打量父亲,他身子极瘦,背弓着,前额头发秃掉了,剩下的头发是花白的,脸上蜡黄,一看就是生病很久的样子。我叫他,他疑惑地看着我。我让路人帮我们拍照,我紧紧搂着他的肩头,他乖乖地靠在我身上。"一、二、三,再来一张。""一、二、三,再来一张。"父亲说:"好咯,拍这么多张做么子!"我说:"你莫管。"他又好脾气地陪着我多拍了几张。拍完照,我撑他走。天一点点暗下来了,我担心他回去太晚不安全。他说:"你一个人在这里……"我推他走:"没得事,没得事,你快回去。"他不情愿地走了,上了电动车,转头,往车站外面的大路上开去,不一会儿就不见了。而我一下子像是失去了所有的力气,坐在地上,像个傻子似的哭得一塌糊涂。

(摘自《读者》2016 年第 22 期)

明年我回家

何建明

十年前，父亲患绝症，永远离开了我们。没有了父亲，我们不愿再像以前那样每年回到那座围墙内的小楼里。母亲一人独守这座空荡荡的房子也不合适，妹妹便将她接到自己家住。

然而，母亲虽住女儿家，却总是隔三岔五地要回老宅去。"她不听的！风雨无阻！"妹妹经常在电话里向我抱怨。听多了，有时我也会假装生气，在电话里"责令"母亲不能再没完没了地往老宅跑了，尤其不能开那辆"碰碰车"（后来改成电瓶车），但母亲依旧我行我素。

那天晚上，我陪母亲回老屋。我们姗姗而行在故乡的小路上，观现忆往，别有一番滋味和感慨。

到了自己家的院子，母亲掏出钥匙，很用力地将"铁将军"拉开——那大门很重，母亲用力时整个身子都往上"跳"了一下，有点"全力以赴"的感觉。我伸手帮忙，却被母亲阻止："你挪不动的！"她的话，其实更让我心痛：我一个大男人挪不动，你一个八十五六岁的老太太怎么能挪得动呀！

看完前院的桂花树、后院的柿子树，母亲带我进屋。母子俩事先没说一句话，却不约而同地进了楼下一间放置我父亲骨灰和遗像的房间。

"阿爹，小明回来看你了！"父亲含笑地看着我们，只是那笑一直是凝固的——那是他相片上的表情。啊，十年了，只是一转眼的工夫！那一年，我带着采访华西村吴仁宝的任务，顺道赶回家看望病重的父亲，当时他无力地朝我挥挥手，说："你的事不能耽误，快去吧。吴仁宝是我熟人，我们都是干出来的……"这一年，父亲走了。七年后，他的熟人吴仁宝也走了。

三鞠躬后，我为父亲点上一支香烟，再插上一把母亲点燃的香……我忍不住哽咽起来，像少时在外受了委屈后回到家的孩子。

"走，看看你的房间。"母亲怕我太伤感，一把拉我上楼。

其实从进门的第一眼，我已经注意到：房间内，无论是墙还是地，无论是桌子、椅子还是沙发，甚至电话机，都与我以前在家里看到的一模一样，放在原位，整齐而洁净。"还这么干净啊！是你经常擦洗的？"

母亲含笑道："我隔三岔五回家就为干这些事，把所有的地方都擦一遍……不要让你爹感觉没人理会他了，也好等你们回来看着舒服。"

母亲最后把我领进我的房间。一张宽宽的床，上面盖着的是我熟悉而陌生的黑底花被面。被子的夹里是土布，那土布是母亲和姐姐亲手织的，尽管摸上去有些粗糙，但它令我脑海里立即闪现出当年母亲与姐姐的双手在织布机上日夜穿梭的情景……床边是一排梳头柜，也叫书桌，上面的相框内，是父母引以为自豪的他们的儿子在部队当兵、当军官时的照片，以及与他们的合影。那个时候，我们全家人多么幸福，好像有我这个当连级干部的军官就知足了！

"看，里面全是你的书！"母亲拉开一个个抽屉让我看。令我惊喜的是，它们多数是我早期的作品，有的我早以为遗失了。母亲一边唠叨着，一边弓着腰，开始翻箱倒柜。"这是你的衬衣，没穿两次。""这件棉衣，是那年冬天你回家时特意给你缝的。""看，这是你爹让你从部队拿回来的解放鞋，还是新的，他都没来得及穿……"二三十年了，母亲竟将我曾经用过和我孩子用过的衣物，一样样保存得如此完好！

"你看这个……"母亲从一个包袱里拿出一个暖水袋，说，"还记得那一年你们第一次春节回家，我给小孙女买的这个暖水袋吗？"

"记得！怎么不记得呢！"我一把抓过暖水袋，摸了又摸，眼睛很快模糊了……那一年冬天，我带女儿回家探望父母，遇上特别寒冷的天气。南方没有暖气，屋子里跟冰窖似的，母亲急得不行，半夜打着手电去镇上敲商店的门，硬是让人家卖给她一个暖水袋。不想回家途中，雪路很滑，母亲连摔了好几跤，卧床几天后方康复。

"倒上热水还能用。啥时你带我孙儿们回来？"母亲顺势拿过暖水袋，认真地看着我，"他们都回来你也不用担心，我这里啥都有……"母亲像变戏法似的，又从柜子里拿出两个暖水袋，还有电热毯、铜热炉和夏天用的凉席、毛巾被、竹扇……一年四季所需物品，应有尽有。我吃惊地张大嘴巴。母亲喃喃道："你们要是回来，这些都能用上。"她抱过一床棉被和一条床单，放在我手上。

棉被软软的、暖暖的，像刚从太阳底下收进屋似的。我顿觉有一股巨大的暖流涌遍全身，然后融入血液，一直暖到心窝。

就在这天晚上，我异常庄重地对母亲说："妈，我现在懂了。"

母亲惊诧地看着我，问："你懂啥了？"

我说："明年我就回家来！"

母亲有些不安地笑了。这时，她的双眼闪着泪光……

(摘自《读者》2018年第2期)

清塘荷韵
季羡林

楼前有清塘数亩。记得三十多年前初搬来时，池塘里好像是有荷花的，我的记忆里还残留着一些绿叶红花的碎影。后来时移事迁，岁月流逝，池塘里却变得"半亩方塘一鉴开，天光云影共徘徊"，再也不见什么荷花了。

我脑袋里保留的旧的思想意识颇多，每一次望到空荡荡的池塘，总觉得好像缺点什么。这不符合我的审美观念。有池塘就应当有点绿的东西，哪怕是芦苇呢，也比什么都没有强。最好的最理想的当然是荷花。中国旧的诗文中，描写荷花的简直是太多太多了。周敦颐的《爱莲说》读书人不知道的恐怕是绝无仅有的。他那一句有名的"香远益清"是脍炙人口的。几乎可以说，中国没有人不爱荷花的。可我们楼前池塘中独独缺少荷花。每次看到或想到，总觉得是一块心病。

有人从湖北来，带来了洪湖的几颗莲子，外壳呈黑色，极硬。据说，如果埋在淤泥中，能够千年不烂。因此，我用铁锤在莲子上砸开了一条缝，让莲芽能够破壳而出，不至永远埋在泥中。这都是一些主观的愿望，莲芽能不能够出，都是极大的未知数。反正我总算是尽了人事，把五六颗敲破的莲子投入池塘中，下面就是听天命了。

这样一来，我每天就多了一件工作：到池塘边上去看上几次。心里总是希望，忽然有一天，"小荷才露尖尖角"，有翠绿的莲叶长出水面。可是，事与愿违，投下去的第一年，一直到秋凉叶落，水面上也没有出现什么东西。经过了寂寞的冬天，到了第二年，春水盈塘，绿柳垂丝，一片旖旎的风光。可是，我翘盼的水面上却仍然没有露出什么荷叶。此时我已经完全灰了心，以为那几颗湖北带来的硬壳莲子，由于无法解释的原因，大概不会再有长出荷花的希望了。我的目光无法把荷叶从淤泥中吸出。

但是，到了第三年，却忽然出了奇迹。有一天，我忽然发现，在我投莲子的地方长出了几个圆圆的绿叶，虽然颜色极惹人喜爱，但是却细弱单薄，可怜兮兮地平卧在水面上像水浮莲的叶子一样。而且最初只长出了五六个叶片。我总嫌这有点太少，总希望多长出几片来。于是，我盼星星，盼月亮，天天到池塘边上去观望。有校外的农民来捞水草，我总请求他们手下留情，不要碰断叶片。但是经过了漫漫的长夏，凄清的秋天又降临人间，池塘里浮动的仍然只是孤零零的那五六个叶片。对我来说，这又是一个虽微有希望但究竟仍是一个令人灰心的一年。

真正的奇迹出现在第四年上。严冬一过，池塘里又溢满了春水。到了一般荷花长叶的时候，在去年飘浮着五六个叶片的地方，一夜之间，突然长出了一大片绿叶，而且看来荷花在严冬的冰下并没有停止行动，因为在离开原有五六个叶片的那块基地比较远的池塘中心，也长出了叶片。叶片扩张的速度，扩张范围的扩大，都是惊人地快。几天之内，池塘内不小一部分，已经全为绿叶所覆盖。而且原来平卧在水面上的像是水浮莲一样的叶片，不知道是从哪里聚集来了力量，有一些竟然跃出了水面，长成了亭亭的荷叶。原来我心中还迟迟疑疑，怕池中长的是水浮莲，而不是真正的荷花。这样一来，我心中的疑云一扫而光；池塘中生长的真正是洪湖莲花的子孙了。我心中狂喜，这几年总算是没有白等。

天地萌生万物，对包括人在内的动植物等有生命的东西，总是赋予一种极其惊人的求生存的力量和极其惊人的扩展蔓延的力量，这种力量大到无法抗御。只要你肯费力来观察一下，就必然会承认这一点。现在摆在我面前的就是我楼前池塘里的荷花。自从几个勇敢的叶片跃出水面以后，许多叶片接踵而至。一夜之间，就出来了几十枝，而且迅速地扩散、蔓延。不到十几天的工夫，荷叶已经蔓延得遮蔽了整个池塘。从我撒种的地方出发，向东西南北四面扩展。我无法知道，荷花是怎样在深水中淤泥里走动。反正从露出水面的荷叶来看，每天至少要走半尺的距离，才能形成眼前这个局面。

光长荷叶，当然是不能满足的。荷花接踵而至，而且据了解荷花的行家说，我门前池塘里的荷花，同燕园其他池塘里的，都不一样。其他地方的荷花，颜色浅红；而我这里的荷花，不但红色浓，而且花瓣多；每一朵花能开出十六个莲瓣，看上去当然就与众不同了。这些红艳耀目的荷花，高高地凌驾于莲叶之上，迎风弄姿，似乎在睥睨一切。幼时读旧诗："毕竟西湖六月中，风光不与四时同。接天莲叶无穷碧，映日荷花别样红。"爱其诗句之美，深恨没有能亲自到杭州西湖去欣赏一番。现在我门前池塘中呈现的就是那一派西湖景象。是我把西湖从杭州搬到燕园里来了。岂不大快人意也哉！前几年才搬到朗润园来的周一良先生赐名为"季荷"。我觉得很有趣，又非常感激。难道我这个人将以荷而传吗？

有两年，每当夏月塘荷盛开时，我每天至少有几次徘徊在塘边，坐在石头上，静静地吸吮荷花和荷叶的清香。"蝉噪林逾静，鸟鸣山更幽。"我确实觉得四周静得很。我在一片寂静中，默默地坐在那里，水面上看到的是荷花的绿肥、红肥。倒影映入水中，风乍起，一片莲瓣堕入水中，它从上面向下落，水中的倒影却是从下边向上落，最后一接触到水面，二者合而为一，像小船似的漂在那里。我曾在某一本诗话上读到两句诗："池花对影落，沙鸟带声飞。"作者深惜第二句对仗不工。这也难怪，像"池花对影落"这样的境界究竟有几个人能参悟透呢？

晚上，我们一家人也常常坐在塘边石头上纳凉。有一夜，天空中的月亮又明又亮，把一片银光洒在荷花上。我忽听扑通一声。是我的小白波斯猫毛毛扑入水中，她大概认为水中有白玉盘，想扑上去抓住。她一入水，就觉得不对头，连忙矫捷地回到岸上，把月亮的倒影打得支离破碎，好久才恢复了原形。

一年夏天，天气异常闷热，而荷花则开得特欢。绿盖擎天，红花映日，把一个不算小的池塘塞得满而又满，几乎连水面都看不到了。一个喜爱荷花的邻居，天天兴致勃勃地数荷花的朵数。今天告诉我，有四五百朵；明天又告诉我，有六七百朵。但是，我虽然知道他为人细致，却不相信他真能数出确实的朵数。在荷叶底下，石头缝里，旮旮旯旯，不知还隐藏着多少菁葵，都是在岸边难以看到的。粗略估计，开了将近一千朵。真可以算是洋洋大观了。

连日来，天气突然变寒，好像是一下子从夏天转入秋天。池塘里的荷叶虽然仍然是绿油一片，但是看来变成残荷之日也不会太远了。再过一两个月，池水一结冰，连残荷也将消逝得无影无踪。那时荷花大概会在冰下冬眠，做着春天的梦。它们的梦一定能够圆的。既然冬天到了，春天还会远吗？

我为我的"季荷"祝福。

(摘自《读者》1998年第4期)

菜园小叙
李广欣

我爱种蔬菜远胜于养花，因其实惠，就像苏东坡《后杞菊赋》里所写的那样："春食苗，夏食叶，秋食花实而冬食根，庶几乎西河南阳之寿。"是啊！那一年四季不曾间断的嫩绿的蔬菜，那美味诱人的瓜果，尤其是那不打农药、不上化肥的绿色菜果，更是现今人们的健康向往。

我原来在学校安家时曾开垦一块菜地，后来学校建车棚占去了，再之后搬到高层新家，菜地自然不再奢望。我曾多次设想，若是能有块菜地该是多么惬意的事情啊！

单位西墙边有一块空地，荒草丛生石头遍地，看着怪可惜的。于是同事们将之开垦成菜地，大约三分地，有十几畦垅。地下是厚厚的淤泥，松软而肥沃。同事解国杰见有人种菜，就从冈俊伟、孙东旺那软磨硬蹭要了一畦及一块横头地。我们下决心把菜地种好。

菜地不大，但买的菜苗种类倒不少，西红柿、黄瓜、辣椒、茄子、红薯等，还种了几棵葫芦。多年没干过农活，以至于闹出一些笑话。比如，辣椒种植成单棵，葫芦不是尖面朝下，而是挖个窝随便种在里面。知晓后只好再种。我们像抚养孩子似的精心侍候着菜地，捡地里石头、除草、松土、浇水。虽然还不知道以后蔬菜能长成啥样，但相信人勤地不懒，希冀在辛勤的耕耘里。

俗话说"种菜如绣花"，想干好并不轻松，尤其是国杰身宽体胖，弯下腰都吃力，干活就更累得慌，天气还不算热就大汗淋淋。在我们精心呵护下，蔬菜居然大多活过来，萎靡不振的窘相被精神焕发所替代，一行行、一排排，嫩绿可爱，苗茎一天天长高长壮，招人喜欢。

西红柿、黄瓜、辣椒、茄子、葫芦长到一定高度，我们找来树枝搭架，再过段时间开始打杈、掐尖。蔬菜开花了！五颜六色，散发着丝丝的清香，沁人心脾。夏秋时节是诱人的丰收季节，青绿的黄瓜、紫红的茄子、鲜红的辣椒、黄里透红的西红柿等蔬菜硕果累累，竞相争俏。早年令人吃得厌烦的红薯也成了玉盘珍馐。到了深秋时节蔬菜罢园，我们再种上菠菜、香菜、蒜苗等越冬青菜，来年春上食用上碧绿的青菜。周而复始，一年四季蔬菜都能接济上。

一次浇灌菜地时，我忽而想起苏东坡《菜羹赋》里所写的："汲幽泉以揉濯，搏露叶与琼根。"又想起著名作家吴伯箫先生在延安时期，在工作、学习、战斗的间隙里也曾种植蔬菜。当然他们是自己动手、丰衣足食，克服困难，坚持抗战。在那么艰难困苦的环境下，还保持着乐观向上的精神，浇菜时还能想起"沧浪之水清兮，可以濯我缨；沧浪之水浊兮，可以濯我足"的浪漫诗句。

同事们不分你的我的菜地，随便采摘些蔬菜果实都是无所谓的事情。我们种植蔬菜不仅在于食用绿色菜果强身健体，更重要的在于体现劳动创造幸福的价值。这不也是一种很好的乐趣吗？

(摘自《人民日报》2017年5月27日)

苦菜的思念

尉　峰

　　北方的春天是从青草长出芽尖开始的。当它们星星点点地在荒草中探头探脑的时候，苦菜还了无踪影。但人们已在翘首期盼。性子急的不信草芽上来了苦菜芽没上来，就会拿着挑铲和篮子到地里走上一遭，甚至走上一天。当看到浑黄的田间光秃秃的田间确实找不到一丁点灰绿的苦菜，才会无奈返回。不过这时的心踏实多了，虽然馋苦菜，但已经能耐住性子了。

　　熟悉土地的人们知道，杨花挂满枝头，柳眉儿妩媚动人的时候，苦菜芽才会拱出地皮。但是不多，这里一株，那里一株，稀稀拉拉的，如同一两只羊偶尔经过，撒下几粒羊粪蛋，少得可怜。

　　到了桃花怒放，美得让人流连忘返的时候，地里的苦菜才长得恣肆，一簇簇，一团团，蓬蓬勃勃的，同新出的玉米苗竞赛，看谁长得快。倘若这时去了田地，只要你舍得时间，总会满载而归——篮子里、口袋里无不瓷实地塞满鲜嫩的苦菜。

乡亲们爱吃苦菜，我的朋友们也不例外，但逢聚会，总会点下这道菜。吃苦菜不仅仅因为它是绿色食品，好吃，有药用价值，还因为它承载着一代又一代人痛苦的回忆。特别是从苦难中走过来的人，没人会忘记那些面黄肌瘦的日子，忘记苦菜的舍身相助。

人们常说，从小吃啥，长大以后便爱吃啥。这话不假。反正我是这样，依然爱吃小时吃过的苦菜、玉米面水饸饹、烧山药……在那个贫困的年代，吃食极少，能填饱肚子已实属不易。当时我们特别羡慕一位姓赵的同学，羡慕他有一个保管员父亲，羡慕他总能吃饱。不像我们，无论上午，还是下午，上学不一会，肚子便"咕噜噜"地响，此起彼伏，直到放学才结束这支身不由己的肠胃协奏曲。

不可否认，记住那个年代其实是从记住那个年代的粗茶淡饭开始的。而且随着经济社会的日益发展，人民生活的日益丰富，对那时饭菜的印象就越来越深刻，有如一块块经过精雕细琢的丰碑，刻满那个岁月的痕迹，潜藏在脑海深处。

我在部队待了十三年时间，每天白面大米，但依旧没有改变少时养成的饮食习惯。以至于每每回乡探亲，总要饱餐几顿儿时爱吃的饭菜后，才会恋恋不舍地归队。转业回到故乡后，自然而然，一日三餐仍是小时爱吃的茶饭。

我想，少时的茶饭不仅仅是一种记忆，还蕴藏着一种思念。这种思念无时不在，就像风，从春刮到冬，从小刮到大，还将刮到老，不知疲倦，也不会停歇。有时呼呼的，有时柔柔的，从心头刮过，从脑海刮过。看似虚无，却充盈着每一个思念的空间。

这种思念也许不是痛苦的那种，却和亲人息息相关，甚至相糅相杂，人牵着事，事连着人，分不清彼此。

我对母亲的思念就是如此。不知道是因为想母亲而想起苦菜，还是因为想苦菜而想起母亲。

一次，战友们在一起聚餐，照例点了鲜嫩的苦菜芽，我吃着吃着就走神了，拿着筷子的手在空中悬了好大一会儿。战友们以为我喝多了，其实是想起母亲了。

那一刻，我的思念悄无声息地回到了老家东崖头村，回到了那片生我养我的故土，回到了母亲身边，回到了她老人家调拌好的苦菜旁，贪婪地嗅着那诱人的鲜香……

记得有一年我从部队探亲归来，正是苦菜肆意生长的季节。母亲为了让我顿顿吃上新鲜可口的苦菜，每天都会早早地去田野挑苦菜。归队前，母亲问我，你的战友们爱吃苦菜吗？城市里有卖苦菜的吗？我蓦地想起，战友们也爱吃苦菜，只是吃法和我们有所不同。他们更喜欢生吃，把苦菜择洗干净后直接蘸甜面酱吃。不像家乡的人们，要么用水焯了凉拌，要么和白萝卜丝一起腌制成酸菜吃。吃不了的就晒干，等冬天享用。

当母亲听说我的战友们也爱吃时，就又到田间挑了两天苦菜，让我带给他们。那几天，即使母亲戴着草帽，带着水壶，脸膛仍被晒得黝黑，嘴唇脱皮，两个裤腿的膝盖处无不沾满黄土，拍也拍不掉。母亲分明是蹲不了跪着挑的苦菜啊！瞧着母亲疲惫的样子，当时我懊悔不已，悔不该告诉她实情。

那一年，母亲已年近七旬。

之后，母亲连夜把苦菜择净，又一把一把码齐扎好，长长的根顶着几瓣叶子，白绿相间，清新修长，像极了人参。但我却不忍直视。我何尝不明白，母亲不辞劳苦地挑苦菜送给战友们尝鲜，绝非只是冲着我们那份浓浓的战友情去的，她是为了让我日后得到更多的关照。母亲的良苦用心做儿子的怎么会体会不到呢？

如今母亲已辞世多年，但不管以前还是现在，只要一吃苦菜，我就会想起她挑完苦菜，虽疲倦却喜悦的神情，虽昏花却认真的眼神，以至于每每泪花模糊了双眼。

看来，想起苦菜似乎是一件幸福的事情，就如同想起母亲，梦见母亲一样，久久不愿醒来。

（摘自《人民日报》2017年8月5日）

一柿情缘

爻 俏

中国北方的秋天是最美的季节，天空又高又蓝，白云如丝如絮，连空气中都隐约飘着丝丝甜味。这时候坐在院子里发会儿呆，忽然就会从高高大大的柿子树上"咚"地砸下一个大柿子来，恰好就摔扁在布满青苔的树根旁边，稀烂的柿子渗出金黄色的甜浆来，虽已面目全非，却依然勾起了食欲。

小时候在上海，其实并没有太多机会吃到甜糯熟透的柿子。买回家的柿子多半是硬邦邦的，不能立刻解馋，而是要放一段时间，方可开吃。为了捂软柿子，大人会找个纸箱，把柿子和苹果之类的其他水果放在一起"过过日子"。小孩子对这种行为的直接理解是，要让柿子染上些苹果或者梨的香味，但吃的时候使劲闻，也觉察不到串味。后来才知道，这是为了催熟、去涩。柿子果然是性情慢热的水果啊。

在北方，人生中第一次吃到了脆柿子，甜似桃，脆如瓜。在朋友的小院子里，硕果累累的柿子树下，摆上木桌条凳，切好脆柿子块，加点葡萄干和些许黑醋，拌成了一道爽口又应秋景的柿子沙拉。切好的柿子薄片腌渍一下，再用烤箱做出一个异国风情的焦糖柿子挞。朋友说，就这么使劲吃，使劲想，每天发明各种柿子的吃法，好像也还是吃不完这一树的柿子呢。沉默了一整年的柿子树，正是在秋天这个季节，忽然就捧出了让人意想不到的丰硕果实。"尽管每年都会结，但每年到了这个时候，仍然是满满的惊喜啊。"朋友感叹。年复一年的守望和收获，这便是人类与食物最美好的关系吧。

对于吃不完的柿子，朋友最终研究出了做柿子果酱的方法，切好的柿子块加上白糖，放在大锅里长时间地熬煮，最后做成果酱，口感倒是出人意料地清甜。然后，自己买来玻璃瓶，一瓶瓶地封存起来，贴上签了夫妻俩名字的小纸片，作为秋天最特别的礼物送给亲朋好友。这让我想到了某位北京大厨，也是柿子的爱好者。每年柿子丰收季，他都会囤下大量的柿子，放在自家的冷库里冻起来，到了来年夏天酷暑难当的时候，就把这些冻柿子拿出来，给每一位来自家餐馆的客人作为饭后免费的甜点吃。大家看到这甜点的第一反应都是："哇，冻柿子，好像回到了小时候啊！"丝丝的爽快，透心凉的甜，这一份心意造就的，是童年时的冰激凌。

手工柿饼也是近些年很难见到的好东西了，制作全靠手感。我所见过的柿饼制作过程是：先削掉柿子皮，将果肉在太阳底下晒脱水分，风干出紧实的质感，然后进烤炉用龙眼木熏烘，再脱一层水分，接着继续日晒风干。这其中有一个步骤不可少，便是定时用手按摩柿子果肉，这个动作尤其需要掌握力度，为的是不让柿子在晾晒过程中变得太过僵硬，也可以让柿子里的单宁酸尽快地转化成葡萄糖，变酸涩为甜美。而柿饼做成之后，最诱人的，莫过于表皮上那层浅浅的白色糖霜，称为"柿霜"。柿霜是柿饼晾晒过程中从柿子内部析出的糖分结晶体，不仅从外观上将柿饼晕染成晶光覆面的橘红色。吃的时候，先含化表面的柿霜，再咀嚼韧性十足的果肉，也是一种别样的乐趣。

又圆又大的柿饼就算不马上吃掉，放在家里也有种丰收满盈的喜气。有种小型的柿饼，十几个一串，用绳子结着挂在屋檐下，更是讨人喜欢。总有人不知道要怎样吃掉一整个柿饼，觉得太甜。我见过客家人炖鸡汤，里面要放十多颗小柿饼和土鸡同炖，出来的味道自然鲜甜无比。还见过有人写回忆自己童年的散文，说父亲总喜欢在白米饭上放一个大柿饼同蒸，蒸出来后，连饭都是甜糯的。下次，这两种做法都可以自己试试看。

（摘自《读者》2013 年第 22 期）

咬 秋

卢恩俊

在中国节俗中，关于"吃"的习俗繁多，而用一个"咬"字领名的节俗，在众多节气中，数来只有立春和立秋了。立春咬春，寓意迎新，而立秋咬秋，则为尝新了。进入秋季，田园瓜果陆续成熟，处处硕果飘香，那值得"咬"的食材要比咬春就多的多了。

各地习俗不同，比较共性的咬秋食材，是南食西瓜北吃枣。南方人"立秋前一日，食西瓜谓之啃秋"。（见民国时期出版的《首都志》）北方则吃枣，曰"咬秋"。早在宋代孟元老的《东京梦华录》就有记载："立秋日，满街卖楸叶，妇女儿童辈，皆剪成花样戴之。是月，瓜果梨枣方盛，京师枣有数品：灵枣、牙枣、青州枣、亳州枣。"

立秋后，暑气迟迟难去，民间有"晚立秋，热死牛""秋后一伏热死人"等谚语，所以"咬秋"习俗，就是来表达人们"啃下酷夏、迎接秋爽"之祈愿的。

立秋也是秋季第一个节气，民间流行在这天以悬秤称人，将体重与立夏时对比，如有减少，便要吃肉"贴秋膘"，鸡鸭鱼肉等，吃味厚的美食佳肴以补贴暑气带来的损失。当然咬秋补养，富含营养的枣也是必不可少的食材。尤其是大枣，自古以来就被列为"五果"（桃、李、梅、杏、枣）之一。

在我的认知里，立秋的"咬"倒像是为加深秋天味道的一种身体记忆。比如南方立秋"咬瓜"，天气转凉，西瓜少了，往往是这一年最后一次吃西瓜了，这个风俗大概是为了让吃了一夏天西瓜解暑的人们，用这种实实在在的"咬"的行为，对烈日下的瓜农和即将离去的西瓜，表示一种留恋和敬畏。常言"叶落而知秋"，这里可谓"瓜去而知秋"了。比如北方人"咬枣"，似乎又是强化一种向往和等待。俗话说："七月十五捡枣吃，八月十五打枣吃。"立秋吃枣，正是枣子初红时，也就是青红相间，人们吃着青一半红一半的枣子，慢慢品味着枣的初甜，期待着枣老熟后的甘甜。而耐不住的是童年的顽皮，正像杜甫诗说的那样："庭前八月梨枣熟，一日上树能千回。"

在我的感受里，立秋的"咬"更像是咬文嚼字，比如抓一把枣子在手中，放一颗枣子在嘴里，细嚼慢品，嚼着嚼着就品出它的精神来，一种敬仰油然而生。就想起家乡的那些老枣树，它们一棵棵站在房前屋后，站在村头路旁，站成一种记忆，一种标志。它们不像那些娇贵的庄稼和果树，需要种植的人们用日复一日的汗水去跟踪。枣子年复一年、日复一日的悄无声息地走过风风雨雨的日子，它们甚至连最灿烂的花季也不事张扬，叶子覆盖着微不足道的不被人注意的黄色小花，静静地走过。

只有枣子熟了的时候，人们才想起枣子，开始用长长的杆子打枣。一年就红火这么一次，还是挨"打"。我想为什么别的果子需用手轻轻地摘，而唯独枣子却用杆子打呢？我似乎听到枣子对我说："杆子敲打不愿落，唯恐果肉不甘甜。"是啊，枣子不愿意落不是迷恋幸福的枝头，枣子那是为了在阳光里多沐浴一些时间，更多地吸收一些大地的养分，将最红亮的成色、最甘美的果肉，感恩地满足种植人的需求。所以，枣子收获需打两三遍，杆到之处，青枣恋枝，只有红枣兴高采烈地跳下来，在大地上蹦跳成一片欢笑。

想到这些，不禁拿几个枣子咬秋，慢慢品尝。

（摘自《光明日报》2017 年 8 月 11 日）

清 粥

月满天心

潘向黎写过一篇小说《清水白菜》，小说中的女主人公是个极爱米饭的恬淡女子，她煮出来的米饭，清香四溢，颗颗饱满，光看文字，就让人口齿噙香。白米是如此神奇的食物，既可蒸出筋道饱满的米饭，也能煮成糯软甘甜的清粥。

清粥是最家常的饭食，自然不需要高贵的香米，普通的新鲜白米即可。傍晚，几束夕阳的余晖打在灶台上，开始煮一锅清粥，只米和水，还有一颗悠闲的心，简单明了。

煮粥的过程悠长，却并不枯燥。眼见着米和水，陷入纠缠，米会一下子感知到水的温暖，开始会有点不适应，躲躲闪闪的。随着水一点点沸腾翻滚，不停示好，米粒终于欢快起来，在水一波一浪的推动下，咕嘟咕嘟地跳着舞，随着热气徐徐上升，开出乳白色的花朵。厨房里就会弥漫起淡淡的甜香，热乎乎的。这是米在慢慢地释放着自己，也是水在慢慢地融入米的世界。这时候，就要把火关到最小，小到可以让锅里保持着咕嘟的状态，又不会让刚氤氲出来的热气散掉。

之后，米和水的生命进入另一种状态，行动开始迟缓、安静。当米与水之间没有一丝的缝隙，稠且润泽，咕嘟声均匀如尘世的喧嚣，香气便徐徐地氤氲，是人间烟火的香气，也是幸福的香气。

粥快熬好的时候，锅里的米就变得懒懒的，躺在水的怀抱，惬意舒心的样子。而水，早就化成袅袅蒸气，缭绕四散，也有调皮的，钻到米的身体里躲了起来。锅还是那只锅，可是，锅里的水和米，却水中有米，米中也有水，再也分不开了。如生命和经历，总会有抗争和激烈，慢慢便会进入一种状态——互相依存，又互不干扰。

我是极爱喝粥的人，白瓷碗，小咸菜，或者一枚腌出油的鸭蛋，是清粥的绝配。喝一口，黏稠润泽，牙还没有感知到，就滑到了身体里，唇齿留香。紧接着，是身体里的温暖与熨帖，心，一下子就松弛下来。世事都远了，只愿此刻，专心感知粥的美味，体味生活的眷顾，感知安静的、有粥可食的人生。

南宋著名诗人陆游曾作诗《食粥》："世人个个学长年，不悟长年在目前。我得宛丘平易法，只将食粥致神仙。"

被鸡鸭鱼肉和各种添加剂刺激的味蕾回归敏感，清香满口，余味不绝。清粥带给世人的福泽，是人如神仙。

宋代苏东坡有书帖曰："夜饥甚，吴子野劝食白粥，云能推陈致新，利膈益胃。粥既快美，粥后一觉，妙不可言。"

清粥的好处不仅仅是简单、养生、清香。

汉代医圣张仲景《伤寒杂病论》述："桂枝汤，服已须臾，啜热稀粥一升余，以助药力。"

清粥一碗，可养身心，可助药力。

青春飞扬的年纪，处处都是好风景，很难将自己关在厨房里，为自己、为家人煮一锅真正的清粥，便常常用稀饭代替。哄骗的，终究是自己的身体和心。

不知从何时起，开始有心思慢慢熬一锅清粥，好像没有着急要做的事。吃了亏，煮粥的过程便慢慢让心境平复。躲在厨房里，少了一些灯红酒绿，却多了许多闲适，心和味蕾都更敏感，对幸福有了更清醒的感知。房子、车子、票子，盈余就好，不求太多。身体的熨帖和糯滑的口感，成了第一需求。

我认识一个每日为自己静静煮粥的女人，连续遭遇背叛，离婚，财产被前夫转移，接着工作出了纰漏，失业。我不放心去看她的时候，夕阳垂在西窗下，她敛目低眉，专注于面前的一锅粥，那么虔诚和安静，如佛。见我来，她微笑招呼："来，我煮了清粥，我们一起吃。"

清粥为伴，滋润身心。给予生命营养，便不惧流年。

愿为自己慢慢煮一锅白米清粥的人，也在生活的大命题中将自己慢慢地熬煮着，不激烈，不偏执，不放弃，一点点让灵魂散发出香气。

(摘自《读者》2014年第21期)

劝 菜
王 力

　　中国有一件事最足以表示合作精神，就是吃饭。十个或十二个人共吃一盘菜，共喝一碗汤。酒席上讲究同时起筷子，同时把菜夹到嘴里去，只差不曾嚼出同一个节奏来。相传有一个笑话。一个外国人问一个中国人说："听说你们中国有二十四个人共吃一桌酒席的事，是真的吗？"那中国人说："是真的。"那外国人说："菜太远了，筷子怎么夹得着呢？"那中国人说："我们有一种三尺来长的筷子。"那外国人说："用那三尺来长的筷子，夹得着是不成问题了，可怎么把菜送到嘴里去呢？"那中国人说："我们是互相帮忙，你夹给我吃、我夹给你吃的啊！"

　　中国人吃饭，除了表示合作的精神之外，还合于经济的原则。西洋每人一盘菜，吃剩下来就是暴殄天物；咱们中国十人一盘菜，你不爱吃的却正是我所喜欢的，互相调剂，各得其所。因此，中国人的酒席往往没有剩菜；即使有剩菜，它的总量也不像西餐剩菜那样多——假使中西酒席的菜本来相等的话。

有了这两个优点，中国人应该踌躇满志，觉得圣人制礼作乐，关于吃这一层总算是想得尽善尽美的了。然而咱们的先哲犹嫌未足，以为食而不让，则近于禽兽，于是提倡食中有让。起初是消极的让，就是让人先夹菜，让人多吃好东西；后来又加上积极的让，就是把好东西夹到别人的碟子里、饭碗里，甚至于嘴里。其实积极的让也是由消极的让生出来的：遇着一样好菜，我不吃或少吃，为的是让你多吃；同时，我以君子之心度君子之腹，知道你一定也不肯多吃，为的是要让我。在这种相持的僵局之中，为了使我的让德战胜你的让德起见，我就非和你争不可！于是劝菜这件事也就成为"乡饮酒礼"中的一个重要项目了。

劝菜的风俗处处皆有，但是在素来著名的礼让之乡如江浙一带尤为盛行。男人劝得马虎些，夹了菜放在你的碟子里就算了；妇女最为殷勤，非把菜送到你的饭碗里去不可。照例是主人劝客人，但是，主人劝开了头之后，凡自认为是主人的至亲好友，都可以代表主人来劝客。有时候，一块"好菜"被十双筷子传观，周游列国之后，却又物归原主！假使你是一位新姑爷，情形又不同了。你始终是众矢之的，全桌的人都把"好菜"堆到你的饭碗里，堆得满满的，使你鼻子碰着鲍鱼，眼睛碰着鸡丁，嘴唇上全糊着肉汁，简直吃不着一口白饭。我常常这样想，为什么不开始就设计这样一碗"什锦饭"，专为上宾贵客预备，反倒要大家临时大忙一阵呢？

劝菜固然是美德，但是其中还有一个嗜好是否相同的问题。孟子说："口之于味，有同嗜焉。"我觉得他老人家这句话多少有些语病，至少还应该加上一段"但书"。我还是比较喜欢法国的一句谚语："唯味与色无可争。"意思是说，食物的味道和衣服的颜色都是随人喜欢，没有一定的美恶标准。这样说来，主人所喜欢的"好菜"，未必是客人所认为好吃的菜。肴馔的原料和烹饪的方法，在各人的见解上（尤其是籍贯不相同的人），很容易生出大不相同的评价。有时候，把客人不爱吃的东西硬塞给他吃，与其说是有礼貌，不如说是令其难堪。十年前，我曾经有一次做客，饭碗被鱼虾鸡鸭堆满了之后，我突然把筷子一放，宣布吃饱了。直等到主人劝了又劝，我才说："那么请你们给我换一碗白饭来！"现在回想起来，觉得当时未免年少气盛；然而直到如今，假使我再遇到同样的情形，一时急起来，也难保不用同样的方法来对付呢！

中国人之所以一团和气，也许是津液交流的关系。尽管有人主张分食，同时也有人故意使它和到不能再和。譬如新上来的一碗汤，主人喜欢用自己的调羹去把里面的东西先搅一搅匀；新上来的一盘菜，主人也喜欢用自己的筷子去拌一拌。至于劝菜，就更顾不了许多，一盘山珍海味，周游列国之后，上面就有了六七个人的津液。将来科学更加昌明，也许有一种显微镜，让咱们看见酒席上病菌由津液传播的详细状况。现在只就我的肉眼所能看见的情形来说：我未坐席就留心观察，主人是一个津液丰富的人。他说话除了喷出若干唾沫之外，上齿和下齿之间常有津液像蜘蛛网一般。入席以后，主人的一双筷子就在这"蜘蛛网"里冲进冲出，后来他劝我吃菜，也就拿他那一双曾在这"蜘蛛网"里冲进冲出的筷子，夹了菜，恭恭敬敬地送到我的碟子里。我几乎不信任我的舌头！同是一盘炒山鸡片，为什么刚才我自己夹了来是好吃的，现在主人恭恭敬敬地夹了来劝我却是不好吃的呢？我辜负主人的盛意了。我承认我这种脾气根本就不适宜在中国社会里交际，然而我并不因此就否定劝菜是一种美德。"有杀身以成仁"，牺牲一点儿卫生戒条来成全一种美德，还不是应该的吗？

（摘自《读者》2012 年第 24 期）

难舍的礼物
刘文艳

人们都很留恋童年、少年、青年时期，那个时期无论家庭状况如何，生活中都充满了幸福与快乐，因为有父母的呵护；那个时期无论生活状况如何、工作环境如何，都对生活充满了渴望与憧憬，因为未来的路还很长。除此我认为还有一点，就是那个时期属于自己的东西不多，无须为物所累，所以生活很轻松。

随着时光的推移、年龄的增长，随着阅历的增加、生活的丰富，属于自己的东西越来越多。许多东西留之无用，弃之可惜；也有许多东西留之有用，但用处不大，却难以摆脱牵挂之念，甚至是为物所累，疲于整理，使生活变得很不轻松。

女儿工作在外地，2013年春节回家，与我一起探讨人与物的关系。她的话耐人寻味："我们在与物建立关系时要十分慎重，因为人是有感情的，一旦与物建立了所属关系，便难以割舍，难以割舍的东西越多就越累。因此当你要割断与物的关系时，一定要毅然决然，否则就根本割舍不掉，割舍不掉就为物所累。"我很赞同她的观点。于是她帮我收拾出许多衣物、书籍和一些积攒起来的生活用品，并确定哪些送与何人，捐赠何处。因为有了与物品割断联系的理念，我也毫不犹豫地支持女儿的清理行动。

但也有例外。有两件东西已经被女儿理所当然地清理出去了，我却又把它们捡了回来。这两件东西不是什么贵重物品，也不是稀有之物，就是两双拖鞋。然而在我看来，这两双拖鞋的意义却非同一般。那是我一位非常要好的同学亲手做的，鞋面是用钩针钩织出来的，里面的一针一线都饱含着深深的感情。这是一份难以割舍的情意，难以用物质的价值来衡量。

20世纪70年代，我在辽宁北票二中读书。当时我与班里的一位女同学非常要好，她也是我最为欣赏的同学之一。她学习成绩好，经常在班里名列前茅，特别是语文非常出色，作文经常被老师当作范文在课堂上朗读。她还多才多艺。会唱歌，歌声柔美动听，让很多同学着迷；会识谱，一首从来没听过的歌，她拿着曲谱就可以唱出来；舞蹈也有造诣，能够根据歌词大意编出优美的舞蹈来。在全年级的文艺比赛时，我们班的表演唱、舞蹈、小合唱等节目都是她编排和领着排练的。她让我十分羡慕，她对我也十分亲近。我们俩是互相倾慕又相互倾心的好朋友，中学毕业时还去照相馆照了个青春合影，上面写了四个字：友谊长存！照片至今仍保存在我的影集里。

当然，我们俩十分要好还有一个重要原因，就是有着差不多的家庭背景，当时我们都是农村户口。高中毕业时，城市户口的同学都分配了工作，只有我和她两个女生没分配工作，因为是农村户口，毕业就回村参加生产劳动了。但与她比起来我是幸运的。我在村里参加半年劳动，就被选为代课教师，后来又被选为公社广播员兼编辑，三年后又被调入北票县妇联、县委办公室工作。可她却没有我这么顺利，她怀着一颗火热的心回到村里，却一直没有机会展现才华、发挥作用。她曾想去当一名民办老师，尽管她很优秀，可没能如愿，一直在生产队做农活。她和其他青年农民一起去参加了全县统一组织的修水库工程，在那里找到了一个兼做宣传工作的角色，才能才得到了一些施展。可是修完水库之后，又不得不回到生产队继续从事农业生产，面朝黄土背朝天。后来她出嫁了。经人介绍嫁给了一个在土产公司工作的赶着马车拉土特产品的"车老板"，人很厚道，也很体贴。我曾经去过她的家里，三间平房，东西两个屋是土炕，中间的屋是锅台，很是俭朴。我真的为她惋惜。她却没有那么悲观，也没有什么抱怨，反而生活得乐观，坦然。

有一年春天，我出差去朝阳，一些中学同学赶来相聚，她也带着女儿来了。当时她正在为女儿愁眉不展。医院确诊她女儿得了脑瘤，虽然是良性的，可也需精心治疗和调养。这需要许多资金的支撑，对她来说是很艰难的。还好，经过几年精心治疗调养，孩子病情逐渐好转，但有时还是头痛。因为担心这个孩子留下后遗症，她又申请生了二胎。生活的艰难就更可想而知了。

后来因为工作忙，跟她联系的也少了，听说她终于当上了民办教师。又过了几年，我突然接到她的电话，说她的女儿不仅病治好了，而且已经考上了省城的大学。我真的为她高兴，也很敬佩她的意志和能力。又过了四年，孩子要大学毕业了，我又接到她的电话，说孩子已经经过笔试、面试纳入了留校任教的名单，近期还要进行最后一次考核。她说，不谦虚地说，女儿各方面都很优秀，但还是想请你找学校有关方面关注一下。我知道她很不容易，于是找到在校工作的一个朋友，请她帮助了解一下情况。朋友回话说，这个孩子确实很优秀，但是不知什么原因没有被录用，现在名单已经定了，不能再改了。过了一段时间，她来电话说，女儿找了一个多月也没找到适合的工作，希望我能再帮帮忙。我也很为她着急，当时答应了。过了些日子，我介绍她女儿参加了一个国有文化企业电脑维修人员的招聘，孩子很顺利通过笔试、面试，以较高成绩被录取。尽管这份工作每个月只有一千元工资，可她女儿还是很珍惜，很高兴地去了。一个月后，这个孩子拿到了第一个月的工资，买了水果来看我，很自豪地说，阿姨我开工资了，这回我能供妹妹上学了！我听了有些惊诧，这点儿钱还能供妹妹上学？她却说："我一个月给妹妹六百元钱，妈妈、爸爸就不用再给她生活费了。爸爸妈妈供我们姐妹俩上学挺不容易的，这回也不用那么辛苦了！"我问，你的生活费只有四百元够用吗？她说，够了，我中午吃饭不花钱，住宿也不用花钱，四百元一个月足够用了！那一刻，我真觉得这个孩子非常不容易也很懂事。

　　那年秋天，我的这位同学来了我这里。她说，孩子有了一个很好的工作，非常感谢你，特意赶来看看你。说着，从一个大的旅行袋里拿出两个小布袋，边拿边说，"也没有什么好东西给你带，这是我家新磨的高粱米，这是新小米。"接着，从旅行袋里拿出一个用塑料薄膜封好的玻璃瓶，"这是我自己做的酱，是用黄豆做的，非常好吃。"我一一接过，连连说，这都是绿色食品，是好东西，谢谢、谢谢！她又从袋子底下拿出一个纸包，打开，是两双色彩鲜艳的拖鞋，"这两双拖鞋是我自己做的。"我接过来仔细地看着，这两双鞋做得真是很精细：用麻绳和布做的鞋底，钩针钩织的鞋面，一个是网络状用丝线勾织成的，一个是毛片状用毛线编织成的，一双粉红色，一双火红色，很是喜庆。我十分高兴地收下了这两双鞋。我知道，这两双鞋是她精心设计的，也是她一针一针钩织成的，不知用了多少夜晚啊。

　　两年后，她的女儿由于工作非常出色，被调到党委办公室。可因为男朋友工作在天津，她打算离开这里也到天津去。临走前她来向我道别，给我带来了一个镶上镜框的"十字绣"绣画。画面是几棵挺拔的翠竹和一对相互亲昵的黄头蓝尾小鸟，左下角是行书题词："竹报平安。"她告诉我，这个画虽不大，但却绣了半年多，白天工作没时间，都是晚上在灯下绣的。我听了心里酸酸的。我很喜欢这个孩子，也很舍不得她走，但支持她与男朋友在一个城市工作，结束"牛郎织女"式的生活。

　　送她走后，我把这幅画挂在了我的卧室里。这些年来，家里的画也换了好几回，可这幅画我始终保留着。不知为什么，也许是我很珍惜一个孩子的纯真感情，也许是我很珍惜两代人相承接的深情厚谊。一直跟随着我的，还有那两双拖鞋。现在虽然旧了，可还是觉得非常亲切。穿着它们，除了感觉到浓浓的情意外，也提醒着自己，要珍惜生活，懂得知足，为社会的公平正义多尽一份责任。

（摘自《人民日报》2014 年 11 月 29 日）

幸福的菜市
林 白

菜市在一条胡同里，融化的雪水又黑又脏，脚下湿漉漉的。我跟随手提菜篮的人们往里走。胡同口有辆报刊车，一个患过小儿麻痹症的中年女人守在车旁。她身后的两侧是热气腾腾的炉子，煤火烧得正旺，大铁锅里的面汤开花似的抢着翻上来，大团大团的热气拥挤而出，不断地消失在空气中。这锅汤是做刀削面的，面片飞身落下，沉了又浮。

旁边有一张小桌子，上面排了一溜小碗，碗里有红有绿有黑——辣子、小葱、咸菜等等，女人用手指撮着，一撮一撮派到大碗里。忽然她抬头问："吃担担面？"边上是炒面，平板铁锅里堆了半边正在炒着的面条，结实溜圆，闪着油光。锅铲碰在铁锅上，叮当地响，热油冒着烟，吱吱地响，极有底气的样子。

另有一处，炉壁上贴着厚厚的饼子，中间放着一张案桌，桌子上面放着一轮厚圆的木墩，边上还有一套小一点的炉子和煮锅。伙计站在案桌旁边，他掀开锅盖，捞出黄澄澄滴着油汁的小碗肉，放到木墩上，杀鸡用牛刀般地剁了一气之后，加进碧绿的香菜，再剁上一气。之后拿过一个厚饼，用斧头从中间破开，再把剁好的肉塞入，这才大功告成地喊道："肉夹馍两个！"

有一个女孩安静地守着一只蒸笼，蒸笼前摆着一块厚纸板，上面用粉笔写着"粉蒸肉"三个字，女孩只是坐着，样子温婉可人。有人来买，她就打开盖，里面的蒸肉果然一碗一碗的，满满当当地冒着热气。她把肉倒进干净的白色饭盒，用塑料袋一兜，一手交钱，一手交货，简捷利落。

看过这么多小吃，身上竟有了热气，觉得当一个无所事事的二流子也是不错的。我将每天到这里来，看别人吃各种东西。他们坐在歪斜的条凳上，每人手里捏着一头大蒜，大把地撒上红的辣椒和绿的香菜，直吃得头上冒汗、嘴里呼呼吐气。这种观看对一个没有胃口的人来说肯定是一种享受。

但我不会去买任何一种食物，我的欲望正在萎缩。如果我不打算让自己变成一颗风干的核桃，我起码要唤醒自己的食欲。据我观察，一个胃口好的人几乎就是热爱生活的人了。

穿过小吃摊的白色蒸汽之后，兜头是一摊鲜红的厚鞋垫，还有满满一板车闪着金光的橘子。如此明亮的色彩令人精神一振，我犹如听到一阵热烈的开场锣鼓声，一丝一毫的不专心都被荡涤一空！

紧接着我看到了大白菜、土豆、红薯、大米，它们散发出一种朴素的甜蜜气息，使我顿生怜惜。大白菜码在板车上，用褪色的花棉被捂着；土豆、红薯一堆一堆的，它们各自紧紧挨在一起，像一群圆头土脸的农村小男孩和穿着红衣裳的女孩子。

天是阴冷的天，菜是普通的菜，却不见得市场就因此肃杀起来。粮食和蔬菜在平常的日子里温暖着人心，一天都不漏掉。说它是另一种阳光和空气是毫不过分的。

我在一个摆着木耳、香菇、干辣椒的地方停下来，试着报出我的两位作家朋友推荐炖鸡所选用配料的名称，所有我要的东西从一些包着裹着它们的袋子里一一现身了。党参是细长的，黄芪是切成片的，淮山是白的，枸杞是红的。我以前未见过它们，它们对我来说是根本不存在的；现在它们从虚无中浮现出来，具有了真实的颜色、质地和形状，而且就要跟我回家，跟一只鸡炖在一起，并且散发出醇香清甜的气味。

一路向往着就到了菜市的尽头。在一个烤红薯的土炉子前，一个老头正往外拿红薯。红薯已经被摆成一个半圆，看上去个个焦黄，浓郁的香味从裂开的焦皮里透出来，实在诱人。这时我变成了儿童，不可救药地抬起手将那一溜红薯挨个儿按了个遍！每个红薯上马上就留下了我的手指印，然后我才指着最软的那个说："我就要这个！"

如果没有过分的奢望，从菜市出发寻找幸福，我以为是一条恰当的途径。

(摘自《读者》2017年第19期，有删节)

春气息
叶延滨

　　天坛曾是皇家的园子，现在是公园，重要的皇家建筑如祈年殿、回音壁、天坛依旧保持着七彩勾画，金碧辉煌的皇室气息，吸引着来自全世界的观光客。因为面积大，又是北京南城最大的绿荫，所以，天坛也成了附近居民遛弯散心的去处，冬去春来的时间久了，这座皇家园林也就渐渐有了民间的气息，亲近、平和，散淡而温馨……
　　最让人感到温馨的是天坛里自由自在的鸟。天坛的树林里的鸟，较多的有黑喜鹊、麻雀、灰喜鹊、乌鸦，它们不怕人，树上吵，草上跳，让这个长满了百年老树的老园林，显出新鲜活泼的气息。天坛里的树，好像也有阶级和辈分，靠近祈年大殿和古建筑的是古柏林。老气横秋，铜干铁枝，那些皱纹凸鼓的树干显出一种皇亲国戚的老迈。这片柏树林中许多柏树都挂着特制的牌子，编着号，显出尊贵与地位。这片林子上多的是乌鸦，不时成群地在林子上盘旋，还呱呱地叫着，让人想见是定时巡航的值班飞行，不让其他鸟儿进入它们的领地。灰喜鹊在天坛靠南的松林里最多，这些马尾松树，也只有三四十年的树龄，大概灰喜鹊是和这些后来的松树一起搬家来到这个园林，据我所知灰喜鹊是松毛虫的天敌，有了娇小的灰喜鹊，这片松树长得枝干遒劲，树荫浓密。鸟儿们的自在，让人羡慕，在这儿，人不再是它们的敌人，连猫儿也和它们和平相处。天坛里不准让狗进来，在这座宽敞的园林里，到处可以看见慵懒漫步的猫。这些猫也许是园林管理者放养的，面积如此广大的园林，容易发生鼠害，我想这是猫儿能在昔日皇家园林里自在往来的主要原因。猫儿在这里无天敌，一旦生儿育女正经过起日子来，也会妻妾成群，让这里变成世界上最大的猫园。天坛里的猫儿不与鸟儿们为敌，是因为它们确实是饱食终日。喜好施舍行善的人，在这里找到了施与的猫，每天都有人定时来投放猫食。常常可以看到猫儿们朝一个地方聚集，它们的饭点到了。长得肥硕的猫儿们让园林里有了民间的气息，同时飞翔和歌唱的鸟儿让这里有缥缈的无忧天堂的气息。

只是小鸟的鸣唱常常被一阵阵歌声打断，各种歌声让天坛不再是虚幻的天堂。北京公园里近年来有成群的歌者，他们聚集在一起唱老歌。老歌大抵有这样几类：20世纪50年代的苏联歌曲《三套车》《红莓花儿开》《莫斯科郊外的晚上》……60年代的群众歌曲《我们走在大路上》《英雄赞歌》……"文革"时期的样板戏以及20世纪80年代的《牡丹》《桃花盛开的地方》……在天坛公园里，每天下午特别是周末的下午，一群群歌者聚在一起，此起彼伏的歌声，传递着不同时代的气息。歌声是时代的气息，无论这个时代离我们多远，歌声都会把它召唤到耳畔，撩拨你的心绪。眼下时兴的流行歌曲在公园里唱者不多，几乎都是老歌，于是我也知道唱者的年纪，他唱的是他的青春，他人生中最值得回味的那段岁月。时光荏苒，而歌者在一群经历相似的歌者中，浸泡着那岁月的气息，甜蜜抑或青涩？我常常在散步中，听见不同的歌者从公园的各个角落送来的歌声，那歌声是风，风中飘动着人生的落叶，真是奇怪的事情，青春远逝，而让人温馨的歌声的叶片，带来多浓的青春气息啊，不同时代的青春混响在天坛的园林里，如梦如幻织成一张丝网，暖暖地裹紧着我们的情感。真是让人惊奇的事情，天坛的古树们用树干里的圈纹年轮记录着岁月，而我从飘扬在天坛空中的歌声听到这个时代的一圈圈的年轮，和这些年轮散发出来的气息。

　　这些年，每周我都要去天坛散步两三次，时间久了，有些特别的人和事总让我难以忘怀。西门大道边，每天下午都会有一个中年男子在这里拉提琴，他的水平不高，音不准，因为刺耳引起了注意，后来天天见，就让人猜想他的身世，想得让人亲近。过了一年多，他突然消失了，走到这里都不习惯："是到西门了吗？"园子西北角杏树下的木椅，去年一对老夫妻，在雪花般的花树下晒太阳，幸福得让人嫉妒。今年杏花开的时候，又看到他们俩还坐在那条椅子上，一股暖流从心窝流过。这样的小事，就像春天的小草一般，不招眼却散发着春天的气息，青草的气息最是感人，因为那淡淡的草香味里，是生命对太阳的感恩，对大地的依恋……

（摘自《人民日报》2013 年 4 月 6 日）

童趣悠长的夏天

穆志强

  城市的夏天总是无遮无挡，了无生机，让人望而生畏。尤其是伏天，人们整个身心被层层热浪包裹着、炙烤着，不由地滋生一种煎熬岁月的感觉。每当此时，我就倍感百无聊赖，常常一个人怅然地躲到季节深处，怀念散发着泥土气息的乡野风情，怀念那久已逝去的童趣悠长的夏天。

  儿时的夏天来得早去得迟，仿佛很长很长。每年端午节一过，即掰着指头算日子，盼望着放暑假，盼望着夏天早早降临人间。那时，心目中的夏天不受节气限制，只要是热天，统统称之为夏天，甚至初秋也认为是夏。夏季来临，土生土长的乡娃子们摆脱了学校和大人们的束缚，可以尽情地到大自然深处去触摸它的脉搏，聆听它的心跳，舒展童心，释放朝气蓬勃的能量。

  童年的夏天风云多变、幻化无穷。晴朗的日子里，敞亮的谷场上喧声如潮，三三两两的童男童女结伴而来，有的打老瓦、斗陀螺，有的跳绳、踢毽子，有的滚钢圈、溜弹子，有的摔纸炮、下石棋……玩腻了，变着花样去河湾里逮蝈蝈、粘知了、掏鸟蛋；去园子里，摘桃摘梨摘葡萄，吃黄瓜香瓜西瓜。陆地上玩够了，男孩子们成群结队跑到河里塘里堰里洗澡，一个个光着屁股齐刷刷地站在坝埂上，接二连三往水里跳。你练蛙泳，我扎猛子，他打仰八河，不会凫水的拽着水边的树枝打"扑腾"。水面上浪花四溅，欢声笑语传遍飘香的原野，消融在碧绿碧绿的诗意画境中。

忽然，一声惊雷在头顶上炸响，乌云翻卷着从天边滚滚而来，顽皮的孩子们被突如其来的雷雨搅得惊慌失措，纷纷四散逃离，犹如小鸟般飞回家门。但是，他们并没有歇住手脚，不约而同地站在屋檐下，扯着嗓子高喊："风来了，雨来了，黄毛丫头屎来了。""风婆婆放风来，雨公公放水来，白米干饭端进来……"闪雷响彻四野，雨"哗哗"地下起来，霎时间，村庄、田野、河流沐浴在迷蒙的烟雨之中。密密的雨线织起一道道水帘，把天与地拉得很近很近，把乡娃子的疯劲和野心也围在有限的空间里。雨过天晴，田园上空折射出一弯五颜六色的彩虹，湿漉漉的草滩上又有了童声奶语。无数小天使们甩起清脆的响鞭，赶着牛儿羊儿鸭儿鹅儿来这里放牧。他们一会儿拉着小手转着圈儿做游戏，一会儿爬到牛背上吹起柳笛，一会儿跑到池塘边翻菱角、摘莲蓬、掐荷叶，一会儿攀到水车上"吱吱呀呀"地车水，边车边唱："车水啰，救秧啰，白米干饭泡汤啰……"稚嫩的歌声宛若一缕缕甜润的清风，在静静的村野间飘荡。

夏天，另一件不可缺少的活动就是逮鱼摸虾。这不仅是孩子的天性使然，更是乡村娃娃的拿手好戏。他们不会用渔网在大河大堰里去捕鱼，而是小打小闹，约三五个伙伴，选一方清幽幽的小池塘或一段水不盈尺的小溪，搭上泥坝，用木桶、脸盆轮番舀水。半天工夫，白花花的鱼儿虾儿就会暴露在光天化日之下。这时，伙伴们高卷起裤腿，左顾右盼，你追我赶，围追堵截，不大一会，桶里、盆里、瓢里全是活蹦乱跳的鲜鱼活虾。回头再看这些小家伙，鼻子和脸上全是泥，活脱脱成了"泥猴"。晚上归来，家家的灶房里都飘出一阵阵鲜味，过路的人们闻到也不禁唾津潜溢了。

乡村的夏夜总是那么神秘而富有情趣。深邃的夜空中，皎洁的月亮和闪烁的小星星永远是孩子们放飞的心事。星月下的夜里，到处人语喃喃。这家娃娃躺在竹床上，一边贪婪地享受着芭蕉扇摇出的凉风，一边蒙蒙眬眬地感受着枕边韵味悠长的眠歌；那家孩子坐在枝影摇窗的小院里，睁着忽闪忽闪的大眼睛，似懂非懂地听着爷爷奶奶讲《嫦娥奔月》《牛郎织女》的故事；也有不安分的大孩子溜到远处的谷场上，听算命先生拉白话，或听鼓书艺人说唱《水浒传》《封神榜》、《薛仁贵征东》……更有贪玩的孩子钻进树林里草丛中，捉萤火虫、蛐蛐儿。夜色茫茫，月转星移，农家孩子在眠歌里在故事里在虫鸣狗吠中，进入无忧无虑的梦乡。

　　我曾经是众多顽童中的一员，如小草般安守着朴实无华的日子。故乡的山山水水、沟沟坎坎，曾留下我童年的脚印，五彩斑斓的夏日生活，丰富了我的童趣，装扮着我的童年，使我心灵深处始终埋藏着无邪的童真。而今，身在城市，人进中年，每日穿行于高楼大厦之中，与千千万万市民一起，无条件地匍匐在工业文明的脚掌之下，年复一年地忍受着夏天带来的浮躁和烘烤。多么想牵着时光的衣襟，重新回到过去，回到鸟语花香的乡村，回到竹篱茅舍的老屋，回到多姿多彩、无牵无挂的童年。

（摘自《读者（乡村版）》2005 年第 9 期）

最好的为人处事是心怀善意

此去谙年

这个夏天酷热难当，动辄30~40℃的高温，整个世界就像个大蒸笼，我们躲在一个个空调房间里，能不外出则尽量猫着，特别是炙热的中午。这样一来，外出吃饭成了个大问题，于是只好叫外卖。

其实现在叫外卖挺方便的，各种外卖软件让我们坐在家里，动动手指头，饭菜就会很快送到。我一直不怎么乐意叫外卖，原因是之前叫外卖有过一些不开心的经历，比如很晚送到，饭菜质量比起去店里就餐差多了，分量也参差不均，以及外卖商家根本不管不顾各种备注去迎合你的口味习惯等等。使得为数不多的叫外卖经历大部分都以不愉快结束。

只是再怎么样也得吃饭。我找了家看着还不错的商家，也有不少优惠，于是点了份饭菜，特意说了三遍不要辣以及米饭多放点。付款没多久就接到一个电话，是那家外卖商家老板打来的。原来他们店的外卖的蒸菜是提前做好的，都放了一点辣椒，但不是很辣，问我还要不要。难得有这么负责任的商家，我哪怕是不能吃辣也不忍说不要，于是应了下来。

饭菜在规定的时间内送到，送餐的是个年纪不大的小伙子，送上来的时候外面骄阳如火，他跑得满头大汗，我一边接过东西，一边让他进来吹会空调，他咧嘴一笑，擦了擦汗，说不用了，还有好几家要跑。为了我的午饭，他跑得挺辛苦的，我就让他等下，去冰箱里拿了瓶饮料，塞给了他。小伙连连道谢，然后下了楼。

这家店饭菜不错，于是后来又点了几次。后面点这家的时候，每次送餐都特别快，而且分量非常足，饭都要堆得满出来。送餐的基本都是那个小伙，有次我问他，为什么你送得那么快。他说那家店是他家开的，只要看到是我的订单，他就让店里把饭盒装得很足，送的时候优先送我订的饭，然后才去送其他的订单。

说完，小伙子朝我憨憨地笑起来，我心里则是满满的感慨。

我以前租住的房子楼下是一对老夫妻，儿女没有跟老人家住在一起。我每次遇到都会跟他们打声招呼。阿姨的腿脚有点不太利索，进出门一般都是由叔叔搀扶着，每次看到我都会帮忙扶阿姨上下楼，有时候公司发的一些蔬菜水果我就带回来送给他们。两个老人家对我非常热情，叔叔经常在周末爬上一层楼，然后敲我的门，我要是在家他就要我去他家吃饭。白天上班去了，平时晾晒在外面的衣服也是时常掉到楼下，阿姨就帮我把衣服在她家阳台上晾好，晚上等我回来的时候再让叔叔送还给我。

后来房子到期，房东以为吃准了我不喜欢搬家，竟然漫天加价，我非常气愤。叔叔阿姨知道了这件事情，一方面很不舍得我搬走，一方面也不想看到我受气，于是两个老人家在附近到处帮我打听，发动了他们的一些老朋友帮我找房子，最后是叔叔的一个朋友的朋友租了套房给我，房子还不错，价格也很便宜。

我一直有一个习惯，小的时候在家乡小城坐公交车，如果可以选择座位，我总是坐在靠近过道的座位上。这样子遇到一些需要帮助的老人小孩们、怀孕的准妈妈们以及一些手脚不利索的人们，我就能及时给予帮助。做这些事情的时候，我心里并没有想着雷锋精神，也没有想着好人一定有好报。长辈的言传身教、耳濡目染让我觉得让座和扶老人过马路的助人行为只是一种习惯的本能，我也并没有觉得这多么高尚，最多是一种美好的本能。长辈们告诫我要心怀善意，与人为善，我就这么做了。虽然做这些事情并没有带给我实质性的好处，然而，助人真的可以使自己快乐。

在我奶奶跟我讲了一件事后，我突然间恍然大悟，想明白了好人有好报这个从古至今流传下来的话的道理。

这是多年前的事了，奶奶有次坐公交车，忘了带零钱，老人家总是这样子，年纪大了，上了岁数，就健忘。上了公交车，她站在投币的箱子那，摸索了口袋半天，也没见着一个硬币。就在奶奶特别着急，都准备下车的时候，旁边座位上的一个女孩子站了起来，掏出了一枚硬币投进了箱子，然后跟我奶奶说，已经帮她投过了。女孩还招呼奶奶到她身边坐，问奶奶后面还要不要坐车，要坐车还会再给我奶奶一块钱。

奶奶万般感谢，要那个心地善良的姑娘写个电话给她，她事后再找人把钱还给她，小姑娘自然是不肯。后来小姑娘跟我奶奶道了个别，在中途某一站下车了。

每次奶奶跟我讲起这件事，都会一边夸那个女孩子心地好，一边还说那姑娘长得也特别讨人喜欢。其实这个我更愿意理解为，如果你对他人心存善意，他人会觉得你看着更美。这件事也突然让我领悟到"好人有好报"绝对是有道理的，它不能保证你不生病，不出意外，长生不老，但是它能保证你在遇到困难的时候，其他人会同样的给予你帮助。我现在给别人让座，也会有人给我的长辈们让座，等到将来我年纪大了，也会有年轻人给我让座。人人都心怀善意，世界终将更加美好。

大至家国大事，得道多助，失道寡助，是历史给我们总结的至理。华夏几千年文明史就是一部王朝的兴衰史，历史上王朝的更迭无外乎那些原因，其中一个最主要的就是失道于民。当帝王励精图治，心怀天下，心存百姓，王朝就会处在国泰民安的阶段。而当帝王暴戾恣睢，无道于天下，对普通百姓没有应有的善意和爱护，他的江山亦离倾覆不远。

　　小至寻常民生，为人处世时与人为善，心存善意，即便不能直接带给你利益，也会给你少树敌。在某天你需要帮助的时候，你曾经善意对待过的人，刚好就在你身边向你伸出了援助之手。

　　我曾经看过一个令我记忆深刻的街拍视频。视频里一个落魄男子浪迹街头，遇到在吃东西的路人就会说："嘿哥们，我实在是太饿了，能分我点吃的吗？"那些吃着食物的路人有的很冷漠地摇摇头，有的不理睬，有的甚至咒骂，落魄男子只好继续前行。

　　这个时候镜头切换至另外一处，那边坐着一个戴着连衣帽拿着杯子打瞌睡的大胡子流浪汉。这个时候镜头里走来两个人，拿着大纸盒装着的比萨，问流浪汉要不要比萨，流浪汉连连道谢，接了过来，就坐在地上晒着太阳吃比萨。这个时候，镜头里出现了之前那个落魄男子，他走到流浪汉身边，就坐了下来，问候了流浪汉后，便感叹着说生活很艰难。这时候感人的一幕出现了，流浪汉主动问落魄男子要不要吃点比萨，落魄男子问可以吗，流浪汉一边点头一边递了一些比萨过去，然后两个"同样"落魄的人坐在街头，大口吃着比萨。

　　看到这里我的眼眶泛酸，对于我们正常人来说，一块比萨，一口吃的完全不算什么，那么多人里没有一个愿意将一点点果腹的东西和别人分享。而对于那个流浪汉，吃了上顿没了下顿，少吃一块比萨也许下顿就要饿得久一些，他却毫不犹豫地向"同样"落魄的人表达了他的善意。

　　视频的结尾，落魄男子站了起来，向流浪汉伸出了手，流浪汉用没拿比萨的手跟他握了握。落魄男一边说着话，一边掏出了钱夹，将里面的钱都放进了流浪汉的杯子里。落魄男这时候还说着生活不易之类的话，而流浪汉则惊讶地看着落魄男的动作，道了谢，然后突然用手捂住了流泪的眼睛。视频的最后是一段文字：不要看不起那些善良的人，即便他的身份如此低微。

　　无论未来的生活会怎样，当时的心情多么心酸，善良流浪汉的小小善意至少让他在将来的几天里不用担心饿着肚子。我从不怀疑人性的善良，即使我们曾遇到很多的丑恶，阳光照耀下终归还是有阴暗的角落，但是这个世界还是好人更多。我也不会去追根究底人性本善还是本恶，但是我们从小就被教导要善良，为人处世要心存善意。贬低别人并不会抬高你自己，反而会使你被孤立。而对人善意诚恳的赞扬，会迅速拉近你和别人的距离，打破心与心之间的隔阂。永远保持心怀善意的为人处世，会让你很融洽的与人相处，很和谐的与人共事，很顺利的与人合作。

穷困潦倒的流浪汉们尚且如此，那我们呢？

很早以前就有人告诉过我们：不会休息的人就不会工作。

可我们由于功利的原因，早已将这一说法忘记。于是我们忙碌，我们努力，于是也就害怕无聊、害怕无事可做，甚至会因为闲暇而几乎惶惶不可终日。

工作不应该成为生活的全部，工作只是为了更好的生活。我们应该是工作的主人，绝不是工作的奴隶。千万不要以为无聊是消极、是不敬业。

所以忙碌的人们应该去学会享受生活、去习惯感受无聊，习惯这一种新奇的美妙的感受！优哉乐哉。

（摘自微信公众号"读者"）

没有底线，你的善良一文不值

李月亮

　　小鱼想休一周年假，提前一个月战战兢兢做了书面请示。年假这种事，本是大法律赋予员工的基本权益，但作为一贯安分守己、处处为公司着想的好员工，小鱼还是觉得一周不上班挺心虚的，好像欠了谁。

　　好在，领导准奏。小鱼欢畅地给父母打电话，承诺带他们去云南旅行。买了机票订了酒店，一切准备就绪，一家人欢欣鼓舞地坐等小鱼休假。

　　不想，离休假日还有两天，领导忽然找小鱼，说你们部门的小宋也要休年假，俩人一起休工作没法安排，你调整到下个月吧。

　　小鱼当即傻眼，说："我们全家都准备好了啊，我加班加点把假期工作都做好了啊，而且我一个月前就跟您说了啊，您也同意了啊。"

　　领导说："那时我不知道小宋也要休，她前天才告诉我，她那性格你知道，不管不顾的，想干啥就必须干，挡不住。你比较懂事，一向服从公司安排，这次咱们还是大局为重吧。"

小鱼心中顿时一万只羊驼奔腾而过,几乎气成了小鱼干。但还是不敢造次,服从了大局,掉着眼泪把机票酒店退了。

昨天她和我聊起来,委屈得不行,说因为自己好说话,每次遇到各种事儿,领导都是让她退让,慢慢都成习惯了,倒是那些特别刺儿特别事儿的,领导不敢惹,总顺着他们。

她问我:"是不是就不该做好人。"

我说:"该做好人,但不该做只会顺从的好人。你可以为公司着想,但不能无止境地出让自己的利益。

你可以适当妥协让步,但对方得有是个明白人有心人,知道这次亏待你了,下次得给你补回来,要是他每次都选择让你吃亏,你凭什么还体谅他配合他?我们做好人,是为了内心安宁,为了营造好的环境。所以,选择做好人的前提,只有两个:我愿意,或者,对我有利。

如果你内心不甘,如果别人从不领情,你却永远忍让,永远不为自己争取,永远打落牙齿和血吞,那就不是好人,是怂包。"

有时候,"好人"是一个陷阱。他们一旦给你贴上好人的标签,下一步可能就要侵犯你了。

你这么好,一定要帮我哦。

你这么好,一定不会拒绝我吧。

你这么好,一定可以体谅我原谅我啊。

于是单位的垃圾桶就该你倒。额外的工作就该你加班干。最后的年终奖就该你最少。

于是朋友聚会就该你付钱。

于是别人说话没轻没重地伤到你,你就该不在乎。

于是就算你背着房贷,亲戚借钱你也该给。

于是所有的规划安排,就算跟你相关,也没人来问问你的意见。

于是你总是那个被忽略，被怠慢，被最后一个想到的人。

谁让你好呢。

倒是那些浑身是刺、一惹就毛的人，永远不会被亏待。

人性有时候就是这么让人伤心。欺软怕硬，拜高踩低，捏软柿子，欺负傻孩子。

所以，做好人很好，但你身上要有刺。

有个开餐馆的姐姐，人特好，店里的环境菜品也特好。我常带朋友去，每次她都会给打个七八折。

我有点不好意思，有次跟她说："你别亏了本。"

她大笑，说："放心，亏本的买卖我不做，所有亲戚朋友来吃饭，都是八折去零，我能赚点，大家也能省点。"

那有没有来白吃白喝的？

开始时有啊，但吃完抹抹嘴就走的，下次再来我就提前说好，今天给你打八折哈。他要是还好意思不买单，下次我就不伺候了。亲朋好友有情分，我可以少赚点，可以给你加个菜，可以嘱咐后厨好好做，但想拿我当冤大头我不干，咱做的是生意，都来白吃白喝，我不就得喝西北风去了么。

赞啊。这就该是我们做人的态度。

我为你考虑，但也要为自己考虑。

我可以出让一部分利益，但让到哪一步我有分寸。我尽量做个有情有义的好人，但你别想拿情分拿好人绑架我，我不吃那套。

想想，多少人开饭店，是被亲朋好友吃黄了的。

多少人会修电脑，就整天东奔西跑给朋友当义工。

多少人天天忙得要死，还被各路人马使唤着干杂事。

最后可能大家都说你是个好人。但这张好人卡，你拿来何用？

赚钱？你的饭店都被吃黄了。

舒服？你干着不该干的活疲于奔命。

受到尊重？那些拿你当劳工使的人，会真心尊重你吗？

所以，人可以好，但不能好得没底线，不能容忍别人肆意侵犯你的利益。

很多人，就是得寸进尺的。

你若不宣告你的原则，他就当你没原则。你若不争取自己的利益，他就随意掠取你的利益。

而且一旦发生利益冲突，你会毫无悬念地成为受损方——既然小鱼你这么好，而小宋那么难搞，就请你让一让吧，否则我难做。你难过？不要紧，谁让你懂事呢。

太懂事的人，心里都会很苦吧。

其实小宋就是坏人吗？未必。她可能只是像那个开餐馆的姐姐一样，懂得争取自己的利益。

这世界，永远是会哭的孩子有奶吃。

妈妈最先安抚的，永远是哭得最凶的孩子。你饿了你不说，她会以为你不饿，起码你还能忍。

老板最先考虑的，一定是最刺最硬的员工。你有需求你不说，他会觉得你没有，或者，可以暂时不考虑。

于是慢慢的，大家可能就会形成习惯，干活时总第一个想到你，分蛋糕时总最后一个轮到你。

但有时蛋糕就那么多，会哭的孩子先吃完，轮到你时，已经没了。

你可能觉得不公平，觉得受了欺负。

但，其实是你允许他们欺负你的。或者说，是你在欺负你自己。你硬生生按下自己的需求，去顺别人的心，你对自己不厚道。

对谁都好，只对自己不好，这种好人不要当。除非你愿意。你心里不委屈。你拿着好人卡甘之如饴。

我们不要做刺儿头事儿妈，更不要做那个在角落里默默含泪微笑的好人。

自己的利益，就要靠自己去争取，指望别人宅心仁厚，难免会失望。

所以，在感到委屈时，在受到不公平对待时，在别人侵犯你的利益时，请扬起你不卑不亢的脸，告诉他们：

对不起，我不愿意。

不好意思，请把我的东西给我。

（摘自微信公众号"读者"）

最艰难的日子里，也要好好生活
柠檬和西瓜

你人生中有过艰难的时刻吗？我想应该不止一次。

小到失恋的痛不欲生，大到身体疾病的曲折治疗，那些猝不及防的苦痛，是如此轻易地就让我们经历了一个又一个漫漫无眠的长夜。

木子是我认识五年的好朋友，对于她来说，2016年是她最为艰难的一年。

先是因为和空降的上司意见不合，大领导为了顾全大局，把她调到了非常边缘化的职位，工资也降了百分之二十，一气之下，木子提出了离职，然而领导并没有挽留。紧接着谈了两个月的男朋友喜欢上了别的女生，前一秒还在满脸愧疚和木子道着歉，转身就从裤兜里掏出了蠢蠢欲动的手机……

和我说这些事情的时候，木子轻轻呼了一口气，瞪大眼睛，想忍住难过，但还是在下一秒眼泪决堤。她哭着问我："为什么想好好生活就这么难……"

大概之前的生活太过顺风顺水，她从来没有想过人生还会有如此不友善的一面。

我很想告诉她，所有的悲伤请交给时间，一切都会过去，但我知道她只会给我一个"你就是站着说话不腰疼"的白眼，所以，我和她分享了我的两个故事。

在我并不丰富多彩的人生里，曾有过两次心灰意冷的时刻，第一次是考研失败，愚人节那天接到复试结果，像是被老天开了个玩笑，彼时同窗好友要么已被录取，要么就找到了工作，对于那时的我来说，是一个不小的打击。

愧对父母，也无法面对失败的自己。

整整一个月，行尸走肉般地生活，大多数时间都躺在床上发呆，直到五月中旬要拍毕业照，才惊觉自己浪费了多少宝贵的时间，于是重新振奋开始去找工作。

第二次是失恋，和谈了两年的男朋友分手。我那时在一家创业公司工作，996的工作模式，天天累得没有精力去难过，偶尔盯着屏幕眼泪刚流下来，马上就有同事过来找你商量事情。

也曾整晚失眠，眼睛肿得跟核桃大，但第二天不能赖床休息，早早又得搭地铁去公司上班。

就这样过了两个月，我竟然也和从前一样活蹦乱跳了。

时间，真的是最好的解药。

我告诉木子，今天尽情地哭，之后请你正常生活，你要找新工作赚房租，工作稳定了可以认识新的男生谈恋爱，你才25岁，有大把机会。

或许对你来说很残忍，但任凭自己被悲伤吞没，并不会缩短你的愈合时间，只会让你白白浪费了大好时光。

网上曾看到过一个问答，遇到人生低谷怎么办？有人答：继续往前走。

如果走不出去呢？那就多走几步。

怕只怕你在原地打转，反复咀嚼痛苦，无益于眼前，还耽误了以后。

我高中有一个同学，和我家虽然住得比较近，但我从来没有去过她家。

记得有一个暑假，因为要约着一起出去玩，我就去她家里找她。

她一开始有些不情愿，但后来还是让我去了。

进了她家才知道，原来她妈妈有精神疾病，整个人常年处于一种恍惚之中，是不大认人的。

家里的收入全靠她父亲做些零工,她奶奶七十多了,也和他们一起住。

从我同学平时的状态来看,根本想不到她生活在这样一个家庭中,虽然觉得她有着比同龄人多的成熟,但还是被她的家庭环境震惊到了。

看到我略显惊讶的表情,同学先是不好意思地笑了下,然后就招呼我坐下来,并提高声调对她妈妈说,我同学来啦,你看看,好看不?

一下子,气氛轻松了不少。

高中三年,她生活都很节俭,有空就帮家里捡些废品换钱,学习成绩也一直很稳定。

高考结束后,她上了一所外地的大学,而同年,她爸爸的腿摔坏了,奶奶也在之后的两个月去世了。

我不知道那段时间她是怎么熬过来的,只知道她一个人去学校里报的到,一个人打工挣了3000块钱生活费。

上了大学后我们很少联系,前年我正好在公交车上碰到也要去赶飞机的她。

她毕业后去了上海工作,经过几年的打拼,从最开始的职场菜鸟如今也升到了财务主管的职位。

她妈妈的情况还是那样,时好时坏,爸爸的腿无大碍了。因为她开始赚钱,家里的情况一点点变好了起来。

我感慨地说,你那几年真是好辛苦。

她眼睛突然就有点湿润,但转而是一个非常欣慰的笑容。

"还记得我以前很喜欢食指的那首《相信未来》的诗吗?当蜘蛛网无情地查封了我的炉台/当灰烬的余烟叹息着贫困的悲哀/我依然固执地铺平失望的灰烬/用美丽的雪花写下……"

"相信未来"。我们俩异口同声地说道。

"我爸那时候常跟我说:'日子再难,咱也得好好儿活。'尽管以前很不容易,好歹我们家挺过来了。"

当下的我，听到她这样说，只有感动和佩服。

最近，我一直在看一档节目，是央视《经济半小时》推出的教育扶贫节目。

每年的这个时候，都有一批寒门学子，虽收到了心仪的录取通知书，却因贫困只能对大学校园望洋兴叹。

看这些节目的时候，我总会想起我的那个同学。

一方面感慨于他们的求学艰难，另一方面也被他们的踏实上进和乐观所激励，深感这些小小的身躯里竟然藏着无比巨大的能量。

尽管现实无比严峻，为了学费和家人的医药费，他们中的大多数人还没踏入大学校门就已背上了几万到十几万的外债。但他们对未来依然充满了希冀，并相信在困境当中，只要不放弃生活，努力走好眼前的每一步，终能迎来幸福的日子。

罗曼·罗兰说过，"世上只有一种英雄主义，就是在认清生活真相之后依然热爱生活。"

也许凡夫俗子如我们，很难做到用微笑去直面惨淡的人生，但无论处于多么低谷的状态，至少可以像这些孩子们一样，做到不放弃生活。

很多人喜欢苏轼，大概就是因为他在命途多舛的人生当中，仍把每个今时今日都过得快意淋漓。青年时期父母妻子相继离世，随后又在政坛上因为和王安石见解不同被一路贬官。

可是在他眼里，生活依旧是值得用心对待的。

在杭州做太守时，他在西湖边，望着满塘荷花，写下：

　　水光潋滟晴方好，山色空蒙雨亦奇。

　　欲把西湖比西子，淡妆浓抹总相宜。

于是，西湖又多了个"西子湖"的美称。

某个初春时节，他漫步在山麓里，遭遇一场春雨。别人都狼狈不堪，苏轼却不躲避，而是拿着竹杖穿着芒鞋，漫步徐行，豪迈潇洒。他的一句："谁怕？一蓑烟雨任平生。"道出了自己心中无限的感慨。

官场仕途的坎坷和不顺，人世间的悲喜无常，风风雨雨，他已悉数经历。

尽管来时路是一片萧瑟和迷惘,但好在一直没有放弃过对生活的感受和热爱,就这样,在一路的风雨中也活出了别样的人生。

如果他没有这种坦然的心态,我想我们今天就看不到苏轼这么多恣意潇洒、才思泉涌的诗词了。

人不是生下来就可以有一颗强大的心去回应迎面而来的苦难,就连苏轼,在亲人相继离世后,也曾有过三年抑郁的时光。

但是,我们必须去学习如何忽略它对我们生活的影响,或者说,去强迫自己不受影响地生活。

这样做不是逞强给别人看,只是因为时间太过宝贵,不想浪费在自怨自艾和回味痛苦上。

你今天因为考试失利哀叹一个月,就有可能少复习几个下次考试的知识点。你丢了工作整日混沌度日,也白白丧失了学习新技能的大好光阴。

抓紧眼前的时间和机会,用心过好今天的生活,才能确保明天的幸福,这是一个再正常不过的连锁效应。

在写这篇文章之前,我也问过我身边的几个朋友,在他们最艰难的时候都是怎么度过的?

有的人强忍痛苦,凭借强大的内心照常吃饭工作生活,终于等到了让时间风干曾经痛苦的时刻。也有的人当时只顾钻牛角,埋怨命运的不公,蹉跎了许多时光,如今后悔不迭。

所以,无论再艰难,都不要停止生活。你唯一能把控的就是现在,而当下的行动又决定了未来的可能。

我知道你也会难过,会觉得挺不住了。但要相信时间,它会一点一点带走你的悲伤。

同时,你也要珍惜时间,在每一个困难的当下都能好好生活。

(摘自微信公众号"读者")

最好的休息，是让你重燃生活的热情

如 花

一

什么叫作休息？

好好休息个周末。好好出去旅游一下？但事实上，往往越休息越感觉累。为什么呢？也许我们对休息存在误解，这篇文章会帮我们分析究竟该如何休息。

为什么你睡了 11 个小时仍然觉得疲累？为什么你花了好几万去岛国度假并没有增加生活的热情？

都说去 KTV，去夜店，去游乐园就能忘掉不快，更带劲地开始新的一天，但是尽兴归来心里只剩空虚？

休息的真正含义是什么？是缓解疲劳，放松神经，当你重新投入工作与学习的时候觉得又是一个精力充沛的新人。

如果你的休息方式并不能为你带来这些，那么，无论这些活动的名字听起来有多轻松，看上去多么有激情，它都是一种错误。

二

抛弃它们，来一场休息革命！首先，来看看我们对休息有哪些误解。

脑力劳动者，补瞌睡对你没什么用

你写了一天的文案，主持了一天的会议，当一切都结束了，你叹道：太累了，这一天我要睡个好觉。我们的常识使得我们对疲劳的第一反应就是"去躺躺吧"。但这是一个陷阱。

睡眠的确是一种有效的休息方式，但它主要对睡眠不足或体力劳动者适用。对体力劳动者来说，"疲劳"主要是由体内产生大量酸性物质引起，如果十分疲劳，应采取静的休息方式。

通过睡觉，可以把失去的能量补充回来，把堆积的废物排除出去。如果不是很累，也可以在床上先躺一躺，闭目静息，让全身肌肉和神经完全放松后，再起来活动活动。

但如果你是坐办公室的，大脑皮层极度兴奋，而身体却处于低兴奋状态，对待这种疲劳，睡眠能起到的作用不大，（除非你是熬夜加班，连正常睡眠时间都达不到）因为你需要的不是通过"静止"恢复体能，而是要找个事儿把神经放松下来。

这样你可以理解为什么你周末两天不出门依旧无精打采，而只需下班后游泳半小时就神采奕奕。

不必停下来，只是换一下

既然睡觉不能帮助我们休息大脑，那什么办法才可以？答案是不停止活动，而只是改变活动的内容。大脑皮质的一百多亿神经细胞，功能都不一样，它们以不同的方式排列组合成各不相同的联合功能区，这一区域活动，另一区域就休息。

所以，通过改换活动内容，就能使大脑的不同区域得到休息。心理生理学家谢切诺夫做过一个实验，为了消除右手的疲劳，他采取两种方式——一种是让两只手静止休息，另一种是在右手静止的同时又让左手适当活动，然后在疲劳测量器上对右手的握力进行测试。

结果表明，在左手活动的情况下，右手的疲劳消除得更快。这证明变换人的活动内容确实是积极的休息方式。

比如你星期五写了5个小时的企划案，最好第二天去给你的盆栽们剪枝而不是睡到太阳晒屁股。还有一点，当你无法选择由脑力劳动转入体力劳动时，你不妨在脑力劳动内部转换。

法国杰出的启蒙思想家卢梭就讲过他的心得："我本不是一个生来适于研究学问的人，因为我用功的时间稍长一些就感到疲倦，甚至我不能一连半小时集中精力于一个问题上。但是，我连续研究几个不同的问题，即使是不间断，我也能够轻松愉快地一个一个地寻思下去，这一个问题可以消除另一个问题所带来的疲劳，用不着休息一下脑筋。于是，我就在我的治学中充分利用我所发现的这一特点，对一些问题交替进行研究。这样，即使我整天用功也不觉得疲倦了。"

所以，如果你有好几个问题要处理，最好交替进行，而不要处理完一个再开始第二个，那样会很快被耗尽。

最好的休息，是让你重燃生活的热情

我们的疲惫主要来自对现有的一成不变的生活的厌倦。

所以最好的休息项目就是那些让我们重新找到生活和工作热情的活动。如果你干完一件事，能够幸福地感叹"明天又是新的一天"。那这件事对你来说就是最好的恢复热情，调整情绪的方法。

但可惜，我们缺乏对"休息"的想象力。我们能想出来的休息方法不是痴睡就是傻玩。

三

我们给你开了下面一些活动清单，基本思路是以"做"来解决"累"，用积极休息取代消极放纵。当然，最适合你的方法还是要你自己探索。事实上如果你觉得打扫卫生比坐过山车是更好的放松，那么就去吧，别管世界上的其他人都在玩什么。

也许你可以：

用看两小时让你开怀的漫画或小说代替去 KTV 唱那些一成不变的口水歌。

试着放弃在周六晚上去酒吧，10 点入睡，然后在 7 点起床，去没有人的街上走走，或是看看你从来没有机会看到的早间剧场，你会发现这一天可以和过去的千百个周末都不相同。

不要再去你已经去过无数次的度假村找乐子了。找一条你从没去过的街道，把它走完。你会发现这个你感到腻歪的城市，今天却让你体会到了它新的妙处。

旅行，而不是换个地方消遣。去一个地方对那个地方本身心存好奇，对自己这趟行程心存美意，感受自己经验范围以外的人生样貌。而不是坐了 5 小时飞机，只是换个地方打麻将，换个地方游泳，换个地方打球……

从这个周末起学习一项新的技艺，比如弹电子琴，打鼓……每周末练习 1 小时以上。

去社交。不要以为它总是令人疲惫的。虽然和看书比起来，它稍有点令人紧张，但也能让你更兴奋，更有认同感。你必须每周有两三天是和工作圈子和亲戚外的人打交道。它让你在朝九晚五的机械运行中不至失去活泼的天性。女性朋友们尤为需要走出去和朋友聚会，这些时刻你不再是满脸写着"效率"的中性人，而是一个裙裾飞扬的魅力焦点。

做点困难的事——如果你是精神超级紧张的人。心理学家发现解除神经紧张的方法，是去处理需要神经紧张才能解决的问题。曾经一位精神即将崩溃的总经理找到一位医师给出治疗建议，结果他得到的处方是去动物园当驯狮师。一个月以后完全康复。所以压力特别大的时候你可以为自己再找份工作，但不要是和你职业类似的。比如去孤儿院做义工，或者去一个复杂的机械工厂从学徒干起，或者做一道超级复杂的数学题。

(摘自微信公众号"如花")

每个人都有自己的那把钥匙
刘　同

有个作者朋友从大家的视线里消失了两年，前几天约了见面，她说这两年在筹备把自己的小说改编成电视剧。问她进展如何，她叹了口气，反问我："我就是特别无奈，所以想问问你，这样下去，到底什么事情对我来说比较重要？"

她说她这两年找了几个编剧，一起改编小说，见了很多投资商，参加了很多聚会，认识了很多艺人，和很多艺人的经纪人也成了朋友。可两年过去了，感觉剧本也不是特别满意，投资商也一直在观望，演员都说会等，但也都陆续接戏。开始她觉得大家都在等自己，后来发现只有自己一直没有进步，大家都在等待中做完了各种事情。她很苦恼，不知道自己到底该走向何方。

曾经和一个"北漂"的歌手聊天，他也说了类似的情况。因为一直没什么发展，所以他和旧公司解约，参加了很多饭局，认识了很多朋友，每个人都说有机会一定合作，但过了几天好像谁都不那么真心。没有钱做不了新歌，想在家练歌又觉得这不是自己应该做的事情。创作，机会，资金，未来……一环扣一环，他迷失在一环环的奔波里。

有些人在世界上活得很辛苦，尤其是想靠才华养活自己的人。

怕没有人喜欢自己，怕自己才华不够，怕坚持下去有没有未来也不确定，还总要看周围人的脸色行事。不喜欢夜场，却又不愿意放过认识人的机会。想得到别人的帮助，却分辨不出谁真正愿意帮助自己。看不到未来，也看不清自己。这样的人容易一直在黑暗里头破血流，最后心如死灰。

假装成一个人，其实心里知道真实的自己是另一个人。

还有一位歌手朋友，不算红，性格内向，不懂得交际，所以省去了很多应该要面对的纷扰。他同样也不明白争取机会，唯一知道的就是每天窝在家里听歌、唱歌。

有些人一直在等机会，但他从不闲着，每天在家翻唱不同的歌，男歌手、女歌手，什么好听就翻唱什么。不仅是为了唱歌，也是想找到自己唱歌的感觉。

我们聊天，说到每个人都有自己的一把钥匙，我们的使命就是不停地去寻找。当你找到自己的那把钥匙，很多事情的发展就顺理成章、势如破竹了。唱歌的就会有自己的样子和风格，写作的也会有自己的样子和风格。

看起来像获得了自信，其实是知道未来的每一扇门都不必再去费劲推开了。钥匙在手上，仔细想一想，找到钥匙孔，左拧或右拧就好了。

找钥匙是个很难的过程，需要耐心，需要时间，不能和别人比较，不能给自己压力。把双手双脚放在水里，一点一点摸索，直到靠记忆都能背出整片水域的地形。

诚然，有些人一出生就自带钥匙，可绝大多数人的钥匙是需要靠自己寻找的。

不要把时间花在"怕没有人喜欢自己"上，也不要把时间花在"怕自己没有才华"上；不要把时间花在"坚持下去有没有未来也不确定"上，也不要把时间花在"总要看周围人的脸色行事"上；不要把时间花在"不喜欢夜场，却又不愿意放过认识人的机会"上，也不要把时间花在"想得到别人的帮助，却分辨不出谁真正愿意帮助自己"上。

  不要急着去看未来，也不要急着想看清自己。安静下来找钥匙，找到属于自己的那把钥匙，一切就会顺利了。

（摘自《读者》2017 年第 3 期）

幸福不只有一种模样

杨 昊

11月11日,这个原本普通的日子,被生生过成了节日——"光棍节",这恐怕是年轻人创造力的最好证明。

既然是节日,就要有仪式感。就像过年要吃饺子,过"光棍节"就是要购物。不知是因为"不血拼不足以安慰孤单的灵魂",还是商家的精心"挖坑"推波助澜,原本只是年轻人的自我调侃,如今演变成了一年一度的网购狂欢。

狂欢是年轻人的权利,但就像过年只吃饺子难免缺少年味儿一样,只是买买东西,这样的节日确也不值得过。狂欢过后,要回归初心。在这样的日子里,最合适的事,是审视自己的感情状态。

"未脱单人士"最初的自我戏谑,其实夹杂着焦虑与苦涩。日前,一项针对大学生感情状态的调查结果显示,大学生没有"脱单"的比例为69%,而其中68%有"脱单"意愿。真的有这么迫切吗?在恋爱的季节被落下了,心里自然不是好滋味。所以大部分人害怕的其实不是独身一人，而是由此带来的挫败感。

也有一种可能是来自外界的压力，剩男剩女的标签，七大姑八大姨的眼神，都可能为焦虑加码。但想一想就应该明白，此时急于摆脱寂寞和焦虑而"脱单"并不是良策，没有建立在成熟思虑基础上的组合，对双方来说都是弊大于利。最好的状况是，与另一半的相遇是在彼此价值观契合、人格独立的情况下作出的选择。

其实，单身并不意味着一定就孤单。这是一组有意思的数字：我国有超过5800万人过着"一个人的生活"，其中20至39岁的独居青年已达2000万。当数字大到一定程度，就天然具备了说服力。幸福并不只有一种模式、一种模样。你羡慕别人的甜蜜幸福，也许他们还羡慕你单身的潇洒呢。除了有时候要被旁人的晒幸福所触动，大部分时间你可以拥有整座森林的骄傲和自由。

其实，无论哪种状态，过得精彩充实就好。多元的社会中，个人选择也应该是多元的。单身也许意味着孤独，而孤独正是丰富灵魂的最佳时刻。有了更强大、更丰富的自我，相信你一定会遇到更高层次的缘分和幸福。所以，毕淑敏说："婚姻是一双鞋……不论什么鞋，最重要的是合脚。"你不愿将就，"挑一挑"无可厚非，花些时间找到属于自己的那个，怎么了？

单身并不是错，既然单着就享受当下的洒脱；遇到了值得相伴一生的人，那就好好把握。无论哪种生活，踏实充实最重要。不因单身而颓废消极，也不因他人言语动摇内心方向，随时以开放的心态迎接更多可能，在新时代，有更多机会能够让人实现梦想。不妨放下单身与否的纠结，投身到更广阔的天地，给自己的未来一个更好的交代，无悔青春的选择。

（摘自《人民日报》2017年11月7日）

胸有"格局"立天地

徐文秀

格局如何，往往影响乃至决定一个人能走多远、行多稳，能干多大的事、挑多重的担。正所谓眼界决定境界，格局决定结局。

格局，是胸襟、眼界的反映，也是格调、情操的折射。现实中，格局不大的人不少。有的不愿"仰望星空"，对瞬息万变的大势不敏锐，对已然变化的时机不在意，习惯于独处一隅、自弹自唱；有的心里少"一盘棋"，只顾眼前不顾长远，只算小账不算大账，固守狭小的利益藩篱，患得患失；有的平日唱高调、说大话，一旦碰到矛盾问题，尽显小家子气；还有的人格渺小、人品卑琐，说一套做一套，口言善身行恶……一些人出事、惹祸、闹笑话，甚至犯很低级的错误，往往肇因于格局太小太低。

大格局的人，有一种"家国情怀"。"先天下之忧而忧，后天下之乐而乐""安得广厦千万间，大庇天下寒士俱欢颜"。封建士大夫尚且有此胸怀，党员干部特别是领导干部更应有家国情怀。井冈山斗争时期，毛泽东站在黄洋界哨口问战士，从这里你看到哪儿？战士回答，可以看到江西和湖南。毛泽东说，站在井冈山，还要看到全中国，看到全世界。一个自觉把自己的命运与国家、民族的命运联系在一起的人，视野和胸襟就宽，就能在任何情况下始终以国为重、以民为重。只有胸怀天下、心系百姓，才会有"大气象""大气魄"，才是有大格局的人。

大格局的人，有一种担当精神。习近平总书记说："担当大小，体现着干部的胸怀、勇气、格调，有多大担当才能干多大事业。"担当反映格局，格局决定担当。有的人把工作当事业、当生命，有的人则仅仅把工作当职业甚至副业。能把工作当成事业乃至生命的人，无疑是一种大格局。他们重任来了扛得起，压力面前扛得住，关键时刻站得出来、顶得上去。"问苍茫大地，谁主沉浮"，在改革的大潮中，在民族复兴的大路上，正需要横刀立马舍我其谁的英雄气概，披荆斩棘爬坡过坎的凌云壮志。这种担当的品格，源自一份责任和使命，更源自一种自信和胆略。

大格局的人，有一根"定海神针"。"笔底伏波三千丈，胸中藏甲百万兵。"格局之大，皆因胸中有大丘壑，心藏静气与定力。现在不少人缺的就是心静，总是心浮气躁、随波逐流、人云亦云，慢不下来也静不下来，一有风吹草动就手忙脚乱，管控不好内心的欲望。有大格局的人，心有"定盘星"，总能抵得住诱惑、耐住得寂寞、坐得住冷板凳，即便"万箭穿心"，也能"忍辱负重"，气定而神闲，让心灵"修禅打坐"。

做一个有大格局的人，就是做一个大写的人、一个顶天立地的人。大格局不可能一蹴而就，需从点点滴滴开始积累。始终把责任举过头顶、把百姓装在心中、把名利踩在脚下，就能让自己的格局不断成长。

（摘自《人民日报》2015 年 11 月 18 日）

每个梦想都从大地生长

李 舫

1952年,董希文受命创作油画《开国大典》。画家饱蘸对新中国诞生的喜悦和激动之情,废寝忘食投入创作。油画完成,被送进中南海,毛泽东站在画作前,沉思良久,发出感慨:"这是中国!中国,是一个大国!"

用文化倾诉家国情怀,申明民族立场,这无疑是一个优秀的典范。

时隔60多年,中国文化站在时代风潮之上,再次为表达民族理想、追索精神价值、塑造国家形象寻求答案。

"梦想是什么?梦想就是一种让你感到坚持就是幸福的东西。我们应该在失败中寻找胜利,在绝望中寻求希望。"电影《中国合伙人》中成东青的这句"格言"曾被无数50后、60后甚至80后、90后以微博、微信的方式转发。大时代下三个年轻人从学生年代相遇、相识到相伴,从拥有梦想创业、打拼到成功,他们用自己的砥砺图强圆了普通人的中国梦,而恰恰是一个又一个平凡成东青的朴素中国梦，连缀起中国改革开放的伟大历程。

"当你们走了万里路，踏上中国的大地时，可能已经发现，古老的中华民族正在经历伟大的复兴。"在"中德作家论坛"上，中国作协主席铁凝将德语文学作家对中国大地的"凝视"、"发现"，描述为"世界因此而宽广、而美好"的"有趣过程"。曾几何时，西方发达国家以"他者"的眼光藐视中国，以"训诫"的敌意揣测中国，而今天，文学的对话架起了东西方文化交流与情感交融的桥梁，我们的心灵不用手臂也能相拥。通过被译成各种语言的方块字，中国文学以聪慧的双眸、丰盈的内心、酣畅的笔墨昭告世界，一个民族的真正复兴绝不仅仅是经济的，它也应该是文化的。

"哈萨克民族有一句谚语：'一片土地的历史，就是在她之上的人民的历史。'"2013年9月7日，国家主席习近平访问哈萨克斯坦，他的充满诗意的演讲迅速征服了听众。他说："2100多年前，中国汉代的张骞肩负和平友好使命，两次出使中亚，开启了中国同中亚各国友好交往的大门，开辟出一条横贯东西、连接欧亚的丝绸之路。我的家乡陕西，就位于古丝绸之路的起点。"

回望历史，丝绸之路何尝不是文化之路、心灵之路？这不禁让人想起2013年3月，在非洲进行国事访问的习近平主席，同样也用一部中国电视剧中一对小夫妻的美好故事打动了非洲的心。恰如各国媒体评论，习近平主席赢得了非洲的掌声，赢得了非洲的热爱，也收获了世界的理解和尊重。用心灵构筑梦想的通衢，用梦想挥洒心灵的渴望，这是用中国文化传播中国梦的成功典范。

中华民族五千年的文明史，从来都是一部放飞梦想的历史。东汉末年，曹操慷慨赋诗"老骥伏枥，志在千里。烈士暮年，壮心不已"，淋漓抒写了诗人不信天命、奋斗不息、对伟大理想的追求永不停止的壮志豪情。一千三百年前，李白曾吟咏"大鹏一日同风起，扶摇直上九万里"，表达了他不拘俗流、不畏艰难的浪漫幻想和宏伟抱负。"忧劳可以兴国，逸豫可以亡身，自然之理也。"在《新五代史·伶官传序》中，欧阳修总结了后唐庄宗既得天下又失天下的原因，感喟小自一人、大至一国，无不以安逸而衰亡，以理想而勃兴。顾炎武平生不做无益之文，治学"经世致用",主张"文不苟作","须有益于天下",遂有"天下兴亡,匹夫有责"的壮怀激烈。

中国文化承载着诠释和宣传中国梦的使命。曾几何时,《暴风骤雨》《创业史》《白鹿原》《平凡的世界》《红高粱》等一大批经典图书成为几代人的书香记忆;曾几何时,《青春之歌》《甲午风云》《铁人王进喜》《开天辟地》《大决战》等一大批经典影片为几代人开启银幕传奇;曾几何时,昆曲《十五贯》、歌剧《白毛女》、芭蕾舞《红色娘子军》、交响乐《黄河大合唱》等一大批舞台艺术沉淀着几代人的真情回忆……不论是凡人小事还是宏大史诗,不论是轻声细语还是民族呐喊,不论是个体生命还是英雄群像,这些作品有一个共同的特点:春风化雨,润物无声,真实地反映了中国人民的奋斗与追求,真实地呈现了中国精神、中国价值、中国风范,真实地塑造了当代中国的大国形象,用文化力量提升了中国的价值观、影响力。

而今,一个伟大的中国梦正在贴近大地行走的中国文化中繁衍生根。中国梦是民族的梦,是每个中国人的梦,是承继历史的文化力量,更是开拓未来的精神旗帜。实现中华民族伟大复兴的梦想,不能止于"世界第二大经济体"的财富之梦,而必须追求在此基础之上的文化梦想。但是,值得我们深思的是,我们目前的一些文艺作品、文化产品在这些方面还相对处于"失语"状态:创作水平的参差不齐、艺术质量的良莠混杂,仍然是制约文化进步的重要因素;个别创作中暴露出来的不良苗头,如不引起高度关注和警觉,可能成为塑造国家形象、表达文化理想的障碍。

每一个梦想都从大地生长。民族复兴中国梦,折射了一代又一代中国人的美好夙愿,积淀了一代又一代中国人的文化追求,揭示了中华民族的历史命运和当代中国的发展走向。尼日利亚前总统奥巴桑乔对这个寄寓着中华民族伟大复兴的梦想有着特殊的理解:"中国梦满足了中国人民的心愿,符合中国对外政策的需要,从形式到内容都深入人心,中国梦不是政治口号,勾画了一个完全可以实现的愿景。"奥巴桑乔的话代表了非洲对中国的肯定,也代表了世界对中国的期待。

如何传播好中国声音，怎样讲述好中国故事，值得我们深长思之。

获之挃挃，积之栗栗。秋天是收获的季节，碎金般的秋色闪耀着梦想的光辉，金秋的中国也一定会给世界带来更多的惊喜。

（摘自《人民日报》2013 年 9 月 12 日）

深　潜

许陈静　郑心仪　姜琨

一

　　"我们"，是近60年前和黄旭华一起被选中的中国第一代核潜艇人，29个人，当时平均年龄不到30岁。一个甲子的风云变幻、人生沧桑，由始至今还在研究所"服役"的就剩黄旭华一人。"我们那批人都没有联系了，退休的退休，离散的离散，只剩下我一个人成了'活字典'。"

　　这句话听来伤感。然而值得庆幸的是，"活字典"黄旭华和1988年共同进行核潜艇深潜试验的100多人还有联系。那是中国核潜艇发展历程上的"史诗级时刻"——1988年，中国核潜艇在南海进行了极限深度的深潜试验。有了这第一次深潜，中国核潜艇才算走完研制的全过程。

　　这个试验有多危险呢？"艇上一块扑克牌大小的钢板，潜入水下数百米后，可以承受 1 吨的重压。对于 100 多米长的艇体，任何一块钢板不合格，一条焊缝有问题，一个阀门封闭不严，都可能导致艇毁人亡。"黄旭华当时已是总设计师，知道许多人对深潜试验提心吊胆："美国王牌核潜艇'长尾鲨号'比我们的好得多，设计的深度是水下 300 米。结果 1963 年进行深潜试验，下潜不到 190 米就沉了，原因也找不出来，艇上 129 个人全找不到了。而我们的核潜艇没一个零件是进口的，全部是自己做出来的，一旦下潜到极限深度，会不会像美国核潜艇一样回不来？大家的思想负担很重。"

深潜试验当天，南海浪高 1 米多。艇慢慢下潜，先是 10 米一停，再是 5 米一停，接近极限深度时 1 米一停。钢板承受着巨大的水压，发出"咔嗒、咔嗒"的响声。在极度紧张的气氛中，黄旭华依然全神贯注地测量和记录各种数据。核潜艇到达极限深度，然后上升，等上升到安全深度，艇上顿时沸腾了。人们握手、拥抱、哭泣。有人奔向黄旭华："总师，写句诗吧！"黄旭华心想，我又不是诗人，怎么会写？然而激动难抑："我就写了 4 句打油诗：'花甲痴翁，志探龙宫。惊涛骇浪，乐在其中。'一个'痴'字，一个'乐'字，我痴迷核潜艇工作一生，乐在其中，这两个字就是我一生的写照。"

二

对大国而言，核潜艇是至关重要的国防利器之一。有一个说法是：一个高尔夫球大小的铀块燃料，就可以让潜艇巡航 6 万海里；假设换成柴油作燃料，则需要近百节火车皮的体量。

黄旭华用了个好玩的比喻："常规潜艇是憋了一口气，一个猛子扎下去，用电瓶全速巡航 1 小时就要浮上来喘口气，就像鲸鱼定时上浮。核潜艇才可以真正潜下去几个月，在水下环行全球。如果再配上洲际导弹，配上核弹头，不仅有核打击力量，而且有核报复力量。有了它，敌人就不大敢向你发动核战争，除非敌人愿意和你同归于尽。因此，《潜艇发展史》的作者霍顿认为，导弹核潜艇是世界和平的保卫者。"

正因如此,1958年,在启动"两弹一星"的同时,主管国防科技工作的聂荣臻向中央建议,启动研制核潜艇。中国曾寄希望于苏联的技术援助,然而1959年苏联领导人赫鲁晓夫访华时傲慢地拒绝了:"核潜艇技术很复杂,要求高、花钱多,你们没有水平也没有能力来研制。"毛泽东闻言,愤怒地站了起来。赫鲁晓夫后来回忆:"他挥舞着巨大的手掌说,你们不援助算了,我们自己干!"此后,毛泽东在与周恩来、聂荣臻等人谈话时发誓道:"1万年也要搞出来!"

就是这句话,坚定了黄旭华的人生走向。中央组建了一个29人的造船技术研究室,大部分是海军方面的代表,黄旭华则作为技术骨干入选。苏联专家撤走了,全国没人懂核潜艇是什么,黄旭华也只接触过苏联的常规潜艇。"没办法,只能骑驴找马。我们想了个笨办法,从国外的报刊上搜罗有关核潜艇的信息。我们仔细甄别这些信息的真伪,拼凑出一个核潜艇的轮廓。"

黄旭华至今保留着一把"前进"牌算盘。当年还没有计算机,他们就分成两三组,分别拿着算盘计算核潜艇的各项数据。若有一组的结果不一样,就从头再算,直到各组数据完全一致。

还有一个"土工具",就是磅秤。黄旭华在船台上放了一个磅秤,每件设备进艇时,都得过秤,记录在册。施工完成后,拿出来的管道、电缆的边角余料,也要过磅登记。黄旭华称之为"斤斤计较"。就靠着磅秤,数千吨的核潜艇下水后的试潜、定重测试值和设计值完全吻合。

1970年,我国第一艘核潜艇下水。1974年8月1日建军节,交付海军使用。作为祖国挑选出来的1/29,黄旭华从34岁走到了知天命之年,把最好的年华铭刻在大海利器上。

三

准确地说,黄旭华是把最好的年华隐姓埋名地刻在核潜艇上。

"别的科技人员，是有一点成果就抢时间发表；你去搞秘密课题，是越有成就越得把自己埋得更深，你能承受吗？"老同学曾这样问过他。

"你不能泄露自己的单位、自己的任务，一辈子都在这个领域，一辈子都当无名英雄，你若评了劳模都不能发照片，你若犯了错误只能留在这里扫厕所。你能做到吗？"这是刚参加研制核潜艇工作时，领导对他说的话。93岁的黄旭华回忆起这些，总是笑："有什么不能的？比起我们经历过的，隐姓埋名算什么？"

黄旭华出身于广东海丰行医之家，上初中时，日寇入侵，附近的学校关闭了。14岁的他在大年初四辞别父母兄妹，走了整整4天崎岖的山路，找到聿怀中学。但日本飞机的轰炸越来越密集，这所躲在甘蔗林旁边、用竹竿和草席搭起来的学校也坚持不下去了。他不得不继续寻找学校，慢慢地越走越远，梅县、韶关、坪石、桂林……1941年，黄旭华辗转来到桂林中学。

1944年，豫湘桂会战打响，中国守军节节败退，战火烧到桂林。黄旭华问了老师3个问题："为什么日本人那么疯狂，想登陆就登陆，想轰炸就轰炸，想屠杀就屠杀？为什么我们中国人不能好好生活，而要到处流浪、妻离子散、家破人亡？为什么中国这么大，我却连一个安静读书的地方都找不到？"老师沉重地告诉他："因为我们中国太弱了，弱国就要受人欺凌。"黄旭华下了决心：我不能做医生了，我要学科学，科学才能救国。我要学航空、学造船，不让日本人再轰炸、再登陆。

1945年抗日战争胜利后，他收到中央大学航空系和交通大学造船系的录取通知书。他想：我是海边长大的，对海有感情，那就学造船吧！

交通大学造船系是中国第一个造船系。在这里，黄旭华遇到了辛一心、王公衡等一大批从英美学成归国的船舶学家。名师荟萃，成就了黄旭华这颗日后的火种。

时至今日，年轻人在面对黄旭华时，很容易以为，像他这样天赋过人、聪明勤奋的佼佼者，是国家和时代选择了他。然而走近他才会懂得，是他选择了这样的人生。1945年"弃医从船"的选择，与1958年隐姓埋名的选择，1988年亲自深潜的选择，是一条连续的因果链。

他一生都选择与时代同行。

四

人生是一场"舍得"，有选择就有割舍。被尊称为"中国核潜艇之父"的黄旭华，他的割舍远远超出人们的想象。

从1938年离家求学，到1957年去广东出差时回家，对这19年的离别，母亲没有怨言，只是叮嘱他："你小时候四处都在打仗，回不了家。现在社会安定了，交通方便了，母亲老了，希望你常回来看看。"

黄旭华满口答应，怎料这一别竟是30年。"我既然从事了这样一份工作，就只能淡化跟家人的联系。他们总会问我在做什么，我怎么回答呢？"于是，对母亲来说，他成了一个遥远的信箱号码。

直到1987年，身在广东海丰的老母亲收到了一本三儿子寄回来的《文汇月刊》。她仔细翻看，发现其中一篇报告文学《赫赫而无名的人生》，介绍了中国核潜艇黄总设计师的工作，虽然没说名字，但提到了他的妻子李世英。这不是三儿媳的名字吗？哎呀，黄总设计师就是30年不回家的三儿子呀！老母亲赶紧召集一家老小，郑重地告诉他们："三哥的事，大家要理解、要谅解！"这句话传到黄旭华耳中，他哭了。

第二年，黄旭华去南海参加深潜试验，抽时间匆匆回了趟家，终于见到阔别30年的母亲。父亲早已去世，他只能在父亲的坟前默默地说："爸爸，我来看您了。我相信您也会像妈妈一样谅解我。"

提及这30年的分离，黄旭华的眼眶红了。我们轻声问："忠孝不能两全，您后悔吗？"他轻声但笃定地回答："对国家尽忠，是我对父母最大的孝。"

幸运的是，他和妻子李世英同在一个单位。他虽然什么也不能说，但妻子都明白。没有误解，但有心酸：从上海举家迁往北京，是妻子带着孩子千里迢迢搬过去的;从北京迁居气候条件恶劣的海岛,过冬的几百斤煤球是妻子和女儿一点点扛上楼的;地震了,还是妻子一手抱一个孩子拼命跑。她管好了这个家,却不得不放弃原本同样出色的工作,事业归于平淡。妻子和女儿有时会跟他开玩笑:"你呀,真是个'客家人',回家做客的人!"

聚少离多中,也有甘甜的默契。"很早时,她在上海,我在北京。她来看我,见我没时间去理发店,头发都长到肩膀了,就借来推子,给我理发。直到现在,仍是她给我理。这两年,她说自己年纪大了,叫我行行好,去理发店。我呀,没答应,习惯了。"黄旭华笑着说。结果是,李世英一边嗔怪着他,一边细心地帮他理好每一缕白发。

"试问大海碧波,何谓以身许国。青丝化作白发,依旧铁马冰河。磊落平生无限爱,尽付无言高歌。"这是 2014 年,词作家阎肃为黄旭华写的词。黄旭华从不讳言爱:"我很爱我的妻子、母亲和女儿,我很爱她们。"他顿了顿,"但我更爱核潜艇,更爱国家。我此生没有虚度,无怨无悔。"

"对您来说,祖国是什么?"

"列宁说过的,要他一次把血流光,他就一次把血流光;要他把血一滴一滴慢慢流,他愿意一滴一滴慢慢流。一次流光,很伟大的举动,多少英雄豪杰都是这样。更难的是,要你一滴一滴慢慢流,你能承受得了吗?国家需要我一天一天慢慢流,那么我就一天一天慢慢流。"

"一天一天,流了 93 年,这血还是热的?"

"因为祖国需要,就应该这样热。"

(摘自《读者》2018 年第 10 期)

人人有责　人人尽责

张锡勤

"天下兴亡，匹夫有责"，在我国是一句家喻户晓的名言，它言简意赅地道出了每个人对国家、民族的义务和责任，对激发人们的爱国主义情怀、唤起人们的主人翁意识和社会责任感产生了巨大影响。

和100多年前相比，我国已经发生了翻天覆地的历史巨变，真的是"换了人间"。特别是改革开放以来，中国特色社会主义事业取得举世瞩目的伟大成就，我国在国际上的地位不断提高。今天，我们肩负着实现"两个一百年"奋斗目标和中华民族伟大复兴中国梦的历史任务。面对这一伟大历史任务，同样也是"匹夫有责"。如果说"天下""匹夫"都是古代的文字表述，那么，今天我们可以把这句名言表述为"民族复兴，人人有责"。

民族复兴，人人有责，这是非常朴素而简单的道理。从根本上说，每个中国人的个人利益同中华民族的整体利益是一致的。"中国梦是国家的、民族的，也是每一个中国人的。"只有国家富强、民族振兴，人民才能幸福安宁；同理，只有人民同心同德、凝心聚力、奋发进取，国家才能富强、民族才能振兴。我们取得民族独立的历史性胜利，是中国人民在中国共产党领导下长期浴血奋战的结果。中华人民共和国成立后特别是改革开放以来我国所取得的伟大成就，也是全体中国人民在党的领导下辛勤劳动、各尽所能、奋力拼搏的结果。今天的辉煌是中国人民共同创造的，今后更大的辉煌同样要靠全体中国人民去创造。

在日常生活中，人人有责主要表现为人人尽责。人生活于社会，总是有责任的。梁启超说得好："人生于天地之间，各有责任。知责任者，大丈夫之始也；行责任者，大丈夫之终也；自放弃其责任，则是自放弃其所以为人之具也。"固然，由于社会角色、职业分工、所在岗位不同，每个人责任的性质、大小、轻重是有区别的。但是，不论所居何职、所事何业，都有其责任，这是共同的。如果人人都尽到自己的责任，为社会、他人提供合格的、优质的服务或产品，社会就会变得更加美好。社会主义核心价值观将爱国与敬业紧紧相连，这是十分深刻的。因为爱国作为国民的基本道德，必然要求国民人人敬业，做好本职工作，尽到自己的责任。离开敬业，爱国就会成为一句空话。

民族复兴，人人有责，虽是十分朴素的道理，但在现实生活中却未必人人都能身体力行。对从政者而言，与之相悖的表现是怠政和避责。一些官员的不作为便是典型的怠政。这种行为古人称为"尸位素餐"，历来受到人们的谴责，早在先秦即有"仕而废其事，罪也"之说。为官从政者应谨记这句古训。

上下左右互相推诿则是避责。这种使亟待解决的问题久拖不决的行为，同样属于"仕而废其事"。对于普通群众而言，责任感的缺失则表现为置身于局外，使自己成为旁观者。这种消极的"看客"心态，无疑会妨碍正能量最大限度地发挥，也是不可取的。

强化全民的社会责任意识，使人们树立正确的权利义务观，是一项值得重视的工作。应让人们自觉认识到，文明和谐的社会氛围要靠人人去营造，不良的社会风气要靠人人去抵制。实现中华民族伟大复兴，人人都应是参与者，人人肩上都须担负责任。中国人自古以来就有一种与国家、民族休戚与共的家国情怀，优秀士人则有一种先忧后乐、以天下为己任的使命感、责任感。这是中华民族历经内忧外患而百折不挠、巍然屹立于世界民族之林的强大精神支柱。

这一优秀传统永远值得我们珍视、发扬。

(摘自《人民日报》2015年5月6日)

如何在这个年代来寻找幸福

毛同辉

近些年来，有些人感觉社会整体人们的心态，与前些年相比，都发生了变化，总体来说，就是可能更浮躁些、更功利些、更忙碌些。感觉总是静不下来、停不下来、慢不下来，总是难得很投入很享受很尽善尽美地去干一些事情，更多的是求快，重结果不重过程；求利，重功利不重情怀。这从许多日常的经验中也能反映出来，比如许多东西买回来不耐用，过去用上几年还好好的，但现在一年半载就要么废了，要么换了，反正出了故障，人们连修的耐心也没有了；再比如，过去一家人上班的上班，上学的上学，各安其道，但现在感觉干啥的都"鸭梨山大"（压力山大），许多人的心理都处于焦虑状态，身边真抑郁或疑似抑郁的人很多，但搁过去我们似乎对"抑郁"这个词都很陌生。

"记得早先少年时，大家诚诚恳恳，说一句，是一句……从前的日色变得慢，车，马，邮件都慢，一生只够爱一个人。"木心的《从前慢》具体写于哪一年已不可考，但这两年受到人们的推崇，自有其时代和社会的语境，是因为"慢"日益成了人们普遍性的思而不可得的事，而且我们可以对他的诗的每一节做一下反问，我们现在是不是还说一句是一句？是不是还一生只会爱一个人？这样的反问也是一种反思，是不是，为什么？怎么办？

所以，我觉得，无论是从改善我们的心态，建立内心和谐的生态以促进每个人心理的健康和人格的完善来说，还是解决社会存在的诸如诚信缺乏、过于功利、戾气较重等等"痛点"来说，我们都有必要公开地、广泛地、有力地来倡导一个"沉"字，这个沉字所对应的主要是三个方面的内容：

一是沉浸。因应于我们国家从上到下对"供给端"的重视，这段时间以来，"工匠精神"这个词语逐渐热了起来。什么是"工匠精神"？"工匠精神"的关键在于八个字：深入、专注、坚持、创新，它所追求的是绳锯木断，锲而不舍，精益求精，而排斥的是浮光掠影，浅尝辄止，文过饰非、安于现状。这些都要求我们在做一件事情时要有一种沉浸于其中的状态。不沉浸怎么深入得了？怎么能专注？更何谈坚持？沉浸才能心无旁骛，精心打磨，有"致广大"的追求，又有"尽精微"的细致和耐心。而现实中，我们见惯了的往往是"三分钟热度""差不多就行""东一榔子西一棒子"。

30年来，为什么1986版《西游记》至今仍是人们怀念的经典，成为"一直被模仿，从未被超越"的传奇？就是因为当年那一拨演员们真的是以一种"沉浸"的精神在拍戏、在打磨、在精雕细琢，在艺术的标准上绝不降格以求，不敷衍，不将就，不糊弄，这样才能出精品，才能经得住时间、经得住观众、经得住市场的检验。还有几句老话，比如"两句三年得，一吟双泪流""十年磨一剑""字字看来皆是血，十年辛苦不寻常"，等等，说的都是这个道理。要出精品，就得甘于做一个"匠人"，沉得进去、耐得住寂寞、稳得住心神，要像胡适所说，"不怕真理无穷，进一寸有一寸的欢喜"。

二是沉静。有句话叫"每临大事有静气"，但现在感觉人们无论大事小事都没有静气，活得好像都是慌里慌张，仓仓皇皇，毛毛躁躁。这个很可怕，我想这也是这两年许多人都选择去禅修的原因吧。静以修身，人没有静气，就不能沉下心来思考，既不会"吾日三省吾身"，检点自己的过失，也不会总结规律，审视前程，这样人就难免活得盲目，也很难有进步。人静不下来，心就永处于躁动、焦虑中，就难有安全感、踏实感。你想想，这还得了，长此以往，我们的小心脏怎么能受得了如此重负和熬煎？还有一些人，他为什么总是戾气很重？总是沾火就着？芝麻大的事在他那里就成了西瓜？因为他遇事总是静不下来，不能冷静地思考，理智地判断，自然就难以驾驭自己的情绪。

因此，我们得学着甚至是逼着自己慢慢地学会和习惯静下来，养成一种沉静的气质，这样，脸上、心底总有一种静气在，予人的是一种和气、和善，内心也会逐渐地和谐，那么我们与自己、与他人、与社会的关系也会逐渐地改善，这样我们才会活得不紧张、不慌张，亦不嚣张。

三是沉淀。我们总是急于表达，急于表态，急于表现，其结果就是我们展示出来的东西，往往是给我们的肤浅、幼稚、急功近利做注脚。静水深流，人稳不言，我们真的有必要学会"沉淀"这样一种功夫。沉淀，是让嘴巴给脑袋留一些时间，让思考再深入一些，细致一些；让积累再厚实一些，全面一些；让视角再丰富一下。这样，我们的表达才不至于无意中伤害到别人，或是误导了别人，或是贻笑大方，暴露自己的浅薄。

沉淀的过程也是积淀的过程，所谓厚积薄发，不然半瓶子醋，或者总是茶杯里的风波，少见多怪，总归是不好的。一些人，尤其是公众人物，常常不以此为意，总是忽略这个过程，对于社会整体的文化就会产生一种很不好的导向。像一些演员，总是不停地接戏，无论什么剧本，什么角色，今在长江头，明到长江尾，一年到头，飞来飞去，忙得很，但是演技却不敢恭维，因为他没有时间去打磨，去修炼，去充实自己，也没有时间去总结、去提高、去省视。这样，他就只能不断地、很勤奋地在重复自己，永远在低水平上打转。人是需要沉淀的，只有沉淀下来的东西才会不断地推高你，让你一步一步站到更高的位置。

沉淀也是过滤，去芜存菁，去除那些无用的杂质，我们才能提高纯度。人的厚重和纯粹从哪里来？就是从沉淀中来。

幸福是一个人们乐于探讨的永恒的话题，对它的定义也是各人有各人的理解。但我以为，无论物质多丰富，精神层面的和谐应是幸福的一个必要因素。这种精神的和谐从何而来？第一，从我们生活的从容而来，就是有安全感，不紧张，不焦虑。第二，从我们的心有所依而来。忙是什么？从字而解，心亡则忙。心里没有了目标，没有了依托，那很可怕。所以，我们须有常常能静下心来思考、辨识方向的机会和空间，时时能检视自己身在哪里？心欲何往？第三，从我们心灵的富足而来。心灵富足，则物贫而不以为苦；反之，广厦千间，良田万顷，也同样活得并不坦然。心灵富足，靠的不是物质的丰富，而是要厚养我们的精神，否则，底蕴浅薄，则难免左支右绌，照样人生会很窘迫。因为遇到问题，我们不会圆融处之，不能自己给自己一个合理的解释和出路，就难免自己跟自己较劲儿，各种的想不开、想不透会纠结你，让精神陷入困境，那也是一种苦啊，比物质的贫乏更大的苦，还何谈幸福？因此，现在的人，许多整天忙于这，忙于那，就是没有时间读书，没有时间思考，没有时间总结，真的是本末倒置。

所以说，我真心希望大家能真正沉下来，就主要修一下这三个"沉"的功夫，沉浸、沉静、沉淀，一定会受益。无论对于我们经济上"供给侧"的做强，还是对于我们每个人内心的建设，都有必要，也必定会有一个好的回报。

(摘自光明网)

书法的气质就是中国人的气质

周 伟

书法就是写字，但不仅仅是写字。书法之所以为法，总是有一些基本特点和规律的。

书法的色彩简之又简，以黑白为主，再加上一点红。黑是墨色，白是宣纸的底色，那少许的红，则是充满着意味的那一方小小印章。恰是这极简单的色彩组合，造就了书法的独特之美。这种美，美在简约，美在布局。白的纸、黑的字、红的印，如何摆布，怎样组合，是书法对美的追求。色彩和布局之外，书法更注重的是笔墨，笔的抑扬顿挫，墨的浓淡干湿，落在纸上，每一笔都有不一样的韵味。书法之美，最受推崇的还是线条。提起线条，便想起怀素。怀素的草书，"援毫掣电，随手万变"，"墨气纸色精彩动人，其中纵横变化发于毫端"。他的狂草在画形分布、笔势往覆上呈高昂回翔之态，在整体上呈轻重曲折、顺逆顿挫的节奏感，书法的线条之美被他演绎得淋漓尽致。

气质原本指人的生理、心理等素质，是相对稳定的个性特点，也指风度、模样。借用到书法上来，讲的也是其稳定的个性特点。书法的气质便是在色彩、布局、笔墨、线条中展现。那么，除了表现之外，书法的气质来源于哪里呢？一个人的气质是一个人内在涵养和修养的外在体现，是内心平衡及文化修养的结合，是持之以恒的结果。同样，书法的气质也是数千年中华文明的结晶。书法的气质首先来源于法度，书法的"法"就是方法和尺度。在数千年的历史长河中，中华文字由篆而隶，进而有楷、草，在书写中形成了自己特有的法度。从单字结构到章法布局，再到笔墨精神，都有一整套行为规则，不同的书写者如何拿捏运用这些规则，便是"度"。面对同一规则，而每个人运用的度不同，则形成了风格迥异而又内在统一的书法作品。

书法的气质，更重要的是来源于中国历代文人的心灵累积。这种累积，不仅是总和，更多的是特质。文人，是笔墨里生出来的魂灵，这样的魂灵，源于笔墨，而又付诸笔墨。书法是他们的心迹，如果说"迹"是书写，由心而生的迹则是书法。书法最讲心迹。"退笔成山未足珍，读书万卷始通神"讲的便是这个道理。中国文人的气质成就了书法的气质，从这个意义上讲，书法的气质便代表了中国文人的气质，更是代表了中国传统文人的气质。讲书法，最具特点的两句话是：结构严谨，法度庄严。两个"严"字，体现了中国传统文人和书法的高度自律精神。

法籍华人哲学家熊秉明说："书法是中国文化核心的核心。"是从哲学的角度来讲书法的地位和意义。书法既是抽象的，又是具体的。汉字最初多是象形文字，每一个字都是一幅美丽的图画。而随着时代变迁与社会发展，书写要求更加简便、快捷，汉字越来越抽象，越来越符号化。而书法把这种生活的具体和符号的抽象统一起来，用真、草、隶、篆各种书体，各种书写风格，把这种黑白、动静、虚实有机地融合在一起，不仅体现了"极高明而道中庸"，而且很好地体现了中国哲学的精髓：天人合一，知行合一，思维、情感与生活的统一。从《兰亭序》"群贤毕至，少长咸集"的欣喜、《祭侄文稿》"孤城围逼，父陷子死，巢倾卵覆"

的悲痛，到弘一法师临终写的"悲欣交集"，无不表现出活生生的灵魂与现实的对话。中国哲学是中国人智慧的结晶，书法便是这种结晶的表现形式之一。所以说，书法的气质就是中国人的气质。

"若有诗书藏于心，岁月从不败美人"。学书法，不仅是学写字，更是学文化。书法教育不单单是书写的教育，更重要的是中华优秀传统文化的教育。

(摘自光明网)

从家国情怀中汲取复兴伟力

张雪峰

家国情怀是我国优秀传统文化的宝贵精神财富。中华民族之所以能历经磨难而浴火重生,中华文明之所以能绵延数千载而生生不息,根植于民族文化血脉深处的家国情怀起到了至关重要的作用。习近平同志指出:"不论时代发生多大变化,不论生活格局发生多大变化,我们都要重视家庭建设,注重家庭、注重家教、注重家风","使千千万万个家庭成为国家发展、民族进步、社会和谐的重要基点。"实现"两个一百年"奋斗目标和中华民族伟大复兴的中国梦,需要大力弘扬优秀传统文化,从家国情怀中汲取民族复兴的精神力量。

家国情怀是中华民族文化基因的一部分。中华优秀传统文化是中华民族生生不息的文化基因,深深植根于每个中国人的内心世界,潜移默化地影响着人们的言行,孕育着当代社会所需要的核心价值观的思想精髓。家、国关联的雏形可以追溯至西周。春秋战国时期,儒家坚信良好的道德是家庭关系的基础,而良好的家庭关系则是社会有序的前提，从而构建了以修身为起点、以经世济民为目标的"修身齐家治国平天下"的家国理论。经过一代又一代优秀中国人的努力，家国情怀扎根于中华民族的血脉之中，成为中华民族文化基因的一部分。习近平同志指出："从某种角度看，格物致知、诚意正心、修身是个人层面的要求，齐家是社会层面的要求，治国平天下是国家层面的要求。"不能齐家就不可能很好治国，要想齐家就必须修身。这在当今时代也有重要意义。

家国情怀是历代有识之士求索奋斗的精神追求。强烈的忧患意识，积极的入世精神，匡扶天下的济世情怀，是家国情怀的精髓所在。以民族大义为念，以家国天下为重，把个人追求与社会目标统一起来，把个人命运与国家命运维系在一起，这种强有力的诉求成为中华民族的重要精神支柱。贾谊"国而忘家，公而忘私"，霍去病"匈奴未灭，何以家为"，诸葛亮"鞠躬尽瘁，死而后已"，范仲淹"先天下之忧而忧"，陆游"位卑未敢忘忧国"，文天祥"留取丹心照汗青"，顾炎武"天下兴亡，匹夫有责"等，都可以归于对家国治、天下平的理想追求。

家国情怀是实现民族复兴的内生动力。近代以来，在剧烈的社会变革中，传统文化受到批判，但家国情怀顺应革命的需要，彰显了强大生命力。从洋务运动到百日维新，从辛亥革命到五四运动，一代又一代中国人不畏艰难困苦，不怕流血牺牲，为了民族振兴、国家富强而前赴后继、上下求索；无数仁人志士为了国家民族的命运，舍小家顾大家，舍小爱成大爱，甚至不惜生命、慷慨赴死。辛亥烈士林觉民写给妻子的绝笔信，就明确表达了"乐牺牲吾身与汝身之福利，为天下人谋永福"的感人情怀。正是由于家国情怀的彰显，灾难深重的中华民族空前团结起来，汇成了波澜壮阔的救亡图存、振兴中华洪流。只要沉淀在民族基因里的家国情怀尚在，中华民族就会永远立于不败之地。

如今，中华民族正走在实现伟大复兴的道路上。历史经验昭示我们，国家贫穷、民族衰微，再美好的梦想都是奢谈；只有国家富强、民族振兴，个人梦想才能真正实现。正如习近平同志所说："国家好，民族好，大家才会好。"我们只有把个体价值、家庭价值的实现与国家民族的命运紧密相连，把自身的梦想融入国家和民族的梦想，才能成就事业、实现价值。

(摘自《人民日报》2016年5月5日)

在家国网事中感受时代脉动

李 群

有人说，这是一个飞速发展、翻天覆地的时代;有人说，这是一个充满激情与梦想的时代。的确，我们在梦想里张扬时代的斑斓，在现实中创造时代的辉煌。

从贫穷走向富庶，从封闭走向开放，从落后走向进步……68年，中国走过了其他国家几百年的现代化发展历程，演绎了民族史册上自强不息的传奇。今天，当互联网的记忆之门被重新打开，13亿人在中秋佳节里享受家的温暖，我们在国庆假期里回望那些激动心人的时刻，"家国情怀"在这个特殊的节点上愈显浓烈。

时间勾勒出一圈圈年轮，刻下中国前行的足印。女排重登奥运之巅，红色奇迹背后是打动人心的"中国精神"；九寨沟地震，危难中凝聚力量，同死神赛跑跑出"中国速度"；"一带一路"高峰论坛打开合作共赢的筑梦空间，燕山脚下续写"中国故事"；多年努力，经过"中国力量"的镌刻，"金砖精神"熠熠生辉……今天，当我们行走在祖国大地，更能感受到她磅礴的力量，感受到她强劲的脉动。

这种脉动是家国相连。也门纷飞的炮火中,中国外交官冒着危险奔波协调,中国海军舰艇编队穿梭在亚丁湾海域,将613名中国公民、279名外国公民安全撤离。"我们牵挂着每一个人",那一刻中国的宣示,诠释了一个国家的价值底色。每一个平安撤离的人,一声"感谢祖国"便是经历过生死考验后的深情告白。不经历生死,我们就无法理解他们发自内心的感激和自豪。

而这样的国家自豪感,一直在网络上流淌。2017年4月26日,我国第二艘航母正式下水。曾经有太多人对它投去异样的目光,可当航母亲吻深蓝时,似乎顷刻间就带走了世界的呼吸。6月28日,中国新型万吨级驱逐舰首舰下水,成为镶嵌在蓝色海洋里的又一记忆。山川气度、云水襟怀,共同的价值取向,让更多人为了国家舍小家,隐姓埋名攻克难题,烙下一个时代的印迹。劈波斩浪的大舰船,正是中华民族不屈的钢铁脊梁。

是这些钢铁脊梁、国之重器,象征着一个民族奔向伟大复兴目标的矢志不渝。2017年6月25日,中国标准动车组被正式命名为"复兴号",于26日在京沪高铁正式双向首发。"复兴号"绽放出的速度与激情,代表着中国铁路在新时代奋勇先行的坚强决心,这也标志着中国高铁迈出了"从追赶到领跑"的关键一步。高铁已经是中国向世界递出的一张烫金名片,铁路技术装备制造迎来一个新的时代。

长河浩荡,在时间的轴线上,我们正经历的时代,是中华民族在百年废墟上变革创新、励精图治的时代,是一个充满活力、凝聚力量的时代,是一个缔造泱泱华夏盛世辉煌的时代。西子湖畔,G20杭州峰会留下中国印记;大漠列阵,人民军队以信仰淬火百炼成钢;浩瀚太空,神舟飞船把航天员送到"天宫",再看家国网事,我们看到青春中国的辉煌奇迹。跳动着强劲的时代脉搏踏上豪迈壮阔的征途,中国,必将迎来伟大复兴的光辉前景。

(摘自环球网)

体味节日所蕴含的家国情怀

王 兰

家国情怀是一种自家而国、一脉相承的情感触摸和人生追求，它世代流淌，绵延不绝，凝聚成岿然不动的民族精神，成为我们民族发展的原动力。说起"家国情怀"，何止万语千言。史书万卷，字里行间都是"家国"二字。从孟子的"修身齐家治国平天下"到陆游的"位卑未敢忘忧国"，从顾炎武的"天下兴亡，匹夫有责"到艾青的"为什么我的眼里常含泪水？因为我对这土地爱得深沉"，古往今来，无数仁人志士就是在这种情怀的熏陶和指引下，胸怀保家卫国、济世安民的理想，上下求索，从容适变的。

"天下之本在国，国之本在家，家之本在身。"家国相依，天下皆然，而家又是由人组成的。因而，国、家、人三者的关系是休戚与共的。"国"与"家"的交融，给了从"家"中走出的每一个中国人一个爱国的理由。

那么，如何让人们秉承传统，更好地体味节日所蕴含的家国情怀呢？

逐渐引导人们的节日体验进入到精神层面。经济基础决定上层建筑。我们现在的生活，基本上已经超过了仅仅满足于口腹之欲的水平。应该利用网络、媒体、社区活动等多种形式，结合实际情况，找到传统的叙事方式与群众喜好间的"最大公约数"，在传统文化中爱国爱家的理念，让群众感受到的是浓浓的家国情怀，在潜移默化中，增强对家国的认同感和归属感。引导人们过节从看重物质感官体验的层面，逐渐上升到精神层面的节日体味上来。

节日的仪式感不可或缺。仪式感是春节的辞旧迎新，是清明的祭奠祖先，是端午的烹鹜角黍，是中秋的阖家团圆。如果没有节俗带来的仪式感，就少了隆重的氛围，少了引人入胜的载体。过去传统节日味道浓郁，很大程度上是仪式的功劳。因此，恢复、新设一些与节日相关的仪式，是提高节日魅力的举措。比如国庆的升旗和阅兵仪式，就很能提高国人的自豪感；中秋围绕月亮所进行的拜月等仪式，就会使人明了中秋节的来历，明了为什么要拜月、吃月饼。此外，还可以通过举办各种以爱国爱家为主题的诗歌朗诵、演讲比赛等活动，让节日多一些时代的因子。

家国情怀的传承还需要身体力行。"根之茂者其实遂，膏之沃者其光晔。"仅仅知道家国情怀的诗意表达是不够的，对个人而言，每个人都应从古人的情怀中寻找精神之"钙"，只有将自己的"根"深扎于民族优秀传统文化的沃土之中，才能使理想之树充分汲取思想精神的养分，生长得更加茂盛；同时，优秀的传统文化也只有与时代主题契合，古为今用，才会因时而进、因势而新。

国家的强大昌盛，最终靠的是我们每一个人，靠的是我们的每一个家庭。在节日期间体味家国情怀，应是一种美好的情感滋润。

（摘自人民网）

因为惦念，所以努力
曲哲涵

个人、家庭的命运总是与时代变迁紧密相连。进入新时代，每逢佳节望故乡，我们更加心神激荡。

最想在父亲沉默的注视中述说收获，最想在母亲温暖的怀抱里放下辛劳。故乡的路，故乡的酒，忘不掉的乡音，抹不去的牵念。时值岁末，中国人已踏上过年的归途。

可是，还有很多人回不了家。或为了生计不得不留在异乡打拼；或为了一份责任选择坚守岗位；或已举家迁徙，在新的土地上刚刚落脚。遥远的故乡始终是最美的晚霞与炊烟，在每个幸福或难过的时刻，弥漫在游子心间。

你我的漂泊，是这个时代变迁的印迹。

从宏观看，40年的改革开放打破各种藩篱，推动人、财、物的自由流动是重要内容，资源的有效配置促进了经济发展，人口的大规模流动也加速了地域文化之间以及传统文化与现代文化之间的碰撞、交融，更是打破了阶层固化、城乡阻隔，加快了社会转型，这是中华民族发展史上波澜壮阔的一笔。

从个体看，教育制度改革、户籍制度改革、发展民营经济等，使无数寒门学子通过知识改变命运，让众多"草根"以不懈奋斗成就人生传奇。"树挪死、人挪活""好男儿志在四方"，一次次挥手，一程程山水。在城乡、区域发展不平衡的背景下，离别，让个人实现了更好的发展，让小家庭过上了更好的日子。

不过，离家总是别有一番滋味。尤其是阖家团圆的春节，留在异乡的人特别是为生计奔忙回不了家的农民工，身边冷清，内心孤独，需要人们更多理解、关爱与支持。

请假期就餐的顾客对服务员多说几声"谢谢"吧，请企业老板给留守值班的员工多些奖励吧，请雇主外出逛庙会、看演出时也邀上住家保姆吧，请街道社区对保安、保洁人员多一些慰问活动吧……让身处异乡的人们，也能感受到尊重和温暖。

当然，从长远看，让漂泊者少些烦忧，还是要继续通过深化改革，赋予人力资源更自由的流动机制和更合理的配置机制，让每个人都能在"流动"中找到合适的位置，人尽其才。同时要提高社会治理水平，在教育、医疗、养老、创业支持等方面，让非户籍人口获得与本地居民一样的公共服务与发展机遇，增加他们的归属感。

个人、家庭的命运总是与时代变迁紧密相连。近些年的经济发展，已大大缓解了许多人的乡愁。高铁版图快速铺展，故乡不再遥远；互联网四通八达，视频通话、朋友圈群聊，让乡音不再模糊；物流便利，给亲人寄些礼物、想尝尝家乡的特产，也都轻点鼠标分分钟搞定……

而今，进入新时代，每逢佳节望故乡，我们更加心神激荡——

国家统计局最新数据显示，与2012年相比，常住人口城镇化率提高5.95个百分点，城镇常住人口增加10165万人。更多人不用远离故乡和亲人扎堆大城市，在省内就能成为"新市民"，过得更体面、活得更有尊严。

实施乡村振兴战略：培育乡村发展新动能、打造人与自然和谐共生发展新格局、焕发乡风文明新气象、塑造美丽乡村新风貌、增强贫困群众获得感……这些美好图景，令人向往，格外牵动游子心弦。谁不爱自己的故乡？很多人今天在外打拼多吃些苦，攒钱、长见识、学本事，是为了等到回家那一天，能做家乡的建设者、致富的领头人。

关山迢递，割不断乡情。遥望故乡，唯有加倍努力。

(摘自《人民日报》2018年2月9日)

致 谢

  盛夏又至。窗外草木繁盛,绿树成荫,让人感触到了生命的蓬勃与绽放。回想去年这个时节,我们推出了《读者丛书·社会主义核心价值观读本》。丛书一经推出,不仅得到了广大读者的一致认可,而且获得了业界的广泛好评,被称为是一套"用好故事拨动时代心弦"的好书。今年盛夏,我们带着梦想再次出发,开始了新的征程与探索……

  继《读者丛书·社会主义核心价值观读本》成功出版发行之后,甘肃人民出版社又策划了《读者丛书·中国梦读本》。丛书以读者品牌为引领,围绕"寻梦追梦、中国道路、中国精神、人民梦想、实干兴邦"等主题,从各种图书、报刊、网站上精选了500多篇美文汇编成册,每册突显一个主题,奉献给广大读者。在丛书策划、编辑出版过程中,得到了中共甘肃省委宣传部、甘肃省新闻出版广电局以及读者出版集团、读者杂志社等多方的指导和帮助,在此深表谢意!与此同时，丛书的编撰也得到了绝大多数作者的理解和支持，他们对作品的授权选编和对丛书的一致认可使我们消除了后顾之忧，对此我们表示诚挚的谢意！虽然我们尽力想把工作做得更细致更扎实些，但因为种种原因依然未能联系到部分作者，对此我们深表歉意，也请这些作者见到图书后与我们联系。我们的联系方式是：甘肃人民出版社（甘肃省兰州市读者大道568号，730030，联系人：马海亮，0931—8773343）。

《读者丛书·中国梦读本》是我们送给筑梦路上人们的美好希冀和前行的精神动力。当您打开这套丛书的时候，您可以看到仁人志士在寻梦路上用生命和鲜血书写的人生丰碑，也可以感受到几代科学家在强国路上的无私和献身精神；还可以看到普通人在追梦路上的辛勤汗水……是他们，用自己的牺牲和奉献默默无闻地支撑起中国梦。您就更加清楚：我们比任何时候都更接近梦想！

身为出版人，我们深知，要做一本好书，不仅要有好的主题，好的构思、立意，更要有好的故事。因此，利用"读者"的品牌影响力，以"读者+"的形式述说时代主题成为我们新的出版理念。换言之，就是秉持《读者》"清新、隽永、朴实、平民"的风格和"真、善、美"价值标准，用一个个好故事拨动我们这个时代的"心弦"，倾听我们这个时代的脉搏。我们相信，这一个个好故事，犹如一粒粒种子，将会在每一位读者心中生根、发芽，最后成为一棵棵参天大树。

这是我们读者人的中国梦！也是我们所有出版人的中国梦！

读者丛书编辑组
2018年6月